4º ASSASSINO

Obras do autor publicadas pela Editora Record:

Um túmulo em Gaza
O segredo do samaritano
O 4º assassino

MATT REES

O 4º ASSASSINO

Tradução de
MARCOS MAFFEI

EDITORA RECORD
RIO DE JANEIRO • SÃO PAULO
2013

CIP-BRASIL. CATALOGAÇÃO NA FONTE
SINDICATO NACIONAL DOS EDITORES DE LIVROS, RJ

Rees, Matt, 1967-
R256q O 4º assassino / Matt Beynon Rees; [tradução de Marcos Maffei]. – Rio de Janeiro: Record, 2013.

Tradução de: The fourth assassin
ISBN 978-85-01-08744-7

1. Ficção americana. I. Maffei, Marcos, 1959-. II. Título. III. Título: O quarto assassino.

13-3468 CDD: 813
CDU: 821.111(73)-3

TÍTULO ORIGINAL:
The Fourth assassin

Texto revisado segundo o novo Acordo Ortográfico da Língua Portuguesa.

Editoração eletrônica: Abreu's System

Direitos exclusivos de publicação em língua portuguesa somente para o Brasil adquiridos pela
EDITORA RECORD LTDA.
Rua Argentina, 171 — Rio de Janeiro, RJ — 20921-380 — Tel.: 2585-2000,
que se reserva a propriedade literária desta tradução.

Impresso no Brasil

ISBN 978-85-01-08744-7

EDITORA AFILIADA

Seja um leitor preferencial Record.
Cadastre-se e receba informações sobre nossos lançamentos e nossas promoções.

Atendimento e venda direta ao leitor:
mdireto@record.com.br ou (21) 2585-2002.

Para meu irmão, Dominic,
e minha irmã, Melissa

CAPÍTULO 1

Ao sair do trem R e subir os estreitos degraus manchados de goma de mascar da estação de metrô da Fourth Avenue no Brooklin, Omar Yussef olhou em volta procurando ladrões armados e, sorrindo, lembrou-se de sua secretária na escola no Campo de Refugiados de Dehaisha advertindo-o de que nova-iorquinos atirariam nele por um dólar. Os pedestres espalhavam-se, encurvados, como se carregassem pesado fardo invisível, e apressados pelas largas calçadas da Bay Ridge Avenue. De cabeça baixa contra o vento frio, desciam para o metrô sem olhar para ele. Recordou a resposta que dera a sua preocupada colega de trabalho: "Sou palestino. No Brooklin estarei tirando férias dos perigos de minha vida em Belém."

De um cinza indistinto, o céu era inexpressivo sobre as casas geminadas de três andares, e a Omar Yussef parecia estar faltando a metade superior da paisagem, como se tivesse sido concretada. Olhou seu relógio e se perguntou se errara ao acertá-lo pelo horário de Nova York. O mostrador cor de champagne marcava meio-dia, mas ele não se lembrava de alguma vez ter visto o céu tão escuro em seu zênite, nem durante as tempestades de areia no deserto.

Na esquina da Fifth Avenue tirou do bolso um papel e com dedos enregelados aproximou-o do rosto para ler o endereço ali rabiscado. Ao que tudo indicava, estava no lugar certo. Ele torceu o nariz e franziu o cenho para as lojas cafonas ao longo do quarteirão. Passou devagar por uma joalheria cujo nome, de um famoso clã de Ramallah, estava escrito em caracteres arábicos em seu toldo púrpura, depois por um café batizado em homenagem a Jerusalém, *al-Quds*, a sagrada; do outro lado da rua, o consultório de um médico que Omar Yussef conhecia de Belém, e, ao lado, uma placa anunciava o escritório da Associação Comunitária Árabe.

Omar Yussef prosseguiu com certa dificuldade ao longo da calçada em mau estado, desviando da neve suja amontoada contra maltratados equipamentos de venda automática de jornal. Semicerrou os olhos contra uma rajada gélida e fechou mais sua fina jaqueta acastanhada em volta da pele flácida de seu pescoço. Gotas de água que o vento soprava da neve suja respingaram em seus óculos. Ele franziu o nariz e contraiu os lábios.

Aquele era o lar de seu filho, a parte do Brooklin em que viviam seus compatriotas. A Pequena Palestina.

Exceto pelos letreiros das lojas em árabe, Omar Yussef se sentia em uma arquetípica avenida americana. Carros reluzentes, com polimento superlustroso que em Belém ele só vira no sedã de um ministro do governo, aninhavam-se na neve amarronzada junto ao meio-fio. O vento batia as bandeiras americanas contra os postes de luz e, por alguma misteriosa razão, as árvores peladas e cinzentas ao longo da calçada estavam enfeitadas com grandes laços de fita vermelha.

Uma muçulmana saiu, apressada, de um açougue *halal*, a cabeça envolta num *mendil* creme; ela bufou, inflando as bochechas contra o frio, e encolheu os ombros sob um casaco que parecia ter sido feito para o Ártico; cruzou o olhar com Omar Yussef e, baixando-o recatadamente ao passar, murmurou:

— Que a paz esteja convosco.

— Convosco, a paz — respondeu Omar Yussef. Com essas palavras, as primeiras que dizia em árabe desde que seu voo da Royal Jordanian Airlines pousara no JFK, ele subitamente sentiu saudades de casa e profundo arrependimento por ter chegado com roupas leves demais para o inverno de Nova York. Em sua terra, a neve vinha a cada dois ou três anos e logo se derretia. Apesar das recomendações de seu filho, ele cismara que o tempo em Nova York não poderia ser tão pior assim. Com sua combinação de extrema organização e singular dandismo, só trouxera uma pequena mala, pouco cheia, pretendendo acrescentar algumas boas roupas que compraria antes de voltar à Palestina. Planejando comprar um chapéu novo, deixara em casa seu boné de tweed favorito. Enquanto observava a mulher carregando suas compras ao longo do quarteirão, Omar Yussef sentiu os cabelos brancos, que penteava sobre a careca, se erguerem com o vento cortante.

Diante da porta ao lado de uma butique que exibia os tradicionais trajes bordados da Palestina e, em árabe, revelava ser o estabelecimento de alguém chamado Abdelrahim, Omar Yussef conferiu mais uma vez o endereço, passou pela porta preta e ordinária, e subiu a escada encardida em direção ao apartamento de seu filho.

O corredor no fim da escada estava escuro e silencioso. Omar Yussef parou para recobrar o fôlego e deixar que seus olhos se acostumassem à luz tênue que vinha do andar de baixo. Um ônibus parou na avenida e um carro buzinou brevemente. Alguém cozinhava num dos apartamentos: um leve aroma de berinjela sob o forte e gorduroso cheiro de carneiro indicou-lhe o preparo de *ma'aluba*. Nele, Maryam, sua mulher, era mestra — cozinhava lentamente a carne e a berinjela a fim de que seus aromas enchessem a panela, formando a infusão para o arroz. Mais uma vez teve a sensação de isolamento que lhe viera com aquelas primeiras palavras ditas em árabe na rua desconhecida, como se a língua, órgão do paladar e da fala, fosse a seara natural da solidão. Aprumou-se, lembrando que seu amado filho, longe de casa há mais de um ano, o esperava atrás de alguma daquelas portas; recuperou então parte do entusiasmo que experimentara ao sair do metrô. Alisou o bigode grisalho, sorriu brevemente para se assegurar de que o frio lá fora não congelara seu rosto, e seguiu ao longo da sebenta passadeira vermelha até a porta do apartamento 2A.

Estava aberta.

Omar Yussef se deteve. Uma estreita faixa de luz acinzentada escapava pela porta para o corredor. Ele pouco sabia sobre o Brooklin, mas certamente não seria um lugar em que as pessoas deixavam portas destrancadas, muito menos entreabertas. Prendeu a respiração e escutou. Outro carro buzinou na rua. O apartamento estava silencioso. Ele bateu duas vezes e esperou.

— Ala. Ala, meu filho. É seu pai.

Acima do número do apartamento havia uma folha de papel presa à porta com fita adesiva. Nela, em floreada caligrafia árabe, estavam escritas as palavras: *Castelo dos Assassinos*. Os lábios de Omar Yussef se contorceram num sorriso nervoso. *Nizar sempre teve boa caligrafia*, pensou. *Uma boa piada.*

Notou então a campainha no centro da porta; ao pressioná-la, além de provocar um som abafado, também empurrou para trás a porta sem que as dobradiças rangessem. Ele entrou na sala do apartamento de seu filho.

Mais uma vez chamou seu nome e acrescentou os dos amigos com quem ele dividia o apartamento.

— Rashid, Nizar? Saudações. É Abu Ramiz.

A sala era esquálida, mobiliada com um sofá surrado e três cadeiras de mesa de jantar, uma delas sem o encosto de plástico. Na parede mais ao fundo estava pendurado um ordinário tapete de orações amarelo, com a imagem bordada da *kaba*, a pedra preta no coração da Grande Mesquita. Ao lado, uma folha arrancada de revista, também presa na parede, mostrava o Domo da Rocha, em Jerusalém. Numa mesa baixa junto à porta havia uma reprodução do mesmo santuário, do tamanho de uma bola de futebol e feita de palitos de fósforo, pintados de amarelo e turquesa berrantes. *O tipo de arte que nossos rapazes fazem em prisões israelenses,* Omar Yussef pensou.

Atravessou a sala com cautela, tanto por falta de familiaridade como por ansiedade, e sentiu o forte e acre aroma caseiro de *foule* vindo da cozinha minúscula. Olhando da porta, viu no fogão uma panela usada, com restos do purê marrom de favas no fundo. Sentiu algum calor ao aproximar a mão da panela. Um ímã com o nome de um jornal da comunidade muçulmana prendia uma folha de papel na porta da geladeira — uma fotocópia dos horários de oração na mesquita *Masjid al-Alamut.*

Omar Yussef ergueu as sobrancelhas. *Alamut*, pensou. *O verdadeiro Castelo dos Assassinos. Esses meninos não esqueceram minhas aulas de história.*

Bateu na porta de um dos quartos e o percorreu com o olhar. As persianas estavam fechadas. Procurou o interruptor da luz. A cama estava desarrumada; um armário no meio do minúsculo cômodo tapava a maior parte da janela. Uma transcrição das primeiras linhas do Corão em dourado sobre preto estava pendurada sobre a cama. No parapeito da janela havia dois porta-retratos com fotografias de Rashid, a primeira com os pais, a segunda, tirada quando ele estava no ensino médio, com seus três melhores amigos e seu sorridente professor de história. Omar Yussef balançou a cabeça. A fotografia mostrava-lhe o quão rapidamente envelhecera. Talvez fosse apenas o fato de o sorriso parecer deslocado em sua vida atual, tão cheia de tristeza e morte ficara sua cidade natal desde os dias em que dera aulas para os meninos que agora moravam naquele apartamento.

Seguiu então para o outro quarto. Uma das cortinas estava aberta, deixando entrar uma luz tênue, suficiente apenas para ver que havia alguém ali, na penumbra, deitado na cama mais afastada da porta.

— Ala, meu filho? Acorde. — Bateu de leve no batente da porta. — Nizar?

O vulto na cama não se moveu. Sob a luz fraca da janela, Omar Yussef distinguia duas pernas vestidas com calças esporte pretas bem passadas e reluzentes botas pretas. Ele se aproximou, franzindo os olhos. Estendeu a mão para sacudir o braço do adormecido, tocou a manga de uma camisa de seda e se deu conta de que estava úmida. Recuou e escancarou a segunda cortina.

Omar Yussef cambaleou e caiu sentado na outra cama. Sua pulsação disparou subitamente, e ele apertou a mão sobre o coração, como se evitasse sua escapada da caixa torácica para o apartamento.

O homem na cama estava morto. No espaço em que deveria estar sua cabeça, a cor escura do sangue encharcava o travesseiro. Um tecido leve, tipo gaze, tinha sido colocado sobre a carne rasgada do pescoço. O sangue cobria a camisa do homem e espirrara na parede. As mãos do cadáver também estavam ensanguentadas. O rosto de Omar Yussef se contorceu. Seus olhos piscaram e se arregalaram.

Esse é meu filho?, ele se perguntou. Seus ombros tremiam e, de joelhos, ele se aproximou da cama. Suas mãos chafurdaram no sangue que cobria o chão perto do criado-mudo. Ele engasgou e um regurgitar ácido queimou sua boca. *Não pode ser ele.* Enxugou seu nariz, que escorria, e os lábios com o pulso, os olhos fixos no corpo. O homem morto era baixo e magro, de cintura fina e mãos delicadas. *Ele tem a constituição de Ala. Eu conheço essa camisa? É de Ala?*

No criado-mudo, viu uma carta com sua letra meticulosa. Estava desdobrada ao lado do despertador, sobre um livro de poemas de Taha Muhammad Ali. Ele a pegou. *Meu caro filho. Sua estimada mãe manda-lhe seu amor, e sua sobrinha Nadia anexou um conto que ela escreveu sobre algo misterioso que aconteceu em Nabulus. Eis as informações sobre minha viagem: se for a vontade de Alá, chegarei para a conferência da ONU na manhã de 11 de fevereiro e irei imediatamente encontrá-lo no Brooklin. Como conversamos muitas vezes e com tanta antecipação, você me mostrará a Pequena Palestina...*

Amassou as páginas entre os dedos ensanguentados e colocou a mão trêmula sobre o peito do cadáver. Seu pulso palpitava com tanta força, que sua mão parecia subir e descer, como se as costelas do homem morto ainda se movimentassem com a respiração. O sangue empoçado infiltrou-se em suas calças, gelando seus joelhos. *Que o Rei do Dia do Julgamento perdoe todas as minhas transgressões*, ele pensou, *e considere indigno que esse à minha frente seja o meu menino.* Enquanto suas articulações se enrijeciam com o sangue gélido, vinha-lhe a consciência de que lhe faltava a fé para trazer de volta à vida àquele corpo; não era um crente. Sua oração só o fez sentir-se mais desesperado e isolado. E, recuando para longe da cama, chorou.

CAPÍTULO 2

Em choque, Omar Yussef permaneceu sentado, imóvel, expectante e aterrorizado como um animal sendo caçado. Depois, sem noção do tempo que ficara ali no chão, observou seu pulso se erguer, parecendo-lhe um cadáver que flutuasse na água. Havia sangue no vidro de seu relógio. Ele o esfregou com o polegar. Sob a mancha marrom, o mostrador indicava uma hora.

Ouviu um passo na sala e esperou. Mais três passos, suaves mas decididos. Teve a sensação de que alguém estava bem atrás da porta do quarto.

Talvez seja Ala, pensou. *Ele está vivo.* Abriu a boca para chamar o filho, mas seus olhos pousaram no corpo sobre a cama. *Ou o assassino voltou.*

Pôs-se de pé, embora seus músculos lhe parecessem engessados. Não saberia dizer se pretendia confrontar o assassino ou achar um lugar para se esconder. Seus joelhos tremiam. Seu cérebro pareceu retrair-se por trás dos globos oculares. Apoiou-se na esquadria da porta ao sair para a sala.

Omar Yussef teve um relance das costas de um homem vestindo uma jaqueta acolchoada, calças, sapatos e gorro de lã pretos saindo pela porta entreaberta. O homem esbarrara na maquete de palitos de fósforo, que estava agora no chão. Omar Yussef foi até a porta, mas quando a alcançou quem quer que fosse já tinha descido as escadas e desaparecido.

Sob a adrenalina, seu pescoço teve um espasmo. *Pode ter sido um ladrão que por acaso deu com a porta aberta e decidiu tentar a sorte*. Tinha, porém, a certeza de que vira o assassino. Sentiu-se isolado e vulnerável. Talvez, o assassino se tivesse dado conta de que não havia a menor necessidade de fugir daquele velho frágil e trêmulo.

Vendo o telefone no chão perto do sofá, lhe ocorreu que precisava chamar a polícia. Pegou o fone, mas se deteve. *Qual é o número dos serviços de emergência neste país?* Lembrou-se então de ter lido um artigo justificando por que aquela data fatal tinha sido tão significativa para os americanos, e discou.

Uma voz de mulher atendeu.

— Nove um um, emergência.

Omar Yussef limpou a garganta e falou em seu inglês preciso.

— Gostaria de informar uma morte.

— De que tipo, senhor?

Compreender a mulher do outro lado da linha demandou-lhe alguns segundos. A voz da telefonista tinha a impenetrabilidade da má dicção aliada à limitação de repetir um roteiro fechado. — Eu quis dizer, é um assassinato.

— Como sabe que é um assassinato, senhor?

O telefone tremeu na mão de Omar Yussef. — Ele está sem cabeça.

— Alguém morto e sem cabeça, senhor?

Omar Yussef assentiu para o telefone.

— Senhor? É essa a situação?

— Exatamente — gaguejou ele. — Sem cabeça.

— Qual o endereço, senhor?

Omar Yussef procurou o papel com o endereço de seu filho. Verificou os bolsos, mas tinha sumido. — Eu não lembro o endereço. É em Bay Ridge. Na Fifth Avenue. No andar de cima de uma butique.

— O nome da butique, senhor?

— Abdelrahim. Mas isso está em árabe. Em inglês, está escrito apenas *Butique*.

— Seu nome, senhor?

— Vão mandar a polícia agora?

— Sim, senhor. Qual é o seu nome?

— Sirhan. Omar Yussef Sirhan. Do Campo de Refugiados de Dehaisha.

— De onde, senhor?

— Ah, Belém, na Palestina. Não sou americano. — Ao acrescentar esta última, desnecessária, informação, Omar Yussef se deu conta de que falara com uma espécie de vergonha. Soou para ele como admissão de cumplicidade no assassinato do homem no quarto e naqueles outros assassinatos notoriamente cometidos por seu povo nesta terra, uma confissão de que era um forasteiro não comprometido com a decência e a confiança que os americanos julgavam compartilhar.

— Sabe a identidade da vítima, senhor?

— Não com certeza. — Omar Yussef sentiu novamente a pressão no fundo de seus olhos. Deixou-se cair no sofá e pôs a mão na testa.

— Senhor?

— Pode ser que seja meu filho.

— Permaneça onde está, senhor. A polícia está a caminho.

— Se for a vontade de Alá, que venham. Enquanto isso, ficarei aqui, com ele

— Senhor?

Só depois de desligar Omar Yussef percebeu que dissera as últimas palavras para a telefonista em árabe.

Pegou a maquete de palitos de fósforo. O domo dourado estava afundado no lado, que batera no chão. Ao tentar recolocá-lo no lugar, seus dedos mancharam de marrom os palitos; olhou para suas mãos pegajosas, foi para a cozinha e abriu a torneira de água quente, limpando o sangue nas palmas das mãos. No dorso de uma delas, uma mancha de velhice maculava sua pele cor de oliva. Sentiu-se envelhecido e frágil. Seu corpo estava decaindo — mas ainda estava vivo. Uma interjeição de pânico escapou de seus lábios ao pensar que seu filho talvez jamais ficasse velho.

Quando fechou a torneira, ouviu passos na escada. Voltou à sala, receando que o homem de jaqueta preta tivesse retornado. Os passos, porém, eram casuais e barulhentos. *Deve ser a polícia*, pensou. Olhando para suas calças marrons, perguntou-se se as manchas de sangue em seus joelhos eram evidentes. Subitamente teve medo de ser considerado culpado pelo assassinato. Supondo que suas mãos poderiam ter deixado sangue em seu rosto antes de ele as ter lavado, tirou os óculos e esfregou a testa com a manga da jaqueta.

Pôs os óculos e viu Ala na soleira da porta.

— Pai, que a paz esteja convosco. — O rapaz sorriu, abriu os braços e se aproximou de Omar Yussef. A imobilidade do rosto de seu pai o deteve. — O que é isso em suas calças, pai?

— Meu menino, você está vivo. — Omar Yussef acariciou os cachos macios do cabelo de Ala e sentiu os pelos finos de seu bigode. Com 1,70 metro, Ala era só três centímetros mais alto do que seu pai, mas agora parecia enorme, em face do homem nervoso, encolhido.

— Graças a Alá. — Ala segurou os cotovelos do pai e o beijou nas bochechas. — O que você está dizendo? Alguma piada? Há partes perigosas no Brooklin, mas Bay Ridge não é um bairro tão ruim assim.

— Meu filho, há um corpo em seu quarto

Ala segurou com mais força os braços de Omar Yussef. — O quê? Pai, fale sério. O que está acontecendo?

Omar Yussef apontou o quarto de seu filho e baixou a cabeça. O jovem entrou em seu quarto.

— Que Alá tenha misericórdia dele — balbuciou Ala. — É Nizar.

— Meu filho, pensei que poderia ser *você*. — Um calafrio percorreu Omar Yussef, que alcançava a porta do quarto.

— Essa camisa. — A voz de Ala estava embargada com as lágrimas. Esses sapatos; ele tinha muito orgulho deles. Chamava-os de suas "botas Armani". São caros. É Nizar. — Ele pegou a mão de Omar Yussef, ainda avermelhada e quente por ter sido esfregada, apertou-lhe os dedos trêmulos, e então voltou-se com olhos embaçados para seu amigo morto.

Omar Yussef deixou-se cair no sofá e procurou uma posição que escondesse o sangue em suas calças. Cobriu o colo com uma almofada bordada em vermelho e preto com o geométrico padrão tribal de Belém. Passando o indicador pela linha grossa, ele se perguntou se Maryam a teria feito para o filho. Fechou os olhos e tentou visualizar sua mulher, mas em vez dela foi o rosto de Nizar que lhe apareceu. *Meu antigo aluno*, pensou. *Meu caro menino.*

Ala veio de seu quarto. As lágrimas e o tremor tinham-se esvaído. Seu rosto estava rígido. Omar Yussef julgou detectar piedade e ódio nos olhos cor de mel de seu filho, agora contraídos.

— O filho da mãe — murmurou Ala. — Rashid finalmente matou Nizar.

— Não! Era o melhor amigo dele.

Ala bateu com força a porta da frente. Enquanto o estrondo ainda ecoava, ele gritou:

— As coisas mudaram muito desde quando estávamos todos juntos na Frères School, pai.

— Mesmo assim, assassinato? O que poderia ter levado Rashid a fazer algo assim?

— Não queira saber.

— Não vou acreditar. Você não pode ter certeza de uma coisa assim.

Ala voltou-se para a janela, puxou para trás uma ponta da cortina e olhou a rua cinzenta lá embaixo. Seu queixo enrijeceu, e sua voz era incisiva quando falou. — Ele deixou o mais claro que podia.

— O que você quer dizer?

O jovem esfregou o fino tecido da cortina entre os dedos. — O Homem Velado.

— O quê?

Os olhos de Ala permaneceram na cortina, furiosos. — Aquele pano no travesseiro, onde a cabeça de Nizar deveria estar. É como um véu usado por uma mulher.

— Mas um homem de véu?

— Você sabe tanto quanto eu, pai. Você nos ensinou isso nas aulas de história.

— O véu usado nas histórias messiânicas pelo homem traiçoeiro, o inimigo do Mahdi.

— Isso mesmo. Quando o nosso Messias, o Mahdi, vier, o homem que se oporá a ele supostamente usará um véu, e o Mahdi o enfrentará e o matará.

Uma sirene soou nas imediações

— O que isso tem a ver com Rashid? — perguntou Omar Yussef.

Ala balançou a cabeça. — Rashid e Nizar...

A sirene estava mais perto.

— A Pequena Palestina não é exatamente como eu fiz você acreditar, pai. Viver nos Estados Unidos é duro. Ninguém liga para meu diploma em computação da Universidade de Belém. Não consegui um emprego decente. Nem Rashid, nem Nizar. Para os americanos não passamos de mais uma gangue de árabes, terroristas ou apoiadores de terroristas, fanáticos antiamericanos, que em troca merecem tratamento também fanático. — Ele bateu as mãos nas coxas e deixou os ombros caírem. — Não sou um programador, pai. Trabalho como vendedor de computadores numa loja de outro palestino. Para fechar as contas, dirijo um táxi algumas noites por semana. Rashid e Nizar trabalham na mesma companhia. Divido esse apartamento com eles porque não posso arcar com um lugar só meu.

— O que isso tem a ver com o que aconteceu? Como isso prova que Rashid matou Nizar?

— Moro com eles; sei como a vida é difícil nos Estados Unidos e sei o que aconteceu entre eles.

— E o que aconteceu?

Ala esfregou os olhos e deixou a cortina cair sobre a janela. — A polícia chegou.

CAPÍTULO 3

Os peritos enunciavam detalhes sobre o corpo, sua posição e condição, a distância dos objetos em volta. Pronunciavam as vogais anasaladas e a língua delas espremia consoantes distorcidas nos dentes da frente, de modo que era difícil para Omar Yussef compreendê-los. Afundado num canto do sofá, ele se perguntou como poderia lhes explicar por que o garoto morto fugira de Belém para o Brooklin. Sua terra natal parecia distante e soaria com certeza exótica para esses detetives. Receava que eles interpretassem mal, para o pior, o que quer que dissesse, como, aliás, costuma reagir qualquer um diante de situações incomuns.

Na outra ponta do sofá, Ala parecia não estar escutando os policiais; seus olhos fixavam o chão, e o queixo contraído sinalizava raiva. *O que ele sabe?*, Omar Yussef pensou. *Como pode ter tanta certeza de que isso foi obra de Rashid?* Repeliu o ressentido impulso de descontar em alguém o transtorno que aquilo causava em sua visita. Ainda assim, entretanto, deixou escapar: — Ala, no que você se envolveu? — Imediatamente quis desculpar-se, mas os olhos de Ala estavam amargos e ameaçadores.

Omar Yussef ajeitou seus óculos e suspirou. — Você lembra — perguntou — como Nizar costumava caçoar do padre Michel na Frères School? Como ele imitava o árabe com sotaque dele?

Ala tocou a testa com as pontas dos dedos, cobrindo o rosto e se recusando a responder. Quando, porém, seu pai imitou o dar de ombros e o biquinho do padre católico que lhe ensinara francês na adolescência, deixou escapar uma risadinha e aceitou a conversa. — O padre costumava dizer: "Meu menino, se eu quisesse ofendê-lo, o chamaria de protestante herege, mas, em vez disso, me aterei aos fatos e direi apenas que você é uma criança estúpida, não?" Nizar sabia imitá-lo perfeitamente.

— Nizar era sempre o menino mais engraçado. — O olhar de Omar Yussef estava longe, perdido em memórias enlevadas.

— Uma vez, quando o padre Michel estava doente, Nizar levou para ele uma tigela do *mouloukhiyeh* de sua mãe, para animá-lo — Ala lembrou.

— É, suas brincadeiras eram sempre afetuosas.

A risada deles cedeu, ambos voltando de suas reminiscências para o homem cujo corpo jazia no quarto ao lado.

Uma mulher baixa, de pele escura e cabelos pretos, lisos, que se espalhavam sobre seus ombros estreitos, entrou apressada no apartamento. Puxou uma bandana para trás de sua testa e ajustou os óculos redondos antes de desabotoar seu sobretudo azul.

Atrás dela, o vão da porta foi preenchido pelos largos ombros de um homem árabe alto. Seu rosto pareceu familiar a Omar Yussef. Volumosa e imponente sobre o pescoço grosso, sua cabeça era quase totalmente raspada. Com o lábio inferior frouxo, respirava pela boca. Usava um cavanhaque preto bem-aparado, e seus olhos eram escuros, lentos e duros.

— Mandaram o tira árabe para lidar com o árabe morto — observou Ala.

Omar Yussef olhou-o, perplexo com seu desrespeito e hostilidade. *Ele teve um choque terrível*, pensou, *mas algo mais o perturba. Está usando a agressão como escudo.*

— Não exatamente — a voz era grave e rouca. — Sou palestino e não estou aqui para lidar com o árabe morto, como você disse. Temos especialistas para os cadáveres, árabes ou não. Estou aqui para lidar com *vocês*.

Ele compreenderá nossa língua e reconhecerá as nuanças em nossos depoimentos, Omar Yussef pensou. *Espero que isso o faça perdoar a raiva de meu filho.*

— O que temos aqui? — a mulher perguntou para o policial uniformizado mais próximo, e sua voz soava aguda e incisiva.

— A vítima está naquele quarto, tenente — o policial informou. — Deveríamos... comunicar ao FBI?

— Os federais? — Ela o encarou.

— A vítima é árabe — o detetive corpulento adiantou-se. — É isso o que ele quer dizer.

— Sim, é isso — assentiu o policial.

— Acha que se trata de um terrorista suicida? — O detetive árabe o encarou com o desprezo implacável de um imã contemplando uma orgia. — Teria ele cortado a cabeça e a atirado em alguém? Talvez mantivesse um estoque de granadas de mão ilegais em suas bochechas, e uma delas explodiu por acidente.

O policial esfregou o pé para a frente e para trás no capacho da cozinha.

— Ah, por Deus, tenente — murmurou ele, recorrendo à outra detetive, que, balançando a cabeça, fez sinal para o detetive árabe a acompanhar:

— Venha, vamos ver o que há aqui.

Ele a seguiu, mas antes pousou em Ala seus olhos, carregados de uma intensidade letárgica que o fazia parecer um lutador recuperando a força entre rounds.

Através da porta aberta, Omar Yussef ouviu o árabe conversar em voz baixa com alguém que já estava no quarto. A voz penetrante da outra detetive descreveu a localização e as condições do corpo. Ela veio até a porta e, ainda falando num gravador pequeno, olhou de relance para Omar Yussef.

Enquanto a ouvia listar as características visíveis de Nizar, ele se perguntou como a detetive o descreveria, fosse ele o objeto de sua investigação. *A vítima parece ter mais de 70 anos, embora os documentos de identidade indiquem que tinha 58. Cabelo: branco, penteado sobre a cabeça calva com manchas de velhice. Olhos: castanhos. Bigode branco. Óculos Gucci de armação dourada. Ombros e peito mostram falta de atividade física em geral. Roupas caras e de boa qualidade. Camisa azul, com o monograma OYS; cardigã e jaqueta castanho-claros; calças marrons, com manchas de sangue.* Em seu devaneio, Omar Yussef ergueu os olhos. A tenente ainda estava na soleira da porta e segurava o gravador junto ao queixo, mas parara de falar. Ele viu que ela percebera o sangue em seus joelhos.

O detetive árabe passou por ela e parou em frente a Omar Yussef.

— Saudações, *ustaz* — disse ele, em árabe, a voz mais leve do que antes, como se cumprimentasse um amigo.

— Saudações duplas. — levantou-se Omar Yussef.

— Os policiais me disseram que está aqui em visita e que é de Belém, minha cidade natal.

Omar Yussef sorriu e olhou para Ala — Ouviu isso, meu menino? — Seu filho contraiu o rosto e com desdém baixou os olhos para as mãos.

— Meu nome é Hamza Abayat. Cresci logo abaixo da colina da Igreja da Natividade.

— Conheço os Abayat — disse Omar Yussef. — Você é do clã Ta'amra.

Hamza deu um largo sorriso.

— Bem-vindo, bem-vindo a Nova York.

— Infelizmente, essas boas-vindas não são das mais bem-vindas. — O riso de Omar Yussef soou rouco e amargo. Estranhava sentir-se tão caloroso em relação ao policial simplesmente porque eram da mesma cidade. *Devo estar me sentindo muito mais perdido nesta cidade do que suspeitava*, pensou.

A tenente aproximou-se e olhou para Omar Yussef.

— A vítima é palestina?

— Correto — respondeu ele.

— Eis o que encontramos nos bolsos da vítima. — Dirigindo-se a ele, ela mostrou um saco plástico transparente para provas contendo um passaporte azul. — Passaporte jordaniano, identifica o portador como Nizar Fayez Khaled Jado, nascido em Belém, Cisjordânia, em 18 de abril de 1984. Por que o cara tem passaporte jordaniano se é palestino?

— Os palestinos não têm Estado nem, portanto, passaportes próprios — explicou Hamza. — Ao menos não do tipo que vale alguma coisa.

A tenente balançou o passaporte jordaniano.

— Você nasceu em Belém, Hamza. Tem um passaporte assim?

— Meu passaporte é americano, tenente.

— Certo, certo. — A mulher sorriu e brandiu outro saco transparente. — Carteira contendo habilitação para dirigir em Nova York, cartão de banco, cartão do Seguro Social, todos em nome do referido Nizar Fayez Khaled Jado, residente neste endereço. Alguns ingressos usados do Ciclone em Coney Island e de algum lugar de paintball, também naquela região; o cara gostava de emoções fortes. E há este outro saco. O que está escrito, Hamza? Está em árabe, certo?

— O que é paintball? — perguntou Omar Yussef.

— Matar por diversão — murmurou Hamza, pegando o último saco plástico. Aberta dentro dele, havia uma folha de papel rosa com algo escrito em delicada caligrafia. Omar Yussef notou que Ala ergueu os olhos, enquanto o detetive lia.

— Uma carta assinada por Rania. Escrita para esse Nizar.

— O que está escrito? — perguntou a tenente.

Hamza pigarreou.

— É uma carta de amor.

— Vamos, cara. Traduza.

— Quero estar com você de novo, senti-lo perto... — O detetive corpulento parou. — Não é decente ler aqui. É muito... detalhada, explícita.

Ala suspirou.

A tenente pegou a carta.

— Está bem, está bem. Voltaremos à delegacia, e diminuiremos as luzes, e você lerá a carta da romântica Rania tomando um borbulhante Chateau Budweiser. — Virando-se, ela apontou para o quarto menor. — De quem é esse quarto?

— Rashid, com quem dividíamos o apartamento. — murmurou Ala.

— Rashid? Pegue todos os detalhes, Hamza. — Ela voltou para o cadáver.

O detetive árabe pegou um caderninho estreito, que parecia sumir em sua mão. Coçou o queixo e ergueu as sobrancelhas para Ala, que baixou os olhos para as botas marrons de Hamza. Seu lábio se ergueu como se estivesse passando mal.

— O nome dele é Rashid Takrouri.

— Onde ele está?

— Talvez esteja trabalhando. É taxista. E Nizar também. Eram como irmãos.

— O que faz dele um dos principais suspeitos; é especialidade nossa, dos palestinos, matar nossos irmãos. — Hamza agitou os dedos. — Sua aparência?

Ala deu de ombros como um adolescente macambúzio.

— Rashid tem mais ou menos a minha altura, um pouco mais baixo. Nós três costumávamos compartilhar roupas, exceto as melhores de Nizar, que tinha muito ciúme *delas*. Rashid é magro e tem cabelo preto, que usa penteado para trás. Não tem barba. Fuma o tempo todo e é muito nervoso.

— Ele tem um casaco preto? — perguntou Omar Yussef.

— Tem — murmurou Ala.

O detetive fixou os olhos em Omar Yussef, enquanto fazia sua próxima pergunta a Ala.

— Quando o viu pela última vez?

— Ontem à noite, quando saí para meu turno no táxi.

— Algo estranho? Ele parecia particularmente nervoso ou emocionado?

Ala cruzou os braços.

— Particularmente nervoso? Desde que veio para Nova York, Rashid sempre se comporta como se houvesse alguém na próxima esquina querendo matá-lo. Ele vive aterrorizado, esperando ser assaltado ou que atirem nele ou o esfaqueiem ou o joguem na frente de um trem de metrô.

— Por quê?

— Acha que todo americano é mau caráter, tem sede de sangue e odeia árabes. — Ala projetou o queixo para a frente num muxoxo. — O que *você* acha dos americanos?

— Limite-se a Rashid, certo?

— Ele vive eternamente aterrorizado

— E estava assim na noite passada?

— Não mais do que o normal.

Hamza virou-se para Omar Yussef.

— Qual é o seu nome, *ustaz*? Em Belém, onde mora?

— Meu nome é Omar Yussef Sirhan, do Campo de Refugiados de Dehaisha.

Com os olhos no bloco em sua mão e a voz em tom baixo, o detetive perguntou:

— Você é o professor a quem chamam Abu Ramiz? Da escola da ONU para meninas?

Surpreso, Omar Yussef olhou para o policial.

— Como sabe?

Hamza virou a cabeça de um lado para o outro em seu pescoço grosso.

— Não lhe pareço familiar?

Omar Yussef engoliu em seco.

— Parece com alguém com quem eu tive uma altercação alguns anos atrás.

— Hussein Tamari.

— O miliciano. O chefe das Brigadas dos Mártires em Belém

— Ele era meu tio, que Alá tenha misericórdia dele.

— Que Alá transfira os anos perdidos dele para prolongar sua vida. Seu tio e eu...

— Isso é passado, *ustaz*.

Omar Yussef examinou os olhos escuros, úmidos, do detetive corpulento e se perguntou se seu conflito com o tio do homem estava realmente esquecido.

— Eu não o via fazia anos, de qualquer forma. Meu pai me trouxe para o Brooklin quando eu mal era adolescente. Todas essas coisas, a intifada, a ocupação israelense, pareciam tão distantes

— Sorte sua

Hamza bateu com a unha em seu bloco

— Se não se importar, *ustaz*?

Omar Yussef fez um gesto com a palma da mão aberta para o detetive continuar.

— A que hora chegou no apartamento?

— Era meio-dia. Eu olhei no relógio, porque estranhei estar tão escuro a essa hora. — Omar Yussef passou o olhar em seu relógio e constatou que o sangue de Nizar ainda manchava o vidro. Pegou seu lenço e o esfregou.

— Onde estava antes de vir para cá?

— No hotel em Manhattan. Estou aqui para uma conferência na ONU.

Hamza ergueu uma sobrancelha.

— Não sou tão importante — justificou Omar Yussef. — É uma conferência sobre a "situação da Palestina". E devo falar sobre o sistema educacional da ONU nos campos de refugiados. Deixei minha bagagem no hotel e vim para cá encontrar meu filho.

— E antes de ir para o hotel?

— Peguei um táxi no aeroporto para Manhattan.

— A que horas seu avião pousou?

— Por volta das 9h30.

— Tem algum comprovante do voo? Para confirmar sua declaração. — O detetive deu de ombros a título de desculpa.

Omar Yussef pegou o canhoto de seu cartão de embarque em seu paletó. Hamza pegou-o, informando:

— Terei de conferir.

O voo é meu álibi? Eu realmente preciso de um álibi? Era como se, por ter-se envolvido a esse ponto no caso, Omar Yussef tivesse assumido parte da culpa do assassino.

— A que horas Nizar foi morto? — perguntou

Hamza olhou o canhoto.

— Pelo que podemos afirmar até agora, por volta da hora em que você disse que seu avião aterrissou. E quanto a você?

Ala ergueu os olhos, mantendo o queixo contraído.

— Onde estava às nove e meia?

— Em outro lugar.

Hamza empurrou a bochecha com a língua e ergueu o queixo.

— Isso é tudo que posso falar — acrescentou Ala.

— Não é o bastante.

— Meu filho, você tem de fornecer um álibi — Omar Yussef se intrometeu. — Você não esteve com alguém que possa confirmar onde estava?

— Sim, mas não posso dizer quem. — O rosto implacável de Ala assumiu momentaneamente uma expressão desesperada e infantil. — Simplesmente não posso, pai.

— Não é seu pai que está perguntando — ponderou Hamza. — Se não me der um álibi, vou ter de levá-lo.

— Não pode prendê-lo — gaguejou Omar Yussef.

— Acalme-se, *ustaz*. Não estamos na Palestina. Se seu filho tiver de vir para a delegacia comigo, terá todos os direitos que lhe são devidos.

— Mas ele é inocente.

— Ele é culpado de ocultar alguma coisa, e eu quero saber o que é.

— Ala, diga a ele onde estava. Isso é sério.

Ala juntou as mãos, mas Omar Yussef viu que tremiam.

— Você não vai contar a mamãe sobre isso, vai?

CAPÍTULO 4

Um policial pôs a mão no alto da cabeça de Ala, guiando-o para entrar no carro da polícia. Quando a retirou, os cachos do rapaz caíram-lhe sobre os olhos. Omar Yussef deu um passo à frente pretendendo pôr para trás o cabelo de seu filho, mas o policial bateu a porta. Quando o carro virou a esquina da Bay Ridge Avenue, um calafrio percorreu seu corpo.

— Precisa de um casaco melhor se pretende andar pelas ruas de Nova York, tio. — Hamza se aproximara de Omar Yussef, enfiando as mãos nos bolsos de sua parca azul. — É mais frio do que o burro de um carregador de água, como dizem em nossa terra.

Omar Yussef ia explicar ao detetive que o calafrio fora por causa de seu filho, mas uma forte rajada de vento gélido o deteve. Suas mãos tremiam quando tentou puxar o zíper de sua jaqueta.

— Estou indo para a delegacia de polícia. Não preciso de um casaco.

— Não é uma boa ideia. Não poderá ver seu filho por algum tempo, a menos que ele mude de ideia e decida falar.

— Eu esperarei.

— Mesmo que não seja o perpetrador...

— Isso é ridículo. É claro que ele não é.

— ... Ele está escondendo alguma coisa. O assassino talvez saiba disso e o queira fora do caminho, no caso de seu filho decidir abrir a boca. Pode ser que ele esteja mais seguro detido do que aqui fora. Talvez seja por isso que ele se calou.

Omar Yussef virou-se, como se o assassino pudesse estar atrás de uma das desoladas árvores invernais. Estremeceu.

Hamza olhou ao longo da avenida para o sul, o lado oposto ao que o carro da polícia seguira.

— Esta não é a Nova York mágica e empolgante que se vê no cinema — observou. — É apenas o tranquilo bairro do Brooklin. Mas há muitas coisas surpreendentes mesmo aqui, tio. Coisas que você nem imaginaria lá na Palestina.

Omar Yussef fechou os olhos e respirou fundo, empenhado em parar o tremor de suas mãos. *Ele está me dando a chance de me atrapalhar com o zíper desta jaqueta sem ficar constrangido. E também passou a me chamar de* tio *em vez do mais formal* ustaz. *Está tentando obter alguma informação de mim. Talvez eu possa fazer com que ele desista da ideia de que Ala possa ter alguma coisa a ver com isso. Talvez seja mais útil do que ficar esperando no corredor da delegacia.*

— O bairro me parece comum, mas estou pronto para ficar impressionado — disse ele com um sorriso.

— Olhe bem no final desta avenida, tio. O que está vendo? — Hamza estendeu o braço. Talvez a uns 3 quilômetros dali, além dos letreiros das mercearias coreanas e cafés árabes, pizzarias italianas e redes americanas de sorvete, estavam as enormes pilastras de uma ponte pênsil. Suas torres cinza se impunham com a arrogante simetria de um arranha-céu de Manhattan. — Aquela é a ponte Verrazano-Narrows.

— É tão grande! Assustadora. — Omar Yussef finalmente conseguira puxar o zíper de sua jaqueta até o queixo.

— Tão imensa, que os engenheiros tiveram de levar em conta a curvatura da superfície da Terra no projeto. Ela se expande e contrai de acordo com a temperatura, das estações, de modo que no verão a pista fica 3 metros mais baixa do que no inverno. — Hamza balançou a cabeça, maravilhado. — Pense nisso. Você consegue imaginar nosso povo construindo algo assim no mundo árabe? Este é um lugar incrível, tio.

— É apenas de pontes grandes e prédios altos que você gosta em Nova York?

— Os árabes neste bairro, Bay Ridge, são na maioria palestinos. Na direção de Manhattan, você encontrará a Atlantic Avenue, onde há um monte de iemenitas. E em Queens há os marroquinos. Assim que qualquer um deles consegue juntar bastante dinheiro, cruza a ponte para Staten Island, onde compra uma casa grande e boa. — Hamza virou-se e com um gesto do braço abarcou a avenida. — Bay Ridge antes era norueguesa e irlandesa, até uma década atrás. Então nosso povo veio, e logo se formou a Pequena Palestina. Em algum momento todos os palestinos acabarão ficando prósperos e cruzarão aquela ponte. A Pequena Palestina está destinada a morrer jovem. — Olhando atentamente para Omar Yussef, ele ergueu o indicador. — Mas na Grande Palestina vocês ainda estarão vivendo nos mesmos imundos campos de refugiados. Não há alternativa em nossa terra, nenhuma maneira de prosperar. É por isso que gosto mais daqui.

Omar Yussef apontou com o dedo por cima do ombro.

— Infelizmente, seus colegas não estão levando meu filho para atravessar a ponte para a prosperidade. Eles foram na direção oposta

— Não se preocupe com ele, tio. Estará seguro na delegacia. A minha colega, tenente Raghavan, não é um desses americanos que julgam os árabes capazes de todas as maldades.

— E quanto a você? É um deles?

— Se pensa que estou sendo duro com seu filho porque ele é árabe, está enganado.

— Você é duro com todo mundo?

— Sou apenas duro.

— Não acredita realmente que Ala matou aquele rapaz, acredita?

— Há uma lanchonete a alguns quarteirões de um cara de Beit Hanina. Venha comigo e permita que eu lhe ofereça a melhor esfiha do Brooklin.

Ele segurou o braço de Omar Yussef, que deu uma última olhada na direção em que o carro de polícia desaparecera, sussurrou o nome de seu filho e deixou-se ser levado.

Seguiram pela avenida passando por uma quadra de basquete cercada por alambrado. Num canto, seis garotas muçulmanas jogavam handebol junto a uma alta parede cinza. Usavam seus *mendils* pretos bem apertados na cabeça e com as pontas enfiadas sob a gola.

— Mesmo não sendo religiosas, aqui as garotas devem querer cobrir a cabeça no inverno — comentou Omar Yussef.

— Quando chega o verão e elas começam a suar, não veem a hora de entrar em casa para tirar. — Hamsa acenou para uma das garotas, que lhe respondeu soprando um beijo. — Minha filha — informou ele.

— Você mora aqui? Não atravessou a ponte para uma casa maior?

— Pela mesma razão, imagino, que você não se mudou do campo de refugiados, embora não se vista como um homem pobre. Gosto de morar onde as pessoas me conhecem

Omar Yussef observou o andar determinado do detetive. Ele parecia pesado, e seus ombros desciam poderosamente para costas volumosas, mas era equilibrado e ágil. Seu corpo, como, aliás, seu rosto, espelhava o perigoso parente com quem Omar Yussef se envolvera em Belém.

— Seu tio Hussein não era tão mau como julguei a princípio, Hamza — disse ele, cautelosamente, mantendo os olhos nos do detetive. — Sob o comando dele, entretanto, as Brigadas de Mártires fizeram coisas terríveis em Belém.

— Acha que ele teria sido o mesmo tipo de homem se não tivesse nascido em meio à violência de Belém? — O detetive se virou para observar a filha comemorar a vitória no jogo de handebol e correr para pegar o casaco.

Omar Yussef lembrou-se da maneira que Hussein se pavoneava por Belém com sua enorme metralhadora nos quadris. *Tenho bastante certeza de que ele seria um gângster onde quer que tivesse nascido,* pensou. *Belém apenas lhe ofereceu as melhores oportunidades.* Recordou o total desregramento da intifada, os espancamentos, extorsões e assassinatos, e se perguntou quanto da perversidade com que Hussein dirigia sua gangue teria sido passada para Hamza em seus genes. Aquela tinha sido uma época violenta; contudo, ele nunca tinha visto o corpo de um homem com a cabeça decapitada.

Seu sapato escorregou na neve suja, e Hamza segurou-o pelo cotovelo, apoiando-o com um aperto tão firme, que lembrava fortes mandíbulas de um animal.

CAPÍTULO 5

Um toldo de listras vermelhas, brancas e verdes cobria a calçada cinzenta e escorregadia em frente à lanchonete de Suleiman.

— Suponho que o tenham comprado da mesma empresa que atende a todas as pizzarias. As cores da bandeira italiana — Hamza esclareceu que, por acaso, são as mesmas cores da bandeira palestina.

Omar Yussef olhou para o toldo e franziu as sobrancelhas.

— Esqueceram uma cor. Deveria haver preto também.

— A figurinha é em preto. — No desenho ao lado do nome da casa, um garçom magrinho usando fez e bigode turco erguia um comprido bule de café. — Portanto, as cores estão completas, afinal. E por falar em preto, por que perguntou a seu filho se Rashid tem um casaco preto?

— Depois que encontrei o corpo, alguém entrou no apartamento. Quem quer que fosse, fugiu assim que me ouviu. Só o vi de costas, saindo pela porta. E usava uma jaqueta preta.

Hamza coçou a sobrancelha.

— Sei.

Omar Yussef não gostou do tom cético do detetive.

— Você está supondo que inventei isso para afastar as suspeitas sobre meu filho?

— Assim que sentarmos, eu vou pegar meu bloco e escrever "jaqueta preta". Vamos entrar.

Ao lado da porta pela qual passaram, três jovens se despediam trocando cumprimentos árabes cheios de cortesia enquanto realizavam um elaborado ritual estalando os dedos e tocando os nós. Hamza conduziu Omar Yussef até uma das cinco mesinhas junto ao balcão e foi fazer o pedido.

Omar Yussef espiou a vitrina com travessas amplas de folhas de parreira recheadas com arroz, pirâmides de baklava e pistaches verdes picados em doces ninhos de massa *phyllo*. Ele tinha suspeitas quanto às mudanças que nos Estados Unidos poderiam ter sido feitas na cozinha árabe tradicional; nada viu de errado, porém, quanto à aparência, mas, porque permanecia desconfiado, estranhou o quanto queria prová-la.

Hamza colocou na mesa uma bandeja de plástico barata com uma *mezzeh* de pastas e saladas. Depois do estresse da manhã, Omar Yussef acalmou-se ao ver o hummus regado com azeite de oliva e as esfihas com seu recheio de carne moída e pignoli. Pegou uma esfiha com as duas mãos e deu uma generosa mordida.

— À sua dupla saúde — disse Hamza.

Omar Yussef murmurou sua gratidão enquanto mastigava Mergulhou um pedaço de pão num prato de *labaneh* e levou a pasta branca à boca. Esperava o sabor mais fraco, inferior, de leite de vaca, mas tinha a intensidade do iogurte de leite de cabra própria do melhor *labaneh*. Deliciou-se com o gosto de sua terra natal como se, em vez de um dia, estivesse fora há um ano. *Pareço uma criança, com tamanha saudade de casa.*

Hamza chamou o homem pesadão de bigode atrás do balcão.

— Abu Hisham, traga-nos um pouco de *kousa mahshi*, por favor. O meu amigo aqui não viu outra coisa além de comida de avião o dia todo. Precisa recuperar-se. — Pousou sua mão na de Omar Youssef e afetuosamente alisou-a com o polegar.

Um prato de abobrinhas recheadas com carne moída, arroz e tomate picado veio do balcão. Omar Yussef cortou uma delas e a colocou na boca.

— À sua dupla saúde, *ustaz* — desejou Abu Hisham.

Omar Yussef sentiu-se mais caloroso e trocou um sorriso com Hamza.

— Não vai comer?

— Abu Hisham vai me trazer frango daqui a pouco. — O detetive olhou o relógio. — Sou cuidadoso com a minha dieta. Está na hora de ingerir alguma proteína. — Ele tirou uma bola de squash verde do bolso e a espremeu entre seus dedos grossos.

— Algum problema de saúde?

— Vou competir no Mister Arab de Nova York no mês que vem

Omar Yussef agitou a mão, com a palma para cima, interrogando.

— Sou um fisiculturista — disse Hamza. — Estou treinando o supino reto e o inclinado. Minha especialidade, porém, é o *deadlift*.

— Bom exercício para um detetive de homicídios.

Hamza pressionou com o polegar o teclado de seu celular e virou a tela para Omar Yussef, mostrando uma foto: ele sorrindo, em calções apertados, o corpo maciço sem pelos e reluzente de óleo; nos bíceps, um emaranhado de veias grossas, como um mapa do delta do Nilo.

— Sou eu ganhando outra competição há uns meses — disse.

Omar Yussef contraiu os olhos para observar os músculos maciços e lembrou a firmeza com que ele o segurara no cotovelo.

— Desculpe-me não esperar seu prato chegar. Não estou treinando para nada mais estafante do que erguer uma pilha de cadernos de exercícios com dissertações sobre a história dos fatímidas no Egito.

— Isso soa mais pesado do que o meu *deadlift*. Bom apetite. À sua dupla saúde.

Omar Yussef engasgou com o *kousa mahshi* e tossiu. Sabia por quê.

— Como é a comida nas celas da delegacia de polícia? — perguntou.

Hamza rolava a bola de squash de uma mão para a outra no tampo da mesa.

— Como foi o seu voo? Embarcou em Amã?

— Pelo visto, a comida na prisão é desagradável demais para se falar dela.

— A comida é ótima. É das celas de que prefiro não falar.

A boca de Omar Yussef ressecou.

— O avião estava quase vazio, exceto por uma tropa da New York National Guardsmen voltando do serviço no Iraque. Todos magros e tensos, como fantasmas em uniformes de combate no deserto.

Abu Hisham trouxe um prato de frango grelhado que parecia ter apenas um pouco de suco de limão como tempero. Hamza desfiou um pedaço do peito e o colocou na boca.

— Devem ter visto coisas terríveis lá.

Omar Yussef pensou no corpo sem cabeça de Nizar e se perguntou se a imagem o deixaria dormir quando fechasse os olhos.

— Com licença — disse ele.

Foi até o banheiro nos fundos da lanchonete, tirou os óculos e lavou o rosto. Sentiu a água pingando das têmporas e do nariz, mas quando olhou no espelho sua miopia borrou a imagem e fez parecer que seu rosto derretia. Agarrou-se à pia, como se quisesse arrancá-la da parede, e deixou sua testa se apoiar no espelho.

— Ah, meu pequeno Ala — sussurrou.

Quando voltou à mesa, tirou um maço de guardanapos do suporte metálico e, sem se dar conta, cortou-os em tiras, deixando-as ao lado de seu prato.

Observando o arranjo das tiras de papel, Hamza respirou fundo.

— Como seu filho conheceu os amigos com quem dividia o apartamento?

Omar Yussef começou a fazer pequenas bolas com as tiras de guardanapo.

— Eram da mesma classe na escola.

— No ensino médio.

— Desde a alfabetização. Ele os conhece desde que tinha 3 anos.

— A Frères School?

— Como você adivinhou?

Hamza repuxou um canto da boca num sorriso

— Não consigo vê-lo deixando seu filho frequentar uma escola ruim, da ONU, no campo.

— Tenha cuidado. Sabe que sou o diretor de uma dessas escolas da ONU. Tenho algum orgulho profissional.

— Como é a qualidade da educação onde você trabalha? — O detetive repetiu o sorriso, mas dessa vez erguendo o queixo, como quem sabe do que está falando.

Omar Yussef bateu a ponta crocante da esfiha na borda do prato.

— As verbas são muito limitadas. — Encarou Hamza. — Ala estudou na Frères School porque, na época, eu era professor de história lá.

— Por que saiu?

Fui despedido porque o inspetor de escolas do governo me considerou livre-pensador demais, muito crítico da luta contra os israelenses, Omar Yussef pensou. *Como isso soaria para esse homem? Agora ele é americano, mas ainda é sobrinho de um líder da resistência morto.*

— Não importa — murmurou. — Os meninos estavam todos em minha classe. Eram muito próximos. Tinham até uma ganguezinha.

— Uma gangue?

Omar Yussef bateu a unha contra o prato, e o som pareceu o eco distante de um sino de alarme. "Gangue" certamente fora uma palavra infeliz.

Deu outra mordida na esfiha e a mastigou sem entusiasmo. Quando ergueu os olhos do prato, Hamza o encarava com olhos duros, semicerrados. A expressão do detetive imediatamente retomou a afabilidade. Omar Yussef observou os dedos grossos pulsando na bola de squash.

Hamza esperou Abu Hisham servir dois cafés e um prato de baklava na mesa. Uma jovem árabe com lenço preto envolvendo a cabeça e casaco de couro cor-de-rosa entrou, cumprimentando a equipe da lanchonete e sorrindo para Hamza e Omar Yussef. Hamza verificou a temperatura da xicrinha de café com a ponta dos dedos.

— Que tipo de gangue esses meninos formaram?

— Era mais uma sociedade secreta. Eles se denominavam Os Assassinos.

O detetive ergueu uma sobrancelha

— Quando eles tinham 14 anos, dei uma aula de história sobre a ordem medieval Os Assassinos. Eles nomearam o clube deles a partir dessa seita. Era uma sociedade intelectual, um segredinho inocente.

— Os três que dividem o apartamento eram os integrantes dela?

— Havia mais um, que não mora em Nova York.

— E quanto àquele cartaz na porta do apartamento: *O Castelo dos Assassinos?*

Omar Yussef lembrou o que Ala dissera sobre o Homem Velado, o traidor disfarçado que iria enfrentar o Mahdi. *Era uma parte essencial das crenças dos Assassinos históricos. Estará Hamza certo em se perguntar sobre essa conexão?*

— Por que está franzindo o cenho, *ustaz*?

— Se quer ver-me contente, liberte meu filho. — Omar Yussef ergueu o queixo na direção de Hamza, dando-se conta, imediatamente, de que agressão não fazia efeito nenhum no detetive. Hamza passou a língua pelo lábio inferior e ficou encarando Omar Yussef com olhos tão inertes quanto uma mortalha. *Ele é durão,* Omar Yussef pensou. *Mesmo se eu fosse do tipo que tenta intimidar as pessoas, não teria a menor chance com esse homem.* — O cartaz não passa de uma piada nostálgica. De castelo não há nada naquele apartamento.

— Se era uma sociedade secreta, como você tinha conhecimento dela?

Omar Yussef ergueu a xícara de café pela delicada asa e deu um gole. Sentindo o gosto doce, fez uma careta. *Filho da mãe, esqueci de pedir o meu sem açúcar,* pensou. Devolveu a xícara ao pires com certa irritação.

— Eu era parte do clube. Bom, num certo sentido.

— Você? Um dos Assassinos? — Hamza deu uma risadinha lenta, grave. — Perdoe-me, *ustaz,* mas me parece mais provável que entre você e aquela garota de rosa seja ela um assassino.

— Já lhe disse, era uma piada acadêmica. Ninguém ia de fato assassinar alguém. — Os meninos lhe tinham atribuído o nome do chefe medieval dos Assassinos, o Velho da Montanha. Ainda era então jovem o bastante para não ficar ofendido de ser chamado de velho. Limpou os óculos com um guardanapo. — Costumávamos fazer piqueniques em castelos de cruzados em ruínas.

— Castelos?

— Fingíamos que eram o Alamut. Esse era o nome da maior das fortalezas dos Assassinos.

— Alamut? O que isso significa?

Omar Yussef recolocou os óculos e fixou os olhos em Hamza. *Você não é o simples fortão que quer que eu acredite que é,* pensou.

— O Castelo da Morte. Esse é o significado mais provável em árabe e persa.

— Ah, o Castelo da Morte. E o cartaz na porta, "Castelo dos Assassinos", é só uma piada nostálgica, como você disse. O corpo dentro do apartamento, porém, estraga a brincadeira, não acha?

Omar Yussef girou a xícara de café lentamente no pires.

— Na cozinha do apartamento há um horário de orações de um lugar chamado Mesquita Alamut. Talvez haja alguma conexão.

— Então agora há uma mesquita inteira envolvida na brincadeira...? — Hamza coçou suavemente o cavanhaque. — Lembro de ter lido que quando esses Assassinos medievais saíam para suas missões, iam drogados.

— Isso é um mito. Eles se mostravam tão sem medo da morte, que as pessoas desconfiavam de que tivessem usado haxixe e por isso os chamavam de *Hashishine*. "Assassino" é uma corruptela dessa palavra. Na realidade, porém, eles eram como são hoje os membros do Hamas, da Jihad Islâmica e da al-Qaeda. Faziam coisas insanas porque acreditavam que seriam recompensados no Paraíso.

— As virgens, as *houris* de olhos escuros, e todo o resto?

Omar Yussef mordeu um pedaço de baklava e triturou os pistaches entre os molares.

— Não necessariamente tudo gira sempre em torno de sexo, sargento Abayat

Hamza fez um gesto com a mão.

— Claro, eles sentam ao lado de Alá e obtêm passe livre para o Paraíso também para seus parentes. Ainda assim, acredito que a maioria dos homens está mais interessada nas virgens, não importando o quanto amem o Mestre do Universo ou o que a mãe deles cozinha.

— Vejo que você não é um sheikh.

— E eu vejo que você não é um Assassino.

— Como tampouco meu filho.

— Nizar provavelmente não foi morto por alguém buscando as recompensas do Paraíso. A maioria das mortes aqui simplesmente diz respeito ao tráfico de drogas.

Omar Yussef empertigou-se.

— Meu filho não está envolvido em coisas assim. Como ousa?

— Mesmo não sendo verdade, a reputação dos Assassinos era de serem drogados com haxixe. Talvez esses rapazes tenham revivido o nome de sua gangue adolescente de brincadeira, como você diz; mas talvez a brincadeira seja uma referência privada ao fato de eles estarem traficando drogas.

— Você está tentando me provocar. Isso é loucura.

— Perdoe-me, mas mesmo no Brooklin não vemos corpos sem cabeças todos os dias. *Isso* é loucura. — Hamza debruçou-se sobre a mesa, e Omar Yussef recuou contra o encosto de sua cadeira. — E por acaso é também uma loucura que o envolve de algum modo, *ustaz*.

Omar Yussef teve de se esforçar para manter os olhos nos de Hamza. Questionando se teria sido muito aberto com o policial, sentiu o pânico arrepiá-lo. *Talvez ele use essa informação para incriminar Ala pelo assassinato; ou eu, como vingança pelo que me aconteceu em Belém com seu tio,* pensou.

— São meninos inteligentes. É por isso que basearam o clubinho deles em seu interesse por história. Eles não saíam para atirar pedras nos israelenses. O estudo era a recompensa deles, não o Paraíso. — Omar Yussef brincou com o triângulo de baklava em seu prato. Em Belém, a intifada levou pessoas que pareciam pacíficas à violência e ao martírio. *Mas não aqueles meninos,* pensou. *Disso, tenho certeza.*

Uma sirene de polícia aproximou-se. Hamza ficou olhando as luzes azul e vermelha passarem pela janela, e então encarou Omar Yussef.

— Depois do 11 de Setembro, o FBI acordou para o fato de que Bay Ridge se tornara a Pequena Palestina. Mandaram agentes para investigar todos os líderes da comunidade. Descobriram alguns que eram casados com pessoas cujos primos lá em Ramallah eram vizinhos de alguém que estava na cadeia por ser do Hamas. Coisas desse tipo que, entretanto, deixaram as pessoas cheias de suspeitas aqui, coisas que fizeram os tiras suspeitarem dos árabes, e os árabes se ressentirem com os tiras, com o FBI e, por fim, com os Estados Unidos. Algum dia isso vai acabar resultando em algo ruim, *ustaz*.

— As pessoas aqui se ressentem com você também?

— O alto escalão da polícia suspeita de todos os árabes. O INS, o FBI, todas as autoridades encarregadas de manter a lei estão de olho na comunidade árabe, e isso se aplica também aos tiras árabes. E os árabes nas ruas me veem como um traidor que trabalha para aqueles que os perseguem. — Hamza bateu na mesa com a lateral de seu punho pesado. — Não tenho medo de nenhum deles. Meu único medo é que alguém da Palestina venha aqui e use este lugar como base para atos terríveis. Se isso acontecer, os federais vão voltar, e então, que não seja essa a vontade de Alá, irão arrasar completamente a Pequena Palestina.

O mel na baklava aderiu ao esôfago de Omar Yussef e, por um momento, ele se sentiu sufocado. Tomou um gole de água.

— Obrigado por esta refeição — murmurou. — Estava muito boa.

— Que você a tenha saboreado com dupla saúde em seu coração. — Hamza tirou um cartão de visitas de sua carteira e o entregou a Omar Yussef. — O número de meu celular, para o caso de se lembrar de algo importante, *ustaz*.

Hamza acompanhou Omar Yussef de volta pela avenida até a estação de metrô. As nuvens permaneciam indistintas e uniformes, tornando o céu indiferente, mas os tijolos castanho-claros das casas geminadas nas transversais estavam brilhantes. O detetive apontou uma rua arborizada.

— As casas dessas ruas são caras. Há muitos gregos nesses quarteirões. Os árabes em geral moram na avenida, sobre as lojas, onde os apartamentos são mais baratos.

— Onde *você* mora?

— No final daquele quarteirão. Para minha mulher ficar perto da igreja.

Revestida de granito escuro, a torre quadrada de uma igreja se projetava no cinza indistinto do céu.

— Ela é cristã?

Hamza grunhiu algo e tirou um fiapo de frango dos dentes.

— O que sua tribo lá em Belém disse de você casar com uma cristã?

— É melhor do que casar com uma refugiada do campo em que *você* vive. — Hamza apontou para as fitas vermelhas nas árvores. — O Dia dos Namorados é nesta semana. Lembra que os cristãos em Beit Jala costumavam comemorá-lo?

Omar Yussef assentiu.

— Espera-se que você dê um cartão para sua esposa ou noiva.

— Nos Estados Unidos, tudo é muito comercializado, *ustaz*. Nas escolas, as crianças dão cartões de dia dos namorados e saquinhos de chocolate para todo mundo em sua classe.

— E todo mundo amarra uma fita vermelha na árvore em frente da sua casa?

— Não em toda parte, mas a associação de moradores organiza isso aqui. É melhor do que pichações sobre mártires mortos, não? — Hamza sorriu. — E quanto à desafortunada namorada de Nizar? Quem é Rania?

Omar Yussef lembrou-se do relance ansioso de seu filho sobre a carta de amor, demonstrando que parecia reconhecer o papel cor-de-rosa no saco de provas.

— É um nome bem comum. Rania pode ser qualquer pessoa

— Não supus que fosse uma carta de amor da rainha da Jordânia — Hamza franziu o cenho. — Eis a sua estação, *ustaz*

— Quero ver meu filho.

— Se for a vontade de Alá, você poderá falar com ele amanhã. Mas não agora.

— Não se esconda por trás de Alá. Por que não pode ser a *sua* vontade?

— Posso ser americano, mas estamos falando em árabe, e seria rude de minha parte ir direto ao ponto e dizer que a resposta é não.

Omar Yussef ergueu o queixo com raiva.

— Você mesmo disse que não estamos no Oriente Médio. Meu filho tem direitos, e eu também. Estou pedindo a você como americano que me dê o direito de ver meu filho.

O detetive sorriu, sem graça.

— Se for a vontade de Alá.

— Droga, Hamza. Eu quero vê-lo.

— Pegue o trem R até a próxima estação e então mude para o N — informou Hamza. — Vai levá-lo de volta a Manhattan mais rápido.

— Supõe que eu esteja ansioso para escapar o quanto antes do Brooklin?

Enquanto descia os degraus encardidos sob a placa da estação de metrô, Omar Yussef ouviu a voz de Hamza, lenta e grave.

— Não, *ustaz*. Em todo o caso, com certeza você não pode escapar de mim.

No final da escada, considerando que talvez viesse a fazer certa quantidade de visitas ao Brooklin para ver seu filho, ele decidiu comprar um bilhete de dez viagens. Entregou uma nota de vinte dólares na bilheteria e recebeu em troca um bilhete amarelo e azul. Havia algo familiar nos olhos do bilheteiro, que os baixou quando Omar Yussef lhe desejou um bom-dia.

Omar Yussef passou o cartão pela catraca. Ao passar para o outro lado, notou que a telinha eletrônica informava. "$2.00/$16.00 Bal". A máquina deduzira a tarifa de dois dólares, mas restavam apenas 16 dólares no cartão. Deteve-se e olhou para trás, para o homem da bilheteria, que ficou impassível ao olhar furioso de Omar Yussef. Aparentava estar no fim da meia-idade, tinha o rosto amargo e a boca fina, maldosa. Usava óculos grossos de armação preta, e seu cabelo grisalho estava penteado para trás. *Ele parece o secretário da Defesa americano,* pensou Omar Yussef, *o que levou a guerra para o Iraque*

Retornou. O bilheteiro fingiu estar ocupado contando notas enquanto ele se aproximava da bilheteria.

— Comprei um bilhete de vinte dólares, mas o senhor me deu um cartão valendo apenas 18.

O bilheteiro disse alguma coisa, mas Omar Yussef não ouviu; repetiu sua reclamação, e o bilheteiro ergueu a cabeça para o microfone

— Vendi ao senhor um cartão de vinte dólares — No alto-falante, a voz soava lenta, metálica.

Omar Yussef decidiu ser generoso.

— Então houve algum erro do computador, porque a máquina informa que restam apenas 16 dólares.

— Vendi um cartão de vinte dólares, como eu lhe disse.

— Pegou meus vinte e ficou com dois dólares em seu bolso. — Omar Yussef teve a sensação não rara de seu pulso se acelerando, abafando qualquer noção de moderação e deixando-o com muita raiva. — Isso é um verdadeiro ultraje.

— Cuidado com o que fala, cara — murmurou o bilheteiro.

— O senhor trapaceou comigo.

— Vou resolver isso dando-lhe outro bilhete

Omar Yussef respirou fundo.

— Muito bem.

— Só de ida, direto para Bagdá, Osama — com desprezo, ele lambeu o dedo para contar uma pilha de notas

Omar Yussef esmurrou a bandeja de troco. As moedas de 25 centavos pularam na mesa do bilheteiro.

— Pode ficar com os meus dois dólares. Não vou vender minha dignidade tão barato quanto o senhor.

A expressão do bilheteiro era de desdém.

Omar Yussef passou novamente seu cartão na catraca e seguiu na direção da plataforma para Manhattan

CAPÍTULO 6

As janelas do trem N estavam riscadas e manchadas com uma feia pichação, as letras translúcidas escorrendo como cobertura num bolo. O chão era preto e pontilhado para disfarçar a sujeira; ainda assim viam-se nódoas rosa de vômito, goma de mascar vermelha e explosões decorrentes da queda de copos de refrigerante.

Enquanto Omar Yussef chacoalhava para Manhattan, menos da metade dos pegajosos e pouco atraentes assentos estava ocupada. Embora estivesse quente dentro do trem, os passageiros estavam embrulhados em volumosos casacos, encolhiam os ombros, cruzavam os braços e tossiam com os lábios encostados na gola de seus agasalhos. Omar Yussef deixou seus olhos vagarem pelos cartazes, que anunciavam cursos preparatórios para concursos judiciários e para repórteres de tribunal, e os serviços de médicos que lhe proporcionariam pele melhor ou lhe permitiriam tomar o trem sem dores nas hemorroidas. Ele imaginou que aqueles cartazes estariam ali para atormentar os passageiros, que, em meio ao desolamento siberiano de sua jornada, teriam uns poucos flashes das medíocres melhorias a que podiam aspirar. Embutidas em plástico, lâmpadas tremeluziam entre os cartazes e os rostos imóveis dos passageiros; seu brilho mortiço dava ao trem a aura sonâmbula de uma estação rodoviária à meia-noite.

Experimentou um rompante de solidão. Estava com saudades de sua mulher e se perguntou se afinal não devia ter insistido em esperar seu filho na delegacia, apesar da dissuasão do sargento Abayat. Na parede atrás dele, o trajeto do trem N riscava de amarelo o mapa do metrô. Para distrair-se de suas preocupações, ele tentou acompanhar com o dedo no mapa a rota até seu destino, mas se perdeu na confusão de linhas diferentes convergindo na parte baixa de Manhattan. Deu-se conta, então, de que esquecera as instruções de Abayat e não tinha certeza se precisaria trocar de trem para voltar a seu hotel. Os vários entrelaçamentos no mapa não faziam mais sentido para ele do que os fios no diagrama de um aparelho elétrico. Nervoso, olhou em volta. Pedir informações, pensou, poderia ser um convite a um assalto.

Um capuz com pelo na borda envolvia o rosto de uma garota no banco a sua frente. Ela era magra, mesmo em seu casaco marrom, mas suas bochechas tinham uma amplidão andina. Omar Yussef ouviu uma estridente música pop; a garota tirou o celular do bolso e, para grande surpresa dele, respondeu à chamada em árabe. Alegre, ela se agitou no assento ao sussurrar no telefone, sorrindo e mostrando uma fileira de dentes aprisionados por um pesado aparelho ortodôntico.

— Estou no metrô. Posso perder o sinal no túnel; ligo depois para você.

Apesar do incessante estrondo do trem e da voz baixa da garota, Omar Yussef detectou as consoantes suaves dos palestinos com boa educação. Quando ela colocou o telefone de volta no bolso, sorriu para ela.

— De que parte da Palestina você é, minha filha?

Ela arregalou os olhos, surpresa. *Será, talvez, estranho demais um desconhecido falar com outro neste trem?* Omar Yussef se perguntou. *Ou ela simplesmente não pensou que eu fosse árabe, do mesmo modo que eu a tomei por uma sul-americana?*

— Jerusalém, *O Hajji.*

Sou tão velho, que ela supôs que eu a essa altura já tivesse cumprido a obrigação de fazer a peregrinação a Meca, pensou.

— Não sou um *Hajji*, minha filha, mas que seja vontade de Alá conceder-lhe a honra de uma jornada assim aos lugares sagrados da Arábia.

— Se for a vontade de Alá, *ustaz.*

Pode ser a vontade de Alá, Omar Yussef pensou, *mas eu fazer a Hajji é tão pouco provável quanto entrar para orar numa mesquita no Brooklin.* Lembrou-se então da folha na geladeira de Ala com os horários de oração na Mesquita Alamut. E se perguntou qual dos rapazes a frequentava. Nenhum deles era religioso, pelo que lembrava. Talvez tivesse sido só pelo nome — com as conexões com a velha gangue deles — que eles a tivessem pendurado ali.

— Qual bairro de Jerusalém?

— Sheikh Jarrah.

Fazia muitos anos que Omar Yussef visitara aquele bairro no norte da Velha Cidade em que as famílias árabes mais importantes tinham suas mansões, dilapidadas agora que seus proprietários não mais detinham o poder na cidade.

— Há quanto tempo mora em Nova York?

— Eu nasci aqui, *O Hajji*, desculpe, *ustaz*. Meus pais vieram para cá quando minha mãe estava grávida de mim. E o senhor, *ustaz*?

— Estou... visitando meu filho em Bay Ridge — gaguejou Omar Yussef. — Sou de Belém, do Campo de Dehaisha.

— Que o senhor se sinta em Nova York como se estivesse em seu próprio lar e com sua família.

— Você não tem aparência tipicamente palestina. — Omar Yussef pôs a mão nos próprios malares para indicar o que era diferente nela.

— Meu bisavô veio para a Palestina da Líbia — a garota sorriu. — Minha mãe diz que eu herdei os malares das mulheres das tribos do norte da África.

— Que Alá a abençoe. — Omar Yussef fez uma pausa quando o trem balançou e as luzes piscaram. — Como é a vida aqui?

— É só a que eu conheço, *ustaz*. Meus estimados pais amam Jerusalém, mas eu só estive lá uma vez. A cidade me pareceu repleta de frustração.

— Este vagão de metrô está muito longe de Jerusalém.

— E também dos medos que as pessoas vivenciam lá, *ustaz*.

Omar Yussef pensou no desespero nos olhos de seu filho quando a polícia o levou embora, no corpo sem cabeça e na estranha referência ao Homem Velado. Teriam os palestinos de levar encrencas com eles onde quer que fossem? Não poderiam ser mais como americanos, envolvidos com suas batalhas financeiras, mas sem o fardo da política?

— Longe, minha filha? A mim parece que o medo alcança nossos compatriotas mais rápido do que conseguem fugir dele.

— Que isso desagrade a Alá, *ustaz*. — A garota se levantou quando o trem chegou à estação Pacific Street. — Fico aqui. Que Alá lhe conceda a graça, *ustaz*.

Omar Yussef lembrou-se da razão pela qual afinal começara a conversar com ela e ergueu a mão para chamar sua atenção.

— ... Para a 42nd Street?

— Continue neste trem, *ustaz*. Que a paz esteja convosco.

— Convosco, a paz. Que Alá lhe dê vida longa.

Acompanhou-o com o olhar enquanto ela se misturava à multidão na plataforma, mas perdeu-a de vista quando o trem acelerou de novo. O vagão do metrô lhe parecera reconfortante enquanto conversavam, mas todo aquele calor humano se fora junto com ela, e Omar Yussef sentiu-se mais perdido e estrangeiro do que antes.

Enquanto o trem atravessava o túnel, ele teve a sensação de estar preso como um africano no convés apinhado de um navio negreiro iemenita. Sempre que tentava desviar seus pensamentos da prisão de seu filho, sentia-se como o escravo arrastando suas correntes sobre os corpos inertes de seus pares, esperando que seus esforços o levassem na direção de casa. Estava, contudo, sendo derrotado mais rápido do que podia lutar pela liberdade. Sentiu-se transitando sob um mundo remoto, perigoso e aprisionador. *Não faz nem um dia que chegou, e já está tão sombrio,* pensou. *Lembre-se de sua animação na chegada, para ver seu filho.*

Desceu do trem em Times Square, contraindo os olhos na plataforma lotada para localizar a placa de SAÍDA. Ele seguiu por uma série de amplos túneis de teto baixo. Passageiros passavam por ele velozmente, desviando-se dos que se apressavam na direção contrária, e essa movimentação deixou Omar Yussef zonzo. Finalmente alcançou um trecho de túnel tranquilo o bastante para que ouvisse seus próprios passos apesar do barulho dos trens; virou uma esquina dando numa escadaria e descobriu a saída barrada por um portão trancado. *Nenhuma surpresa que estivesse tão vazio,* pensou.

Ao voltar, ouviu alguém se movendo dissimuladamente no túnel. Sua respiração se acelerou. Parou junto aos azulejos creme e espiou o outro lado da esquina. Os passos pararam. Ele não viu ninguém. Uma luz fluorescente tremeluzia sobre o chão sujo de concreto com um zumbido balbuciante.

Ele teria voltado para a multidão, mas seu medo encheu o corredor vazio com a imagem do homem de casaco preto fugindo do apartamento de Ala. Seguiu adiante no túnel, acelerando o passo.

Antes de ter percorrido 20 metros, resfolegava, e a tensão doía em seu peito. Parou para recobrar o fôlego e ouviu passos de uma só pessoa atrás dele.

— Rashid? — O nome de seu ex-aluno, do menino que seu filho acreditava ter-se tornado um assassino, ecoou no túnel. Omar Yussef ouviu o tremor em sua voz. — Rashid, meu caro?

Uma luminária em curto-circuito gotejava água. Os passos ressoaram de novo, como os de alguém se movendo em passadas rápidas e curtas. Mas Omar Yussef nada viu. Lembrou-se da advertência de sua secretária quanto aos assaltos em Nova York e se perguntou se estaria na iminência de um. *Seria preferível a um assassinato,* pensou.

No final do túnel, outra saída estava fechada, e ele gemeu, inundado de autopiedade. Em desespero, avançou até o portão e descobriu que, embora a entrada estivesse barrada, uma catraca de mão única dava acesso à escada. Ao galgar os degraus, ouviu alguém correndo ao longo do túnel atrás dele, mas ninguém passou pela catraca. O frio da rua gelou seu couro cabeludo, e ele se deu conta que a tensão o fizera suar.

Caminhou apressado ao longo da 42nd Street em direção ao hotel, observando a multidão por cima dos ombros enquanto a escuridão encobria a luz mortiça do dia de inverno. Tentou localizar um homem de casaco preto, mas os trajes austeros dos passageiros indo para a Grand Central se mesclavam numa massa indistinguível. Em Belém, onde morava desde a infância, ele reconhecia todos os rostos na rua, mesmo quando o *souk* estava lotado com as bancas do mercado e os camelôs. Em Nova York, porém, ele poderia conhecer pessoalmente um milhão de pessoas, e ainda haveria sete milhões de desconhecidos em volta dele. Seus dentes batiam, e seus olhos lacrimejavam com o vento.

Em frente ao hotel, tirou do bolso a programação da conferência e leu na primeira página: *17h30 Chá e café de boas-vindas para os delegados à conferência e funcionários da ONU, Sala 3201, Prédio do Secretariado.* Estava muito nervoso para ficar sozinho em seu quarto. Dobrou meticulosamente o folheto, colocou-o no bolso, encolheu os ombros contra o frio e caminhou para o leste, na direção do edifício da ONU.

CAPÍTULO 7

Os delegados sauditas em suas longas *jalabiyyas* brancas teriam ficado mais contentes com uísque, mas o respeito da ONU pelas proscrições islâmicas de seu país os restringira ao café. Eles passavam, flutuantes, por Omar Yussef, suas túnicas de um branco puro caindo em volta de volumosas panças, seus rostos parecendo sombrios e com a barba por fazer a despeito do odor de colônia cara que os seguia no ar excessivamente aquecido. *Como anjos decaídos,* Omar Yussef pensou. Percorreu com o olhar os vistosos trajes africanos e os ternos cinza mais sombrios misturando-se no salão de recepções desprovido de glamour. *Talvez tenha sido um erro. Não sei se consigo armar um rosto sociável para jogar conversa fora com essas pessoas.*

Um homem de barba loura aproximou-se sorrindo. Cobriu os dedos de Omar Yussef com as duas mãos.

— Abu Ramiz, você está congelando. Como seu chefe, sou responsável pela sua saúde enquanto estivermos em Nova York Não tem um casaco adequado para o inverno?

— Deixei-o no hotel, Magnus. — Omar Yussef buliu com o zíper de sua jaqueta. Depois daquele seu dia desconcertante, não tinha certeza quanto a sua habilidade de mentir nem para aquele crédulo sueco.

— Vamos procurar algo para aquecê-lo. — Magnus Wallander levou-o até um balcão no qual uma mulher do oeste africano, usando uma túnica colorida, lhe serviu uma xícara de chá de limão. — A sua dupla saúde — murmurou Wallander.

Omar Yussef sentiu seu sorriso pouco convincente.

— Seu árabe é muito melhor em Nova York do que lá no escritório em Jerusalém, Magnus.

— Ao menos aqui ninguém suspeita que eu seja um espião só porque falo árabe. — A pele de Wallander ficou rosada sob sua barba clara e bem-aparada. Ele tomou um gole de sua água com gás. — Seu presidente discursará na conferência antes de você, Abu Ramiz. Mas francamente estou muito mais interessado na sua fala. Há aqui delegados de todo o mundo árabe, mas não acredito que eles alguma vez tenham ouvido a história real da Palestina.

— Acredita que eles estejam preparados para a realidade?

Wallander tirou do bolso e entregou a Omar Yussef um crachá de identificação plastificado.

— Eis seu passe para esta semana. Como não me mandou uma foto, usei a que havia em seu arquivo pessoal. Este crachá lhe dá acesso a todas as áreas para delegados da ONU.

Omar Yussef olhou sua foto com pesar. Mostrava-o mais de uma década mais jovem, seu cabelo só com ligeiras entradas e o bigode em seu preto original. Detectou, porém, tristeza e vergonha nos olhos cansados — a culpa medrosa do bebedor contumaz.

— A fotografia é velha, mas ainda o mostra como você é

Omar Yussef colocou-o no bolso.

— Talvez eu tenha outros compromissos esta semana, Magnus

— Com o seu filho?

Omar Yussef tossiu

— Como ele está?

Omar Yussef tomou um gole de chá para acalmar sua garganta.

— Ocupado. Está muito ocupado. — Seu olhar percorreu o salão à procura de um homem de casaco preto. *Ele poderia ter-me seguido até aqui?*

Magnus estendeu o braço para tocar o cotovelo de um homem de trinta e poucos anos.

— Laith, venha cá. — O cabelo preto do homem ondulava-se sob loção de maçã. Seu rosto redondo ostentava barba desenhada: o bigode espesso caía em triângulo, juntando-se aos pelos cerrados do queixo, que lembravam um pincel, sob o lábio inferior, bem centralizados, apenas uma língua preta. Magnus o apresentou como o líder da delegação libanesa na conferência.

— Abu Ramiz é de Belém — informou o sueco.

— Belém? — o libanês sorriu — Um de meus delegados nasceu lá.

— Qual é o nome dele? Talvez eu o conheça.

Antes, porém, que pudesse responder, um delegado alto, cuja camisa sem colarinho abotoada até o pescoço sugeria que ele fosse do Irã, enganchou a mão no braço do libanês e o levou embora com um breve sorriso de desculpas.

O sorrisinho diplomático do iraniano deprimiu Omar Yussef. Pareceu tão desprovido de sentido quanto as afirmações que provavelmente iria ouvir na conferência. Cada um dos delegados haveria de declarar o quanto amava o povo palestino e apoiava seu direito à liberdade. Exigiriam todos que Israel fizesse o que quer que soubesse que os israelenses não estavam preparados para fazer, e se congratulariam uns aos outros por proteger palestinos comuns cujas vidas, na realidade, permaneceriam intocadas pelas deliberações deles.

— *Ustaz* Abu Ramiz, que prazer encontrá-lo aqui.

Omar Yussef ajeitou seus óculos e virou-se para Haitham Abdel Hadi, que usava terno cinza de péssimo caimento, camisa creme ordinária e gravata marrom de poliéster. Quando Omar Yussef estendeu a mão para o lânguido aperto de Abdel Hadi, uma faísca lhe crepitou na palma, decorrente da eletricidade estática, cercando-o como um irritante campo de força.

— Senhor Magnus, como estou satisfeito que tenha trazido Abu Ramiz de tão longe. — Seu sorriso era malévolo. — Fico muito satisfeito que a conferência forneça uma vitrina para os seus talentos.

— Com certeza o conheceu em alguma de suas inspeções escolares — sondou Magnus.

Omar Yussef olhou com desgosto a caspa nas lapelas de Abdel Hadi.

— Este cavalheiro e eu com frequência tivemos ocasião de discutir o futuro de nossas escolas — explicou para Wallander

Desde que Abdel Hadi forçara Omar Yussef a sair de seu emprego na Frères School por se recusar a ensinar a propaganda governamental, o inspetor escolar ascendera no quadro do Ministério da Educação em Ramallah. Apesar de Omar Yussef ter sido designado para uma escola destinada aos mais pobres refugiados, Abdel Hadi ainda parecia querer puni-lo por sua independência de pensamento.

Ele fez uma reverência a Omar Yussef.

— Imagino que você reconheça a importância desta conferência para o povo palestino, *ustaz*.

— É assim tão importante? Estou temendo que não passe de falação.

— Então por que veio? Para visitar seu filhinho no Brooklin sem pagar passagem?

Omar Yussef sentiu seu rosto afogueado. Confundido pela raiva, não estava certo de que fora de fato provocado por Abdel Hadi ou se simplesmente seu dia desconcertante o havia deixado ansioso por uma briga. Abandonando o inglês e adotando o árabe, baixou a voz, e sentiu a bile queimar na ponta da língua.

— Escute bem, honrado vice-diretor-geral Abdel Hadi. Minha chegada em Nova York foi complicada. Não tente me constranger na frente deste estrangeiro.

Abdel Hadi sorriu friamente para Wallander.

— Com licença — murmurou em inglês. Depois, em árabe, falou com enganosa suavidade para Omar Yussef: — Esta semana você vai aparecer no maior palco que jamais terá. Vou garantir que todos estejam prontos para ver sua queda. Quando voltar a Belém, não terá mais como perverter crianças com suas ideias perigosas.

A xícara de Omar Yussef tremeu no pires.

— Orgulho-me de que as crianças em minha classe sejam capazes de perceber o tolo odioso que você é.

Abdel Hadi deu um passo rápido na direção de Omar Yussef. Magnus pôs a mão no ombro de Abdel Hadi e se interpôs entre os dois homens. Omar Yussef ouviu a estática do terno barato de Abdel Hadi crepitar contra os dedos do sueco.

Deixou-se em seguida guiar de volta ao balcão, onde devolveu a xícara.

— Peço desculpas, Magnus. Foi um dia difícil.

— Está tudo bem, Abu Ramiz. Já tive algumas reuniões com o Dr. Abdel Hadi, e devo admitir que ele é bem desagradável. Imagino que também você esteja cansado da viagem.

Seu detestável encontro com Abdel Hadi convenceu Omar Yussef de que não deveria ter vindo à recepção. Ala estava muito presente em seus pensamentos.

— Talvez eu devesse ir descansar. Boa noite, Magnus.

Em seu quarto no hotel, Omar Yussef trancou duplamente a porta e deixou-se cair pesadamente na borda da cama. Ar seco e cálido vinha do aquecimento, e o suor brotou em sua cabeça. A imagem do cadáver decapitado de Nizar tomou-o de novo, e ele se lembrou da família do rapaz. Abriu sua agenda na parte de números de telefone. Pegou o fone, leu as instruções num cartaz plastificado sobre a mesinha e tentou obter uma linha externa. Sua chamada foi direto para o serviço de quarto, o que só o fez lembrar que não queria jantar. Releu as instruções e dessa vez conseguiu. Enquanto o telefone tocava em Belém, olhou o relógio e calculou que lá seriam 2 horas da manhã.

Uma voz sonolenta e irritada atendeu.

— Saudações, Abu Khaled. Desculpe estar ligando tão tarde. Aqui é Abu Ramiz. Estou ligando de Nova York.

A voz animou-se.

— Saudações duplas, Abu Ramiz. Não se preocupe com a hora. É sempre uma bênção falar com você. Como está sua saúde, meu caro amigo? Como está a saúde de sua família?

— Que sejam dadas graças a Alá, estão todos bem.

— Devemos agradecer a Alá. Que Alá o abençoe, meu caro amigo.

Omar Yussef tossiu de leve.

— Abu Khaled, tenho más notícias para você.

O homem pareceu sonolento outra vez; grunhiu uma sílaba grave, cautelosa, para mostrar que estava ouvindo.

— Fui visitar meu filho no apartamento em que ele mora com seu sobrinho Nizar. — A boca de Omar Yussef estava seca. — Sinto muito ter de dizer que encontrei seu sobrinho morto, que Alá tenha misericórdia dele.

— Alá é o único deus, e Maomé seu profeta — sussurrou Abu Khaled.

— A polícia de Nova York está investigando.

— O que há para investigar? Está querendo dizer que foi assassinato?

— Sim... aparentemente.

— Prenderam alguém?

Omar Yussef sentiu seu pulso se acelerar ao pensar em seu filho numa cela no Brooklin.

— Eles ainda não têm suspeitos. — A inverdade saiu estrangulada e balbuciante.

— Como ele foi morto?

O professor ficou em silêncio. *Eu devia ter esperado para fazer esta ligação depois que o choque amainasse*, pensou. Respirou fundo.

— Não sei dizer ao certo.

Abu Khaled suspirou, e a expiração tornou-se o nome de Nizar.

— A morte pode aprontar brincadeiras terríveis com uma família, caro Abu Ramiz.

Omar Yussef inclinou-se na direção do frigobar e pegou uma garrafa de água. Abriu e molhou a boca, mas ainda sentia a garganta seca e áspera.

— Meu pobre sobrinho. Quando ele era pequeno, aos 5 anos, seu estimado pai foi assassinado. Bem aí em Nova York.

— Sim, sim — Omar Yussef ofereceu sua comiseração. — Eu compartilho sua tristeza. — O pai de Nizar tinha sido notável por seus escritos, fábulas políticas e histórias heroicas da resistência, que eram publicadas em revistas em todo o mundo árabe. Como a maioria dos escritores palestinos, ele também ocupara postos ideológicos em uma das facções da OLP. Omar Yussef lembrou-se de um boato em Jerusalém de que ele fora assassinado pelo Mossad para silenciar alguém cujas palavras eram uma arma poderosa contra Israel.

— É como se ele tivesse nascido para morrer desse jeito. Meu caro sobrinho Nizar, é tão trágico.

Enquanto Abu Khaled murmurava uma oração, memórias da vida que tinha sido perdida voltaram a Omar Yussef: Nizar andando apoiado nas mãos ao longo do alto parapeito de um castelo em ruínas dos cruzados na Galileia. Chorando de tanto rir da almofada de peidos que escondera na cadeira de Omar Yussef na classe e, sozinho com seu professor, chorando porque queria ter pai mais do que qualquer outra coisa. O gatinho que dera à neta favorita de Omar Yussef, Nadia, que tinha poucos anos então, e como ele a ensinara a alimentá-lo com leite numa mamadeira de boneca. O sorriso enérgico em frente à porta da casa de Omar Yussef, o táxi aguardando na rua Dehaisha atrás dele, enquanto esperava Ala trazer a mala, de partida para a América. Teriam sido todos os bons momentos apenas ilusões? Teria a vida de Nizar sido verdadeiramente trágica como seu tio afirmava?

— Quando foi a última vez que falou com ele, Abu Khaled?

— Por volta de uma semana atrás. Ele estava muito contente. Ó, minha dor. Ele disse que logo me daria boas notícias.

Omar Yussef pensou na carta de amor.

— Que tipo de boas notícias?

— Ele fez muito segredo quanto ao que era. Eu esperava que fosse sua volta para casa, para ficar de novo conosco aqui em Belém. Talvez ele tivesse encontrado uma esposa. Ele mencionou uma garota, mas muito brevemente.

— Caro Abu Khaled, vou dar o número de seu telefone para a polícia, e eles devem entrar em contato com você; quanto ao corpo, quero dizer, você vai querer que ele retorne a Belém?

— O corpo? Não sei... Vou ter de pensar... Obrigado por ter-me dado essa notícia triste, Abu Ramiz.

— Que os anos perdidos dele sejam acrescentados a sua vida, Abu Khaled.

— Que Alá lhe conceda muitas bênçãos.

Omar Yussef desligou. Pôs sua mala sobre a cama e a abriu. Seu pijama azul-claro estava meticulosamente dobrado sobre as outras roupas. Ele o pegou e o colocou sobre a colcha. O perfume de lavanda de sua mulher elevou-se da mala, e por um momento ele fechou os olhos. Sua mão tateou uma caixa de uns 20 centímetros que Maryam lhe dera; um presente para Ala; uma caneta cara, uma Mont Blanc como a que ele mesmo tinha. Ponderava com Maryam que era um presente ridículo para um programador de computadores, mas ela queria dar algo especial a seu menino. Ele colocou a caixa no bolso do paletó; a entregaria a seu filho da próxima vez que o encontrasse. *O que você estará sentindo agora, meu pequeno Ala?*, Sentou-se ao lado da mala na cama, afundou o rosto nas mãos e chorou intensamente até adormecer com as roupas que estava.

CAPÍTULO 8

Uma sequência de ruídos, como o fogo de uma metralhadora pesada, fez Omar Yussef despertar com o coração disparado. Seus óculos estavam afundados na ponte do nariz. Ajustou-os e olhou em volta, piscando. Seu pânico persistiu por alguns segundos até ele perceber que estava deitado na cama em seu quarto de hotel, o braço sobre a mala aberta, puxando-a para perto, como se o cheiro de lavanda que ela exalava pudesse ser um substituto da presença reconfortante de sua mulher.

Sentou-se na cama e girou o pescoço com um grunhido. No criado-mudo, o relógio mostrava quase 7 horas da manhã. A martelação recomeçou. Ouvindo uma tosse no corredor, deu-se conta de que alguém estava batendo a sua porta. Enfiou a camisa na calça e foi abrir a porta.

— A janela do seu quarto abre? — Khamis Zeydan passou apressado por Omar Yussef.

O professor espantou-se ao ver seu velho amigo, o chefe da polícia de Belém. Sentiu-se lerdo e zonzo.

— O que você está fazendo aqui?

Khamis Zeydan tateou por trás das cortinas, procurando alguma maçaneta na janela.

— Eu lhe disse meia dúzia de vezes que eu viria. De nada adianta falar com você. Você só presta atenção em história otomana e poesia andaluza medieval. A visita de nosso presidente. Lembra? Seu discurso na ONU e conversações com os americanos? Sou o consultor dele para questões de segurança.

Omar Yussef fechou a porta e deu um gole na garrafa de água meio vazia junto à cama.

— Ainda estou meio adormecido.

— Adormecido? Já está até vestido! — A janela deslizou para o lado, e uma lufada de ar gélido penetrou o pesado calor do quarto. As rugas em torno dos olhos azuis de Khamis Zeydan se aprofundaram, e as pontas de seu bigode branco manchado de nicotina se ergueram. — Que Alá seja louvado. As janelas no meu quarto não destrancam. Já fiz o alarme contra incêndio disparar duas vezes em meu quarto esta manhã. — Ele tirou um Rothmans do maço e o acendeu com satisfação.

Omar Yussef olhou em volta procurando um cinzeiro para seu amigo.

Khamis Zeydan balançou a cabeça.

— Não permitem isso aqui, Abu Ramiz. Nos Estados Unidos, você tem o direito de levar uma arma aonde quer que vá, mas lhe é proibido brandir algo tão letal quanto um cigarro

Omar Yussef arrepiou-se.

— A janela precisa ficar tão aberta assim? É fevereiro, e esta cidade é quase ártica. Quando chegou?

— Nosso avião pousou no meio da noite. — Khamis Zeydan diminuiu a abertura da janela para uns poucos centímetros e, aborrecido, espanou um pouco de cinza da lapela de sua capa impermeável azul-marinho. — Filho da mãe — murmurou.

— Por que não está com o presidente agora?

— Ele tem reuniões toda a manhã em sua suíte e um almoço com diplomatas árabes. Disse-lhe que, se tivesse de ouvir toda a merda que eles falam, eu poderia acabar esmurrando um deles. Então ele me mandou fazer turismo. — Khamis Zeidan pigarreou, abriu mais a janela e cuspiu; observou o vento carregar a secreção ao longo da rua na direção do vidro turquesa do prédio da ONU. — Por Alá, estamos bem alto, não?

Omar Yussef sentia-se reconfortado com a chegada de seu velho amigo. Aproximou-se da janela e olhou para baixo. Movimentou um pouco o pescoço, observando os táxis amarelos passando pelas limusines em fila dupla vinte andares lá embaixo. Passou por sua cabeça a ideia de que uma daquelas minúsculas poderia estar em seu encalço, aguardando-o lá embaixo; arrepiou-se.

— Estou contente de vê-lo, Abu Adel.

A assertividade habitual da voz de Khamis Zeydan cedeu um pouco quando ele pegou a mão de Omar Yussef.

— Há algo errado, meu caro Abu Ramiz.

O professor apoiou a testa no vidro frio.

— Encontrei um homem morto ontem.

— Alá é grande — suspirou Khamis Zeydan batendo os nós dos dedos na prótese enluvada que usava desde que uma granada arrancara sua mão esquerda na guerra civil libanesa. — Esta é uma cidade violenta. Sabe qual é a probabilidade de alguém acabar se tornando um espectador?

— Não se trata de um corpo qualquer. Era Nizar Jado, um dos amigos com quem Ala divide o apartamento. A polícia prendeu Ala.

— Prendeu Ala? Por quê? Com certeza ele não é suspeito.

— Ele se recusou a fornecer um álibi. E pode estar em perigo. Insinuou que sabe sobre alguma coisa que aconteceu entre Nizar e o outro amigo deles, Rashid. Não consigo acreditar que Rashid seja o assassino, mas se for, ele pode tentar pegar Ala, para evitar que ele fale.

— Nizar, é? — Khamis Zeydan jogou seu cigarro pela janela, e o vento o carregou num breve floreio de fagulhas laranja; fechou a janela e se arrepiou. — Onde estão mantendo Ala?

— Na delegacia de polícia, acredito. Posso verificar com o detetive. — Omar Yussef pegou o cartão de visitas de Hamza no bolso. Sentou junto ao telefone por um momento, até lembrar como obter uma linha para ligação externa, e discou.

Hamza atendeu imediatamente:

— Abayat.

— Saudações, sargento, aqui é Abu Ramiz, o pai de Ala Sirhan.

— Manhã de alegria, *ustaz*.

— Manhã de luz, meu caro sargento.

— Passou uma boa noite?

— Sim, sim, com a graça de Alá.

— Que o misericordioso Alá o abençoe.

— Sargento, eu gostaria de falar com meu filho

— Se for a vontade de Alá, *ustaz*.

— Sim, se for a vontade de Alá. Disse-me que seria possível hoje.

— Se for a vontade de Alá

Omar Yussef não saberia afirmar se captara irritação ou tão somente fadiga na voz do detetive

— Onde ele está?

— No Complexo de Detenção do Brooklin.

— Não está na delegacia?

— É mais fácil para nós mantê-los no Complexo de Detenção e trazê-los à delegacia para interrogatório quando precisamos deles.

Deles. Os criminosos, Omar Yussef pensou. *Os suspeitos, os culpados, as pessoas que cortam cabeças. Mas meu filho?*

— Onde fica o Complexo?

— Atlantic Avenue.

— Isso é na Pequena Palestina?

— Não é longe. Você pode visitar seu filho por até uma hora, desde que a tenente autorize.

Omar Yussef falou em tom baixo.

— Hamza, meu filho.

— Sim, tio. — O detetive reagiu à emoção na voz de Omar Yussef.

— Meu menino foi acusado?

— Não. Ele foi interrogado durante a noite por mim e pela tenente Raghavan. — Hamza suspirou. — Deve compreender que precisamos agir de modo intensivo num caso de assassinato. Se não temos um suspeito nas primeiras 48 horas, o mais provável é nunca termos nenhum.

— Ficou acordado a noite toda?

— Esta é a cidade que nunca dorme, *ustaz.* — O detetive riu, cansado. — Não posso seguir os curtos e imprevisíveis horários de trabalho do Oriente Médio aqui.

— *Se chegar a uma aldeia que adora um bezerro, junte capim e o alimente.*

— Como dizem em nossa terra. — Falou Hamza baixinho em inglês com alguém a seu lado. Omar Yussef ouviu a voz penetrante da tenente ao fundo, e então Hamza voltou à linha

— A tenente Raghavan concorda que você fale com seu filho. Ela entrará em contato com o Complexo de Detenção. Estarão esperando sua visita. E, *ustaz*, tente por favor incutir-lhe alguma sensatez. Ele não está ajudando ninguém ficando de bico calado.

— Obrigado, Hamza. — Omar Yussef desligou o telefone.

Khamis Zeydan fumara outro Rothmans enquanto seu amigo falava. Ele olhou para Omar Yussef.

— Algo mais o preocupa?

— Acho que fui seguido. No metrô ontem, voltando da Pequena Palestina. — Contemplou o vidro escuro do prédio do outro lado da rua; embora fosse cedo, viu silhuetas de funcionários de escritório trabalhando em seus computadores. — Estou apreensivo quanto a voltar ao Brooklin.

Khamis Zeydan exalou fumaça pelas narinas.

— Sempre achei que acabaríamos juntos na cadeia algum dia. Não me atrai muito o terraço de observação do Empire State Building neste tempo gelado, de qualquer modo. Vamos para o Brooklin.

Enquanto seguiam pelo corredor, o detector de fumaça esgoelou sua sirene elétrica no quarto de Omar Yussef.

CAPÍTULO 9

Um latino-americano com marcas de varíola no rosto, voz rouca e de forte sotaque berrava mais alto do que o barulho do trem D chacoalhando.

— Quando o Reino vier, vocês estarão aqui — bradou ele, a cabeça para trás como um comerciante no mercado projetando a voz para o vagão lotado. — Ele irá dizer ao mundo, e vocês ensinarão o que Ele diz. Só Jesus Cristo pode salvar todos vocês.

Khamis Zeydan rodava nervosamente seu maço de Rothmans.

— Eu deveria lembrar a ele que só os crentes em Alá serão salvos — murmurou.

— Alá é grande, honrado Sheikh. — Omar Yussef cutucou o peito de seu amigo. — Jesus é um profeta citado no Corão. Talvez esse fulano seja um muçulmano, no fim das contas. Em todo o caso, desses crentes que serão salvos quantos serão ex-pistoleiros da OLP com uma queda por uísque escocês e palavrões? Imagino que a resposta seja nenhum.

— Você pode estar certo. Então, que se fodam os crentes.

— Se for a vontade de Alá. — Omar Yussef sorriu.

— Eu me entrego à proteção de Alá — Khamis Zeidan esfregou as palmas das mãos como se as estivesse lavando. — Mas se o Paraíso for uma área em que é proibido fumar como os Estados Unidos, prefiro ir para o inferno.

— Para um palestino, esse é o desejo mais facilmente alcançável. Nem é preciso sair de casa para chegar lá.

Estavam chegando na estação Grand Street quando o latino terminou sua mensagem.

— Todas as pessoas que serão salvas o serão por Jesus Cristo. Todos vocês estão escolhidos para ser salvos. Obrigado por escutar, e tenham um belo dia.

— Que Alá lhe conceda a graça — sussurrou Omar Yussef enquanto o pregador descia do vagão.

O trem ronronou em baixa velocidade entrando na estranhamente aterrorizante superestrutura da Manhattan Bridge. Rio abaixo, além das enormes longarinas e a malha de cabos elétricos, a Brooklin Bridge fazia seu arco sobre a água. De suas famosas torres se espraiavam cabos grossos ao longo de seu vão. Omar Yussef teve a sensação de que estavam voando descontroladamente, muito alto sobre o rio e a trama de pistas ao longo de sua margem. Uma velha vietnamita berrava em seu celular, mais alto do que o barulho do trem. As rodas ressoaram como o rufo lento de um tambor e deslizaram de novo para baixo da terra, passaram para outro trilho e pegaram velocidade.

— Este não é um jeito normal de ir de um lugar para outro — sussurrou Omar Yussef.

— Há uma caravana diária entre Manhattan e o Brooklin, se você preferir — desdenhou Khamis Zeydan. — Da próxima vez, alugamos um camelo e nos juntamos a ela.

Omar Yussef balançou a cabeça e se perguntou se deveria comprar goma de mascar com nicotina para seu irritado amigo.

— Talvez você não devesse ter deixado seu serviço hoje. Preferiria que o presidente aturasse seu péssimo humor em meu lugar.

— Meu irmão, estou com um mau presságio quanto a esta visita. Algum perigo que não consigo prever.

— Mas não há segurança de sobra na ONU?

— Os Estados Unidos costumavam ser o último lugar em que se esperaria algum tipo de ataque. — Khamis Zeydan esfregou os nós de sua mão mecânica contra a ponta de seus dentes da frente. — Não mais.

— Que isso desagrade Alá.

— Fico nervoso de estar preso dentro de um vagão de metrô quando alguém pode estar planejando um ataque a meu chefe.

Omar Yussef também gostaria de estar em outro lugar. Que mentiras Abdel Hadi estaria contando a seu respeito aos outros delegados na conferência da ONU em sua ausência? Precisava resolver os problemas de Ala e voltar para a ONU antes que quaisquer intrigas fossem armadas contra ele. Não se preocupara muito com o discurso que faria, e agora parecia que praticamente não teria tempo de preparar-se para ele. Seu nervosismo deixava-o amargo.

— Que Alá amaldiçoe este trem. Sinto-me preso como um homem amarrado num poço de escorpiões.

Saíram do metrô na Atlantic Avenue e emergiram num cruzamento enorme que recebia trânsito de cinco direções. Omar Yussef cobriu os ouvidos com as mãos quando a luz verde dos semáforos brilhou e uma tropa de reluzentes SUVs avançou, roncando.

Khamis Zeydan acendeu um cigarro e ergueu a cabeça para o cinza ficando mais escuro no céu.

— Vem vindo chuva. — Tirou um boné de tweed do bolso do casaco e cobriu seus curtos cabelos brancos. — Você não está exatamente vestido com propriedade para este tempo, está?

Omar Yussef aproximou-se de um árabe idoso que se apoiava em sua bengala junto ao semáforo, sua *keffiya* de xadrez vermelho e branco enrolada sob o pescoço.

— Que a paz esteja convosco.

— E convosco, a paz — respondeu o homem.

— O Complexo de Detenção, para que lado é?

O velho árabe olhou-o de cima a baixo. *Estará se perguntando por que estou indo à cadeia*, Omar Yussef pensou. *E suspeita de minhas conexões criminosas.*

— É uma longa caminhada — informou o árabe, apontando com sua bengala. — Nessa direção. Seis quarteirões.

— Obrigado.

— Mas são quarteirões grandes. A Atlantic Avenue é comprida.

Não são meus possíveis laços criminosos que o fizeram olhar para mim com tamanha dubiedade, mas minha fragilidade.

— Estaremos bem, senhor.

O velho riu, tossiu e cuspiu.

— Vocês não moram em Nova York, moram? Acharam que só porque iam para um endereço na Atlantic Avenue, bastava descer na estação de mesmo nome. Não me parecem camponeses, mas às vezes não dá para distinguir os caipiras pela aparência. Deviam ter pegado uma outra linha de metrô; e teriam descido muito mais perto da prisão. De qualquer forma, agora vão ter de pegar um ônibus.

Omar Yussef ressentiu-se de o velho apontar um erro seu.

— Iremos a pé

O homem dirigiu um olhar dúbio a Omar Yussef.

— Se não ficarem cansados com a longa caminhada, com certeza irão congelar. Você deveria ter um chapéu. Não estamos no deserto de Naqab, sabe.

— Eu não disse? — Khamis Zeydan intrometeu-se, batendo de leve em seu confortável boné.

— Comprarei um. — Omar Yussef estava impaciente. — Ali.

Do outro lado, na Fourth Avenue, chegaram a uma banca com *keffiyas*, bonés de beisebol e gorros de lã. O vendedor mantinha-se atrás dela, encostado na parede de tijolos vermelhos de uma construção gótica que abrigava uma mesquita, as mãos tão afundadas nos bolsos, que os cotovelos estavam retos.

— Leve esse — Khamis Zeydan apontou um gorro de lã com um crânio e ossos brancos cruzados. — É bem do seu estilo. Combina com seu interesse por história.

Omar Yussef sentiu o rosto mais uma vez se avermelhando com a irritação, mas seu couro cabeludo estava entorpecido pelo frio. Alguns gorros tinham apenas umas poucas letras coloridas, de modo que ele pegou o que estava mais à mão e deu ao vendedor três dólares. Quando pôs o gorro na cabeça, a dor lancinante do vento gélido em sua careca o abandonou, e ele suspirou, aliviado.

Khamis Zeydan leu as letras no gorro.

— NYPD? O design não está à altura de seu habitual padrão de elegância, mas poderá nos ajudar a entrar no Complexo de Detenção um pouco mais rapidamente.

Depois da mesquita, eles passaram por uma fileira de minimercados árabes com bacias de sumagre e cardamomo, com o preço da carne *halal* anunciado nas vitrinas. Em frente a uma loja vendendo cartões comemorativos e adesivos de para-choque, Khamis Zeydan parou para ler em voz alta:

— *O ódio não é um valor moral; Corão 49:13*. O Corão diz *isso*?

— Nesse versículo, Alá diz que "vos fez em nações e tribos, para que possais vos conhecer uns aos outros" — esclareceu Omar Yussef.

— Então essa é a versão americana burra?

— O que você quer deles? É só um adesivo de para-choque.

Omar Yussef tentou acelerar o passo. — Você chegou a conhecer Nizar? Que Alá tenha misericórdia dele.

Khamis Zeydan balançou a cabeça.

— Só muito brevemente, uma vez que ele passou perto da Igreja da Natividade com Ala e os outros dois que estavam sempre junto com eles.

— Os outros membros dos Assassinos.

O chefe de polícia fez uma careta.

— Não sei por que você os encorajou com esse nome.

— Mero interesse histórico, uma brincadeira sem importância.

— Não vejo o que há de brincadeira em fazer parte de um bando medieval de viciados em drogas.

— História nunca foi seu forte quando estávamos na faculdade, Abu Adel.

— Vá se foder, professorzinho de merda. Eu me formei em mulheres e uísque.

— Com menção honrosa em palavrões. Os Assassinos não eram viciados em drogas. Seus líderes usavam a promessa do Paraíso para treinar assassinos fanáticos.

— Então, nada de viciados em drogas; só matadores ensandecidos.

— Seus líderes nada tinham de ensandecidos. Eram implacáveis e manipuladores. Usavam os homens que despachavam em missões suicidas para eliminar seus inimigos políticos e proteger sua própria compreensão do islamismo

— Ainda assim, um bando de garotos chamado de Os Assassinos é o tipo de coisa que as pessoas levam a sério no Oriente Médio. Se os israelenses tivessem descoberto que havia um grupo com esse nome em Belém, provavelmente os teriam assassinado.

Omar Yussef respirou fundo. *Poderia ser isso o que aconteceu com Nizar? As pessoas acreditam que foi o Mossad que matou o pai de Nizar, afinal.*

— Eles são muito importantes para mim, todos esses meninos.

— Não sei por que você se envolve tanto com seus alunos. O envolvimento emocional só traz problemas.

— Nisso se vê a diferença entre um professor e um assassino profissional.

Khamis Zeydan estalou a língua.

Omar Yussef apressou-se a atravessar a Third Avenue, dando passagem para duas mulheres árabes corpulentas, seus *mendils* bem apertados em seus queixos balofos.

— Talvez você tenha conhecido o pai de Nizar. Ele era da OLP na época em que você fazia missões para o Velho.

Khamis Zeydan pôs as mãos em concha a fim de acender outro cigarro.

— Sim, eu conheci Fayez

— Como ele era?

— *A arrogância é uma erva daninha que cresce no esterco,* como dizem. A OLP era um verdadeiro monte de esterco, e era isto que esses imbecis eram: arrogantes como galos, todos. — O chefe de polícia encolheu os ombros contra o frio. — Fayez fugiu para estudar em Bagdá e lá entrou na OLP. E prosperou no monte de esterco. Teve seu próprio pequeno comando por um tempo e costumava escrever ensaios sobre seus feitos heroicos contra os israelenses.

— Li alguns de seus ensaios políticos. Pelo que eu lembro, eram sobretudo críticas às nações árabes.

Khamis Zeydan acrescentou com expressão de desdém:

— Quando ele juntou sua unidade de combate com as forças principais da OLP, o Velho recompensou-o tornando-o um embaixador especial.

— O que isso envolvia?

Eles atravessaram outra transversal.

— Estamos sendo seguidos — informou Khamis Zeydan.

Omar Yussef virou-se surpreso, mas seu amigo o agarrou pelo braço e o fez continuar em frente.

— Um homem com um casaco preto.

— Onde? — Omar Yussef virou a cabeça.

— Pare com isso. Se ele perceber que o vimos, pode forçar a ação.

— Forçar a... Você quer dizer, ele pode tentar...

— ... Roubar seu gorro novo. — Khamis Zeydan segurou o braço de Omar Yussef de maneira mais casual, juntando os cotovelos de modo a poder olhar por cima de seu ombro.

— Você o está vendo? — sussurrou Omar Yussef.

— Seu rosto está coberto com um lenço. — Os olhos de Khamis Zeydan brilhavam de intensidade

— É ele, não é? O que eu vi no apartamento e que tenho certeza de me seguir de volta para o hotel também.

— Bom, ele se foi agora. Entrou numa transversal

— Não deveríamos segui-lo?

Khamis Zeydan balançou a cabeça.

— Ele pode estar armado.

— Temos de sair daqui.

— Não acredito que nos siga para dentro da prisão. Continue andando.

O chefe de polícia parecia deleitar-se em usar as velhas habilidades de sua época de agente secreto. Mostrava-se expansivo.

— Você perguntou sobre o embaixador especial? Soa como um título que não quer dizer nada, mas o Velho de fato mandou Fayez em missões diplomáticas secretas. Ele foi designado para Nova York durante algum tempo.

Omar Yussef lembrou-se da tenente segurando um saco plástico com o passaporte do rapaz morto.

— Mas Nizar não nasceu no exílio.

— Fayez mandava sua mulher para a casa dos pais dele em Belém sempre que ela ficava grávida, para que os filhos fossem palestinos de verdade, como ele considerava isso: nascidos em sua terra. É por isso que ela conseguiu autorização dos israelenses para morar lá com eles, depois que... quando Fayez morreu.

Khamis Zeydan fez Omar Yussef deter-se em frente à vitrina de uma loja de lingerie.

— O que você está fazendo?

Um manequim feminino magrelo de saltos altos e meias até as coxas exibia-lhes o traseiro rendado. Khamis Zeydan apertou os olhos diante do vidro.

— Estou verificando se há alguém do outro lado da rua.

Omar Yussef olhou as figuras refletidas na vitrina. Uma fila de pessoas aparentemente entediadas esperava num ponto de ônibus

— Como Fayez morreu?

— Assassinado.

— Ele realmente foi assassinado?

— Você parece chocado. Ora, é professor de história. Sem assassinatos, a história seria uma matéria chata. Mortes violentas a estruturam.

Um grupo de meninos adolescentes parou para rir diante da vitrina.

— Foi o Mossad? — Omar Yussef olhou por cima do ombro, mas Khamis Zeydan segurou seu braço e o fez prosseguir pela calçada. — Eles mataram Fayez?

Khamis Zeydan jogou o cigarro na sarjeta e do fundo de seus pulmões veio uma tosse com pigarro.

— Foi o que se disse em Belém. É verdade?

— Claro, o Mossad. — Khamis Zeydan fez um muxoxo.

A amargura na voz de seu amigo deixou Omar Yussef desconfiado.

— Vai me contar ou não?

— Enquanto estava em Nova York, Fayez fez contato com alguns judeus proeminentes que o apresentaram a alguns políticos israelenses de esquerda. Juntos eles conceberam um plano de paz.

— Não entendo. O Mossad o matou para terminar essas negociações de paz?

Khamis Zeydan arregalou os olhos de forma sarcástica.

— Sim, e foram eles também que explodiram o World Trade Center para que os EUA invadissem o Iraque. Mas antes ligaram para todos os judeus que trabalhavam nos prédios e disseram para ficar em casa naquele dia. Ah, e também exportaram para o Egito uma goma de mascar especial que deixava todos os homens solteiros insuportavelmente excitados, com o objetivo de destruir a moralidade árabe. Esses israelenses montaram uma organização realmente fantástica, sabe.

— Então quem o matou, se não foi o Mossad? — Omar Yussef arrepiou-se e fechou mais o colarinho de sua jaqueta.

— Nós, árabes, demos um jeito de derrubar uma boa quantidade dos nossos naquela época. — Khamis Zeydan vislumbrou um enorme kebab girando num espeto na vitrina de um restaurante, pingando gordura. — Não era preciso sair muito da linha para virar presunto.

— Você mesmo... — Omar Yussef se interrompeu quando Khamis Zeydan voltou para ele um olhar furioso.

— ... Eu mesmo?

— ... Realizou algumas dessas missões. Por que você está me olhando desse jeito? Ora, é verdade, não é?

O chefe de polícia olhou fixamente para a avenida escurecida.

— Vai chover, além desse frio fodido.

— Fayez tinha a aprovação do Velho para suas conversações de paz?

— O Velho nunca aprovava nada até ter sido feito. Dessa maneira ficava sempre com o crédito se desse certo e era absolvido da culpa por qualquer fracasso.

— O Velho mandou apagar o pai de Nizar?

— Você já não tem o bastante com o que se preocupar com seu filho na cadeia?

— Tudo isso pode ser importante no caso de Ala. Se o pai de Nizar foi morto pelo Velho ou por alguma outra facção da OLP ou, sei lá, pelo governo de algum país árabe, talvez as mesmas pessoas quisessem Nizar morto. Talvez tenham sido eles que cortaram a cabeça de Nizar.

— Quem sabe dessa vez tenha sido o Mossad.

Omar Yussef praguejou e marchou em frente. Suas coxas doíam de cansaço. Amaldiçoou o árabe da estação do metrô por ter reconhecido que ele era fraco demais para fazer essa caminhada confortavelmente. Fez uma pausa para tomar fôlego, encostando-se numa dilapidada caixa amarela de venda de jornais, e então deu um passo para começar a atravessar a rua.

Ouviu barulho de água sendo espirrada e em seguida o pesado e ameaçador ronco de um veículo acelerando. Um Jeep azul de vidros com insulfilm aproximava-se velozmente, passando pelas poças. Instintivamente Omar Yussef pôs o pé de volta no meio-fio.

O Jeep investiu em sua direção, e Khamis Zeydan o agarrou, jogando-o para trás. Ele caiu na neve acumulada em volta de um poste de luz. Sua cabeça bateu no chão com impacto semelhante ao de um coice de burro.

O Jeep pulou no meio-fio, e seu para-choque derrubou a caixa de jornais na calçada. Uma pilha de tabloides se espalhou com o vento. O Jeep desapareceu rapidamente na transversal. Um exemplar do *Daily News* foi soprado contra o rosto de Omar Yussef. Ele o afastou. Khamis Zeydan ajudou-o a levantar-se.

— Por Alá, deve ter sido o canalha que nos seguia — disse Khamis Zeydan.

— Você o viu?

— As janelas eram escuras demais.

Uma mulher negra de meia-idade num casaco de pelo de camelo veio do outro lado transversal.

— Tem sorte de ainda estar vivo — murmurou ela para Omar Yussef.

— Pense bem, cara senhora — ponderou Khamis Zeydan. — Meu amigo é um palestino.

Quando o chefe de polícia riu, a mulher lhe fixou um olhar afrontado e foi embora.

— Se não conseguiu vê-lo, como sabe que era o homem que estava nos seguindo? — Omar Yussef tateou a parte de trás da cabeça, que tinha atingido o chão nevado. Estava molhada e dolorida, mas a pele não se cortara.

— Ele ficou fora de vista precisamente o tempo de entrar em seu veículo e vir atrás de nós.

— Por que ele quer me matar?

— Tanto quanto ele saiba, talvez você tenha visto o rosto dele no apartamento de Nizar.

O queixo de Omar Yussef tremia. Qualquer um na multidão que lotava a calçada poderia estar atrás dele. Todos os carros passando barulhentos pelos sinais eram instrumentos potenciais de sua morte. Cobriu o rosto com as mãos e sentiu sua pulsação forte.

— Meu irmão — disse Khamis Zeydan em voz baixa —, vamos encontrar seu filho.

As lojas e os cafés árabes escasseavam quando a Atlantic Avenue começava a subir num aclive suave. As livrarias islâmicas cujas vitrinas exibiam folhetos sobre casamento muçulmano e edições do Corão com a capa gravada em dourado eram substituídas por repugnantes escritórios de agiotas de empréstimos para fianças — por trás de grades como seus clientes. Os agiotas tinham placas vistosas acima de suas portas, com dizeres que faziam supor ser a libertação temporária da cadeia compra tão banal quanto a de uma fatia de pizza.

Do outro lado da rua, um edifício de nove andares se erguia em pedra rosada. As janelas eram compostas de tijolos de vidro grossos cimentados sobre malha de barras de ferro que cercavam o prédio inteiro. Os galhos das árvores ao longo da calçada tinham sido podados até seus troncos acinzentados, de modo que pareciam homens com as mãos algemadas nas costas. A placa sobre o vidro escurecido da entrada informava: Brooklin Detention Complex.

Omar Yussef ergueu a cabeça, seguiu as barras de ferro e passou pelos tijolos de vidro até o topo da cadeia. De seus óculos caíam pingos de água. A chuva começara.

CAPÍTULO 10

Um guarda revistou Omar Yussef e o fez passar por uma porta metálica denteada pintada do azul sabonete dos azulejos de piscina. Atrás dele, o guarda encontrou os cigarros de Khamis Zeydan e os confiscou. O chefe da polícia de Belém praguejou em voz baixa, esfregando o dorso de sua mão mecânica nervosamente, enquanto entravam.

— Não lhe agrada estar numa prisão alheia, só para variar? — Omar Yussef disse.

— A minha delegacia tem apenas algumas celas — murmurou Khamis Zeydan. — Não é grande coisa como cadeia. Este lugar é para valer. Dá para perceber pelo cheiro.

Omar Yussef inalou o fedor de odores corporais pelo aroma químico de desinfetante. Tinha o peso desconsolador da higienização em massa, como se os prisioneiros fossem insetos ou bacilos a ser exterminados com ácidos industriais aos baldes.

Um guarda corpulento os aguardava do outro lado da porta metálica, seus ombros preenchendo o corredor. Omar Yussef captou um traço de colônia barata emanando do uniforme azul-escuro do guarda e nele se concentrou para bloquear o cheiro do desinfetante, mas veio com uma insinuação do suor seco que pretendia disfarçar. Cheirou então a *eau de toilette* francesa que sempre passava no dorso da mão para confrontar odores desagradáveis.

O guarda pegou uma prancheta que seus colegas lhe passaram pela porta. Ele a percorreu com os olhos sonolentos de alguém que comeu demais, e arrotou.

— Veio ver Sirhan?

— Exatamente, meu caro senhor. — Omar Yussef pô-se tão ereto quanto a sua pequena pança permitia; a formalidade de sua fala decorria de seu nervosismo.

Os olhos do guarda se desviaram brevemente da prancheta para ele, como se conferisse se Omar Yussef caçoava dele.

— Parente do cara que matou Bobby Kennedy?

— Vejo que conhece seus assassinos — observou Omar Yussef. — Sirhan era de um clã inteiramente diferente. Tenho certeza de que as ações do assassino do senador seriam chocantes para meu filho. Ele nunca foi um menino violento.

O guarda passou a língua no lábio inferior e estendeu a prancheta para Omar Yussef.

— Assine aqui. Vocês dois.

Ao passar a prancheta para Khamis Zeydan, Omar Yussef viu o distintivo no bolso superior do agasalho do guarda. Nele se inscrevia a data do abjeto ataque com os algarismos do "11" mais grossos e encimados por uma antena de rádio, de modo a representar as Torres Gêmeas. A bandeira americana aparecia desfraldada na base do desenho.

— Meu filho tampouco teria aprovado esse ataque. — Omar Yussef apontou o distintivo.

O guarda alto chegou perto de Omar Yussef o bastante para que sua barriga grande, rija, roçasse em seu diafragma.

— Perdi um irmão no World Trade Center. Era tira e estava tentando salvar pessoas do que vocês, árabes, fizeram contra nós.

Omar Yussef respirou devagar

— Sinto muito por seu irmão.

— Vai dizer que os terroristas do 11 de Setembro não eram "muçulmanos de verdade"? Como todas essas histórias nos jornais inventando desculpas para os árabes?

— Não; eles eram muçulmanos, e é verdade que muitos muçulmanos aprovaram o que eles fizeram. — Omar Yussef olhou acima do queixo duplo do guarda, pálido, reluzente e liso. — Mas eu não estou entre os que apoiaram, e tampouco meu filho.

— Tem certeza?

— Tanto quanto a sua de que seu irmão foi um herói.

O queixo duplo tremeu, e o guarda deu um passo para trás. Com a prancheta fez um gesto na direção da porta aberta no corredor.

— Ali dentro — grunhiu.

Por trás de uma divisória de plexiglas, estava Ala, os cotovelos apoiados no balcão. O cansaço parecia ter-se espalhado de seus olhos vermelhos para rugas no rosto, sugando a cor da pele. Tinha a sonolência desesperada do insone após mais uma noite sem conseguir dormir, com um longo dia de fadiga terrível pela frente. Pegou o fone atrás da divisória quando Omar Yussef sentou.

— Manhã de alegria, pai. — Sua voz estava áspera e seca. Ele sorriu sem ânimo para Khamis Zeydan. O chefe de polícia cruzou os braços e baixou a cabeça.

— Manhã de luz, meu filho. — Omar Yussef percebeu que Ala estava usando a mesma camisa com que tinha sido preso. Esperara ver o rapaz num macacão laranja e pensou que talvez fosse um bom sinal não o terem forçado ao anonimato do uniforme de prisão. — Como está?

— Fiquei na delegacia por um longo tempo com a tenente indiana e aquele canalha tapado, o sargento palestino. — Os olhos de Ala se moviam com urgência, como se ele estivesse sendo caçado. — Então me trouxeram para cá.

Omar Yussef ficou surpreso com a intensidade da raiva de seu filho contra Hamza.

— E como é? — Ele ergueu o queixo. — Aí dentro.

— Estou numa cela pequena com um monte de homens Todos tentam ficar perto das grades, olhando para o corredor, esperando que venha alguém para libertá-los. Parecem pessoas esperando, ansiosas, o ônibus. Todo mundo nervoso, irritado e falante. Todos querem descrever como foram presos e ficam afirmando que têm certeza de que virão pagar a fiança e soltá-los. Tudo fede, e alguma coisa no ar está fazendo minha asma se manifestar. — Ala ofegou e coçou quase vingativamente a barba por fazer. — Estou todo coçando; isso vai me enlouquecer.

— Meu menino, você pode terminar com isso agora. Diga à polícia onde estava quando Nizar foi morto.

— Não posso fazer isso, pai.

O machucado na parte de trás da cabeça de Omar Yussef latejou.

— Você não acha que a polícia ficou me perguntando isso a noite toda? Aquele canalha do sargento Abayat acha que eu matei Nizar.

— Certamente não.

— Ele está me pressionando para confessar. "Conte-nos a história verdadeira; conte como foi que você fez; você saiu para se livrar da arma do crime, e quando voltou seu pai estava lá; onde a escondeu?" Os Estados Unidos estão cheios de árabes como ele. Querendo mostrar seu patriotismo americano, inventam que todos os árabes são vilões. Por que não me culpar pelo assassinato? Sou apenas mais um árabe fedido, afinal.

— Você está deixando sua animosidade contra o sargento obscurecer o que devia ser o foco de sua atenção. Você precisa revelar seu álibi.

— Sinto muito estar tentando a sua paciência, pai, mas há alguém que preciso proteger.

— Por Alá, você quer dizer que realmente sabe quem cometeu esse assassinato?

Khamis Zeydan inclinou-se e pegou o segundo fone. Ergueu uma sobrancelha indicando que Ala continuasse.

— Não foi isso que eu quis dizer com estar protegendo alguém. — Ala balançou a cabeça de um lado para outro. — Eu estava com uma mulher quando o assassinato aconteceu. Estou preocupado com a reputação dela.

— A honra dela vale mais do que a sua liberdade?

— Eu já disse para o detetive tapado que eu abro mão de meu direito a um advogado. Não quero admitir onde estava, e para mim não há outro jeito de sair dessa. — Ala mordeu seu lábio superior.

— Sem advogado, vão culpá-lo por esse assassinato. Podem colocá-lo na cadeia para sempre. — Omar Yussef bateu as palmas das mãos no balcão a sua frente. O guarda enfiou a cabeça pela porta e lançou-lhe um olhar de advertência.

A voz de Ala atenuou-se.

— Eu a amo. Estou pronto para me sacrificar por ela. — Seu rosto ficou sereno, mas seu lábio inferior se contorceu.

— Com certeza ela estará preparada para autorizá-lo a contar sua história; irá corroborar seu álibi.

— É uma mulher árabe, pai; não pode simplesmente dizer: "Claro, eu estava com ele". — Ala coçou seus cabelos encaracolados e gemeu.

Ele teme que alguém possa matá-la. Para puni-la por manchar a honra de sua família encontrando-se sozinha com um homem solteiro, Omar Yussef pensou.

— Diga-me quem é ela, meu filho. Eu a persuadirei a deixá-lo falar, e assim você será libertado. Invocarei o amor que ela lhe dedica.

— Ela não me ama, pai

— Por que não?

Ala deu uma risada cansada.

— Estarei falando com meu pai ou com minha demasiadamente orgulhosa mãe? Não sou irresistível para as mulheres, sabe. — Ele mordeu os lábios. No branco de seus olhos avermelhados havia sombras azuis e verdes.

Ela não me ama. Omar Yussef lembrou-se do papel de carta cor-de-rosa na mão ossuda da tenente, a carta de amor em linguagem explícita retirada do bolso do cadáver. Lembrou-se também da dor no rosto de Ala quando o detetive árabe leu o nome "Rania" naquela carta. Devia ser a garota com quem Ala estava quando Nizar foi assassinado e que havia escolhido Nizar. Omar Yussef sentiu a desolada solidão de seu filho através do plexiglas.

— Você e Nizar eram rivais pelo amor de uma mulher?

Ala ergueu os olhos incisivamente, olhos assombrados e com aparência pouco saudável, bem abertos e desafiadores. Omar Yussef reconheceu algo da força e desespero que teriam feito seu filho suportar todo o longo interrogatório da polícia.

— Acredita que matei Nizar porque ele me derrotou no amor, pai?

— Claro que não. Mas quero saber a verdade. Conte-me.

O jovem recostou-se na ordinária cadeira de plástico, olhando em volta as paredes caiadas e os cartazes informando aos parentes dos prisioneiros seus direitos de visita.

— Você se lembra de Nizar e Rashid como jovens e brilhantes estudantes, pai; mas eles mudaram.

— Por quê?

Ala fez um gesto vago com a mão.

— A intifada, você sabe.

— Eu sei sobre a intifada *de vocês*.

— Não era muito, era? Ir junto com os outros jogar pedras nos israelenses. Os Assassinos, como costumávamos nos chamar, os quatro. — Ala dirigiu-se a Khamis Zeydan. — Jogamos pedras num jipe do exército nos limites do campo.

— Não sei por que fez isso — murmurou Omar Yussef. — Simplesmente não combinava com você nem com os outros meninos.

— Todo mundo fazia isso.

— Os outros garotos ao menos fugiam antes que um segundo jipe do exército chegasse por trás deles e os prendesse.

Ala mordeu a unha do polegar.

— De algum modo eu acho que queríamos ser presos. Para nos sentir parte da luta, que era de todo mundo. Jogar pedras? Bom, como você disse, não combinava muito bem com nosso jeito.

Presos e mantidos numa cela numa encosta fria em Ramallah, Omar Yussef pensou. *As celas aqui no Complexo do Brooklin devem parecer quartos de hotel com chocolate com menta no travesseiro comparado ao campo israelense.*

— Foi uma época terrível, meu filho. Mas você disse que isso mudou Nizar e Rashid. Como?

— Na prisão israelense, eles ficaram próximos de um xeque de Hebron. Os israelenses tinham-no prendido por manter uma mesquita da Jihad Islâmica.

— Os meninos entraram para a Jihad Islâmica?

— Não sei se foi isso.

Mas é o que você acha.

— Isso os tornou radicais.

Ala balançou a cabeça.

— Tornou-os religiosos. Foi outra coisa que os tornou radicais.

— O quê?

— Ismail.

O colega de classe de Ala, meu ex-aluno, Omar Yussef pensou. *O quarto Assassino.*

— Não estou entendendo.

— Os israelenses propuseram um acordo a Ismail.

— Já sei aonde isso vai dar — Khamis Zeydan estalou a língua.

— Prometeram a Ismail que, se ele delatasse o xeque, nós quatro seríamos libertados. Você lembra como Ismail era, pai. Foi fácil dobrá-lo. Ele amava Os Assassinos; teria feito qualquer coisa por nós.

Omar Yussef lembrava; um menino tímido que sempre estivera na periferia da classe e dos jogos no pátio da escola, até entrar para o círculo dos Assassinos. Lembrou o traço habitual de medo e súplica nervosa nos olhos de Ismail, mesmo quando sorria; a atenção que prestava em Nizar e Rashid, os líderes gregários da gangue, rindo das piadas deles um instante tarde demais e um pouco alto demais.

— E Ismail fez o que os israelenses pediram?

— Na prisão, ele falava com o xeque todos os dias. Acreditávamos que estivesse se tornando religioso também. Então, de repente, o xeque sumiu. Os israelenses o levaram a julgamento e o sentenciaram a prisão perpétua.

— Usando as informações de Ismail.

Ala assentiu com relutância, como se concordasse com uma pena de morte para seu amigo.

— Por isso fomos soltos pelos israelenses.

— Não consigo acreditar nisso.

— Depois, já em liberdade, Ismail confessou. Estava com vergonha, mas supunha que iríamos compreender. Eu o abracei e disse-lhe que não era culpa dele, que os interrogadores o tinham colocado sob forte pressão, mas Rashid e Nizar o xingaram e se recusaram a falar com ele dali em diante.

— O que aconteceu com Ismail?

Ala exalou inflando as bochechas e ergueu as sobrancelhas.

— Perdi contato com ele quando vim para Nova York.

— Nizar e Rashid chegaram a perdoá-lo?

— Não voltaram a mencionar o nome dele. Estavam muito ocupados, rezando cinco vezes por dia. — Os olhos de Ala se perderam no teto com manchas de umidade, empenhado em não deixar a fadiga fazê-lo perder o fio da meada de sua história. — Depois de algum tempo, porém, Nizar mudou.

— Como?

— Começou a se vestir melhor, mais na moda. Lembra-se das botas que calçava quando... quando foi morto?

Omar Yussef pensou no reluzente preto do couro no corpo morto e estremeceu.

— Ficava na rua até tarde todas as noites. Rashid com frequência ficava bravo com ele e o acusava de estar traindo sua religião para se divertir.

— Se divertir? O que Nizar estava fazendo?

— Uma vez me disse, com grande satisfação, que estava fazendo sexo com mulheres.

Khamis Zeydan sorriu.

— Isso é mais divertido do que orar, que Alá seja louvado.

Omar Yussef olhou sério para seu amigo.

— Então subitamente o mau comportamento de Nizar parou. — O rosto de Ala assumiu expressão de desconforto, como se ele sentisse a pontada de uma dor esquecida.

— Só há uma coisa que pode fazer um jovem querer parar de comer qualquer mulher que sua vista alcance — ponderou Khamis Zeydan. — O pobre coitado deve ter se apaixonado.

— No clube árabe social em Bay Ridge, Nizar e eu estávamos no mesmo grupo de *dabka* — Ala continuou. — Alguns dos garotos mais jovens gostavam de introduzir break e outras coisas americanas nas danças tradicionais palestinas, mas Nizar insistia em afirmar que devíamos manter nossa *dabka* lenta, igual à que dançávamos na terra natal. Havia uma garota que gostou dessa atitude, porque ela é também relativamente nova nos EUA.

Omar Yussef imaginou aquele menino que agora se encolhia, nervoso, atrás do plexiglas, no centro de um círculo de dançarinos, fazendo os movimentos de pular, chutar e pisotear da *dabka*, erguendo a mão para virar um lenço sobre a cabeça. E se perguntou como seria dançar um passo tradicional no exílio. *Imagino que isso poderia levar-me às lágrimas*, pensou. *Por sorte não tenho fôlego para tanto.* Ala e Nizar dançaram com a mesma garota, e Nizar a conquistou.

— Rania? — sussurrou Omar Yussef.

A energia de Ala pareceu esvair-se, e seu olhar ficou tão parado quanto uma tarde no Ramadan.

— Eu costumava ir ao café do pai dela, é bem ao lado do nosso prédio, e fiquei amigo do pai, que me convidou para jantar. Foi o começo de minha corte.

— Então você tinha a aprovação do pai?

Ala animou-se, mas seu sorriso morreu logo.

— Nizar também começou a ir ao café, sabia que eu estava cortejando Rania e me disse que não estava interessado nela. Só queria tomar chá de hortelã, fumar um narguilé e conversar com o pai dela sobre a política do Oriente Médio, o Corão e o futebol egípcio. Eu não fiz nenhuma objeção, porque isso o mantinha fora de seu comportamento desregrado; fui, entretanto, percebendo como ele e Rania se olhavam. Eu não podia competir com ele. Ele é bonito, tem cabelo comprido, é tão charmoso.

— Meu filho, não quero parecer insensível, mas Nizar se foi. As coisas mudaram. Você tem seu álibi e talvez ainda possa ter Rania após o luto dela por Nizar. Não perca a esperança. Você precisa dizer à polícia onde estava e sair desta prisão para poder reivindicá-la.

— Ela nunca será minha. Vi como era entre ela e Nizar; nada sente por mim. — Ala coçou a cabeça com as duas mãos. — Quando Nizar estava sendo assassinado, eu estava com ela, mas para dizer-lhe que devia ficar com ele. Eu pretendia informar também ao pai dela, que, aliás, estava ansioso por conhecer você e acertar todos os detalhes de nosso noivado. Eu não conseguia suportar a ideia de romper, por isso adiei até o último minuto, pouco antes de você chegar. Então fui até o apartamento deles sobre o café e disse a ela que não haveria noivado entre nós.

— Como ela reagiu?

Ala suspirou e ficou quieto.

— Nizar propôs casamento a Rania?

— Não. O pai de Rania me diria. Não sei precisar bem como, mas a amizade entre o pai de Rania e Nizar não era inteiramente simples.

— O pai de Rania poderia ter descoberto o relacionamento secreto e assassinado Nizar pela honra de sua família?

Ala balançou a cabeça.

— Nunca ouvi palavras ásperas entre eles. Com nosso amigo Rashid, entretanto, Nizar discutia todos os dias, mesmo depois que deixou sua fase de garotas e álcool.

— Sobre o que discutiam?

— Sempre se falavam em sussurros urgentes. Quando eu tentava descobrir o assunto de que tratavam, eles me diziam para cuidar da minha vida. — Ala fixou um ponto distante atrás do ombro de seu pai, como se procurasse entre as possibilidades que poderiam estar por trás do assassinato, seguindo cada sinal até um ponto em que a morte fizesse sentido. — E há também o véu.

O Homem Velado, Omar Yussef pensou. *O traidor que precisa ser morto pelo messias.*

— Rashid estava fascinado com toda a mitologia islâmica dos Assassinos. Leu e releu essas histórias que aprendemos em suas aulas, pai. Pode ter julgado que Nizar o traiu de algum modo. Se ele o matou, deixou o véu como um sinal.

— Sabendo que só você o compreenderia.

— Ou você, pai. Ele sabia que estava vindo visitar-nos.

O queixo de Omar Yussef tremeu. *Um sinal para eu interpretar,* pensou. *Mas por quê?*

— Rashid realmente poderia matar um homem?

Ala estremeceu.

— Acho que era sobre isso que ele e Nizar costumavam discutir.

— Matar?

— Não ouvi o bastante para saber muito mais do que isso, mas acredito que eles estavam planejando matar alguém.

CAPÍTULO 11

Khamis Zeydan olhava, irritado, os letreiros em árabe das lojas e as mulheres corpulentas passando na rua, os rostos redondos emoldurados por *mendils* de poliéster. A chuva se tornava um granizo fino gelatinoso e cinzento, e ele cuspiu na calçada escorregadia.

— Pequena Palestina — resmungou, balançando a cabeça.

— Esse é o café. — Omar Yussef apontou a vitrina de vidro fumê e as pesadas cortinas marrons. Em inglês e árabe, o toldo púrpura anunciava o Café al-Quds. Em árabe, prometia chá, café, sucos, doces e narguilés. — Temos de fazer com que essa garota, Rania, vá à polícia. Temos que fazer com que ela forneça um álibi para meu filho.

— Temos de *fazer*? Quem é você? O chefe da polícia secreta? — Khamis Zeydan sorriu, amargo.

— Certo, então temos de... *persuadi-la.* — Omar Yussef ouviu o tom sinistro em suas palavras. Esquivou-se do sorriso de Khamis Zeydan com um desviar culpado dos olhos. — Vamos sair do frio

O ar dentro do café vazio estava pesado com vestígios da fumaça de narguilé aromatizado com maçã. O painel de controle do aparelho de som atrás do bar pulsava num berrante rosa e turquesa o ritmo *baladi* contagiante de uma canção famosa. Omar Yussef reconheceu a voz de uma cantora libanesa alguns anos mais velha do que ele.

O que aconteceu a nós, meu amor?, ela cantava. *O amor de meu país ainda se lamenta: leve-me, leve-me, leve-me para casa.*

A música estava alta, como se os funcionários não esperassem clientes e tivessem aumentado o volume para ouvir a canção enquanto trabalhavam em outra sala. Omar Yussef foi para trás do balcão; por uma porta vazava tênue luz para o café. Ele bateu na esquadria de madeira barata.

A cantora libanesa continuava: *a brisa soprava em nós de onde o rio se bifurcava.*

Uma jovem respondeu à batida de Omar Yussef em árabe Limpando as mãos num pano de prato, ela saiu da cozinha, usando jeans apertado, camiseta preta e avental púrpura curto, que descia folgado do peito até os quadris. O *mendil* preto envolvia-lhe o rosto e dobrava-se para dentro da camiseta.

— Saudações, *ustaz.* — Sua voz era baixa e áspera, como se ela estivesse rouca.

Tenho medo, ó amor, de envelhecer no exílio...

— Saudações, minha filha — respondeu Omar Yussef. — Sou Abu Ramiz, pai de Ala Sirhan.

... e que meu lar não mais me reconheça.

Ela pôs a mão no peito.

— Sinta-se com sua família e em sua própria casa, *ustaz.*

Leve-me, leve-me, leve-me para casa.

— Você é Rania?

Os olhos dela eram profundos e grandes, altivos e críticos sob cílios longos, mas as partes brancas estavam borradas de rosa, como se tivesse chorado recentemente. Fecharam-se devagar para indicar que Omar Yussef estava certo. Uma mecha de cabelos tão negros que pareciam polidos tinha escapado de seu lenço de cabeça e acariciava suavemente sua garganta clara. Ela sorriu brevemente com sua boca larga, indistinta

Leve-me, leve-me, leve-me para casa.

— Preciso falar-lhe sobre Ala. Ele se recusa a dizer à polícia que estava com você quando Nizar foi assassinado. — Omar Yussef viu os grandes olhos se contraírem à menção do nome do homem morto. — A polícia pode culpá-lo pelo crime a menos que ele revele o encontro de vocês. Poderia ir à delegacia e confirmar o álibi dele?

A garota ergueu as sobrancelhas.

— Desculpe-me, *ustaz,* mas só tenho a sua palavra de que é o pai de Ala.

— Claro que sou o pai dele. Tente imaginar meu rosto trinta anos atrás. — Omar Yussef tirou os óculos. — Com mais cabelo e uma vista melhor. Acho que você verá a semelhança

— Imagine que ele adquiriu gosto por uísque e estragou sua saúde com maus hábitos. — Khamis Zeydan riu, batendo o ritmo quatro por quatro da música no balcão. — Vamos, minha filha. Precisamos falar sério aqui. Se você não for à polícia, a polícia virá até você.

A garota retesou os lábios, afrontada com a brusquidão do chefe de polícia.

— Estamos pedindo educadamente — Khamis Zeydan continuou. — Mas você acha que vamos deixar Ala ser preso para salvar seus rubores?

— Não posso ajudá-los.

Khamis Zeydan olhou com firmeza para ela.

— Você não tem escolha.

Omar Yussef viu um lampejo de medo em seu rosto seguido de uma raivosa contração dos longos lábios, e Rania suspirou, exasperada

— Um momento, *ustaz* — disse ela para Omar Yussef e voltou à cozinha

Khamis Zeydan pegou uma azeitona verde de uma tigela no balcão e a comeu com um assentimento de aprovação.

— Acha que este lugar é uma fachada?

— O quê?

Ele deixou o caroço da azeitona cair num cinzeiro de porcelana.

— Sei que ainda não é meio-dia, mas eles não estão exatamente apinhados de clientes, não?

— Uma fachada para o quê?

A garota voltou com um homem de cabeça raspada, usando um avental azul.

Leve-me, leve-me, leve-me...

Ele desligou o aparelho de som, acendeu as luzes sobre o balcão, e enxugou as mãos grossas no avental. Seus olhos, contraídos, fixaram Omar Yussef e com o polegar e o indicador ele acompanhou os sulcos que iam de seu largo nariz aos cantos da boca. Seus lábios eram púrpura e retorcidos com desaprovação, como os de um faraó sibarita. Quando ele se virou para avaliar Khamis Zeydan, Omar Yussef viu que cabelos pretos curtos cresciam na dobra de gordura entre o couro cabeludo e o pescoço, fora do alcance de sua navalha.

— Saudações, meus caros senhores. Sou o pai de Rania, Marwan Hammiya. Por favor, sentem-se enquanto fazemos um café para os senhores. — murmurou Marwan algo para a filha e convidou as visitas a se acomodarem na mesa mais perto do balcão.

Na parede, um sultão otomano e seus cortesões caçavam um veado numa clareira, e seis altas colunas coríntias se erguiam das ruínas do templo de Júpiter em Baalbek. Omar Yussef inclinou-se para admirar as gravuras antes de sentar.

— Perdoem-me — Marwan passava seus dedos grossos e peludos sobre a fórmica lascada enquanto falava —, mas eu poderia ver seus documentos de identidade?

Khamis Zeydan abriu a boca para protestar, mas Omar Yussef o deteve pondo a mão em seu joelho. Tirou o passaporte do bolso interno da jaqueta e o entregou a Marwan Hammiya, que assentiu e o devolveu.

— Peço desculpas, senhores. Por favor, compreendam minhas suspeitas. Nos últimos anos, o FBI tem mandado muita gente ao nosso bairro fingindo ser outras pessoas. Interessa-lhes provar todo tipo de coisas ruins sobre nós, árabes.

— Se o FBI passasse meia hora com o meu amigo aqui... — Omar Yussef fez um gesto apontando Khamis Zeydan — ... teria prova de sobra da maldade dos árabes.

Khamis Zeydan cuspiu outro caroço de azeitona no cinzeiro.

— Talvez você ficasse mais aquecido com um gorro do FBI — ele disse.

Omar Yussef tirou seu gorro NYPD, colocou-o na mesa, e alisou o cabelo.

— Que isso desagrade a Alá — Marwan sorriu. — Esperava conhecê-lo em circunstâncias mais felizes, *ustaz*.

Rania trouxe uma travessa de biscoitos *ajweh* e voltou para o balcão. Seu rosto estava impassível, mas um leve tremor contornava-lhe os lábios. Assoou o nariz, passou o dedos sob os olhos e se pôs a fazer café. Omar Yussef assentiu com aprovação ao dar uma mordida na massa amanteigada do biscoito e no recheio de tâmara.

— Excelente. Não muito doce.

— Rania sabe exatamente o quanto de água de rosas acrescentar ao recheio. — Marwan empurrou a travessa na direção de Khamis Zeydan. — Aprendeu o segredo com sua estimada falecida mãe, que Alá tenha misericórdia dela, antes de partirmos do Líbano.

— Sua filha toca o café com o senhor?

— Ela é assistente social na Associação Comunitária do outro lado da rua, mas também me ajuda.

Do balcão, Rania perguntou:

— Com açúcar, *ustaz*?

— Sem — respondeu Omar Yussef.

— E o seu, *ya pasha*? — dirigiu-se a Khamis Zeydan.

— Com açúcar, por favor. Como sabe que sou um *pasha*, um militar?

Marwan intercedeu imediatamente:

— Rania cresceu no Líbano. Lá se aprende a reconhecer um combatente, mesmo estando à paisana. Pode ser perigoso não saber fazer isso.

Khamis Zeydan observou atentamente a garota servindo o café, depois pegou um saquinho de açúcar no cesto sobre a mesa e leu o rótulo.

— A Maison du Café, rodovia Khaldeh, Líbano. — Deu uma risada curta. — Levei um tiro no ombro uma vez na rodovia Khaldeh.

— Israelenses? — perguntou Marwan.

— Xiitas. Perto do aeroporto.

— Os velhos tempos difíceis em Beirute.

— De onde é, Marwan? — Omar Yussef tentou fazer sua questão soar amigável, mas algo áspero em seu tom fez com que o sorriso se esvaísse dos lábios sensuais de Marwan.

— Baalbek, no vale de Bekaa, *ustaz*.

— Então é um xiita?

Marwan dirigiu um sorriso ligeiro, como que se desculpando para Khamis Zeydan, e passou a mão em seu ombro, como que para curar o ferimento do chefe de polícia.

— Não sou religioso. Sou moderno. Aqui estamos sentados, com minha filha solteira bem ao nosso lado. Eu não me preocupo em mantê-la longe dos olhos dos homens. Não estamos mais na velha terra natal, estamos?

Rania colocou as xícaras de café na mesa.

Omar Yussef percebeu o aroma de água de lavanda quando ela se inclinou perto dele.

— Que Alá abençoe as suas mãos — agradeceu, tocando o pires de sua xícara.

— Bênçãos — murmurou ela.

— Marwan, há quanto tempo está em Nova York? — perguntou Omar Yussef.

— Desde o final de 1998. Infelizmente, trouxe apenas minha Rania, que então mal era adolescente. Sua estimada mãe descansa em Baalbek, que Alá tenha misericórdia dela, e não tenho outros filhos.

— Tem esse café desde então?

— Só há um ano ou dois.

— Não é muito movimentado.

— É cedo. Mais tarde, ao longo do dia — hesitou Marwan —, temos muitos clientes. Vêm para ouvir e falar árabe e desfrutar os sabores de sua terra natal.

Rania observava seu pai de detrás do balcão, a boca ampla com os cantos para baixo, os olhos brilhantes impacientes.

— O que fazia no Líbano? — perguntou Khamis Zeydan enquanto erguia sua pequena xícara de café.

— Comerciante. Mercadorias, negócios, variadas coisas.

— Os negócios ficaram ruins em 1998, foi isso?

Marwan encarou Khamis Zeydan. Omar Yussef estranhou o tom sarcástico de seu amigo, que piscou para ele. *Esse ano significa alguma coisa,* pensou. Precisava quebrar a tensão entre os dois homens, mudar a conversa para o álibi de Ala.

— Fui visitar meu filho na cadeia — disse ele.

Os olhos de Marwan estavam ríspidos quando ele se voltou para Omar Yussef.

— Na cadeia?

— Ele se recusa a fornecer um álibi para a polícia. Não quer revelar onde estava quando Nizar foi assassinado.

— Um acontecimento terrível. O bairro todo está triste. — Marwan balançou a cabeça. — Por que ele não quer fornecer um álibi?

Omar Yussef encarou Rania, que limpava o balcão, seus olhos seguindo o pano sobre a superfície de madeira com grande concentração, e chamou-a.

A garota voltou seus olhos profundos, escuros, para o espelho atrás do balcão.

— Ala sabia sobre você e Nizar — Omar Yussef levantou-se e foi até o balcão. — Foi por isso que ele a procurou ontem; queria liberá-la do compromisso, deixá-la livre para ficar com Nizar.

Marwan arrastou a cadeira ao se levantar e falou com o tom áspero da autoridade desafiada.

— Rania, isso é verdade?

— O que importa? Nizar se foi. — Sua voz tremeu, mas não chegou a embargar. Ela passou a mão ao longo da estante atrás do balcão e limpou a poeira das pontas dos dedos.

Marwan pôs a mão pesada no pulso de Omar Yussef e o conduziu até a porta.

— Deixe-me persuadir minha filha, *ustaz*. Ela vai ajudar Ala, tenho certeza. — Deu um tapinha no ombro de Omar Yussef ao acompanhar os visitantes.

Omar Yussef abrigou-se no batente da porta da butique ao lado enquanto Khamis Zeydan acendia um cigarro e xingava o tempo. Pouco tinham caminhado quando sentiu seu couro cabeludo gelar e a garoa escorrer em suas sobrancelhas.

— Esqueci meu gorro.

Voltaram e entraram de novo no café. O salão continuava vazio, e Omar Yussef foi até a mesa em que deixara o gorro. Ouviu então a voz de Rania vindo da cozinha.

— Sim, eu estive com Ala ontem de manhã. Por volta das 8 horas até as 9h30. Ele estava...

— Não foi essa a hora em que Nizar foi assassinado? — As palavras de Marwan trovejaram sobre a voz hesitante de sua filha.

— Você deve saber. — Um súbito ódio surgiu em seu tom. Pareceu libertá-la, e ela soltou um longo, rouco lamento.

— Rania, o que você está dizendo? — Marwan bateu a mão com força numa superfície metálica.

— Nizar e eu estávamos apaixonados. Eu nunca senti isso em relação a Ala, não importa o quanto você desejasse isso, papai.

— Cale-se! Ala é bom demais para você. Ele é um bom árabe, não é como aquele exibido do Nizar, que de algum modo a enfeitiçou.

— E que Alá tenha misericórdia dele, o estimado jovem — sussurrou Khamis Zeydan, com um sorriso sarcástico.

Omar Yussef fez um gesto para ele ficar quieto e esgueirou-se até a porta da cozinha. Espiou lá dentro.

Marwan estava debruçado pesadamente sobre o balcão de aço inox da cozinha, suas costas largas voltadas para a porta.

— Ele a fez amá-lo, e então se aproveitou de você, minha querida. Você o seguiu para lugares que não era certo você ir, porque ele fizera você o amar.

Os olhos negros de Rania estavam furiosos e belos por trás das lágrimas. — Eu o amava *porque* ele foi comigo para Manhattan. Ele me ajudou a experimentar uma nova vida lá. Nós íamos embora, para qualquer lugar longe daqui.

— Agora você não vai a parte alguma. — O punho de Marwan bateu no balcão. — Vai ficar aqui e aprender a se comportar ou pagará caro.

— Já paguei o mais caro possível com a morte de Nizar.

Marwan fez um muxoxo.

— Essa é a minha recompensa por tirá-la do Líbano. Por trazê-la para esta cidade.

A garota estalou a língua com desdém e, no mesmo momento, desviou-se para trás enquanto a mão de seu pai cortava o ar onde seu rosto estivera. Seu movimento derrubou um narguilé atrás dela, e seu bulbo de água espatifou-se no chão.

Omar Yussef entrou e agarrou o pulso cabeludo que Marwan erguera para mais uma vez acertar a filha.

— Já chega — rosnou. O pulso tentou desvencilhar-se e Omar Yussef precisou de sua outra mão para conseguir imobilizá-lo.

Marwan apontou o narguilé quebrado e grunhiu para a filha:

— Limpe isso. — Cambaleou até o café e se debruçou sobre o balcão com a palma da mão sobre a cabeça raspada. Quando Omar Yussef tocou seu ombro volumoso, percebeu que ele soluçava.

Rania veio até a soleira da porta com os braços cruzados, o queixo tremendo e mais nenhum segredo a proteger.

— Podemos dizer à polícia para vir falar com você? — perguntou Omar Yussef. — Para confirmar o álibi de Ala?

Quando ela assentiu, Omar Yussef não conseguiu deixar de pensar no belo casal que ela e Nizar teriam feito. A beleza da garota era do tipo incandescente, sensual, que forçaria a maioria dos homens a uma infeliz tentativa de apaziguamento. Ela precisava de um amante que pudesse rir de suas paixões por ser ousado o bastante para se arriscar a inflamá-las ainda mais. Um homem como Nizar.

Os óculos de Omar Yussef embaçaram quando ele saiu do café e puxou o gorro NYPD sobre as orelhas.

— O que 1998 tem de especial?

Khamis Zeydan levantou a gola de seu casaco e pôs a mão em concha em volta de seu cigarro.

— Esse foi o ano em que o governo libanês anistiou mil traficantes de drogas sentenciados. Marwan é de Bekaa, o centro da produção de narcóticos no Líbano.

— Está dizendo que Marwan era traficante de drogas?

— Ele sabia o que eu estava insinuando, e não gostou. Foi um tiro no escuro, mas acho que acertei. — Khamis Zeydan exalou, e a fumaça chegou a Omar Yussef úmida no ar frio.

— Por que ele partiria do Líbano se foi anistiado?

— Poderia não ter alternativa. Poderia estar do lado errado entre os vilões locais

— Gângsteres?

— Pior, talvez. Hezbollah, Jihad Islâmica. Talvez tenha vindo para cá para escapar deles.

— Ele precisaria ter mentido sobre sua condenação por drogas nos formulários de imigração. Caso contrário os americanos lhe teriam negado o visto, com ou sem anistia. — Omar Yussef atravessou a rua e caminhou perto dos prédios, abrigando-se da garoa leve sob os toldos das lojas. — Se Nizar tivesse descoberto isso, Marwan poderia tê-lo matado para se proteger de uma chantagem.

— Se Marwan matou Nizar, pode também muito bem ser para proteger a reputação de sua filha — sugeriu Khamis Zeydan. — Faltou muito pouco para ele a chamar de prostituta bem na cara dela.

— Só porque ela seguiu seu coração. — Omar Yussef balançou a cabeça. E se perguntou o que era mais triste: a garota que perdera o homem que amava, ou o garoto que tentou protegê-la apesar de rejeitado. — Pobre Ala.

Um carro de polícia passou lentamente pela rua vazia, em meio às saraivadas do granizo fino. Khamis Zeydan apontou o logotipo do departamento de polícia no boné de Omar Yussef e fez com o polegar o sinal de positivo. O policial no banco do passageiro tocou a ponta de seu quepe, e o carro seguiu em frente.

CAPÍTULO 12

Em seu dialeto iraquiano, o jovem que lhes deu informações sobre o caminho para a delegacia advertiu que ficava a dez quarteirões de distância. Omar Yussef o encarou através da chuva e cerrou os punhos. Estava muito apreensivo quanto ao provável tratamento que um árabe receberia no Complexo de Detenção do Brooklin, e cada atraso em passar adiante a informação sobre o álibi de Ala prolongava a permanência de seu filho naquele lugar. A imensidão da cidade o frustrava, enquanto a chuva troçava de suas roupas inadequadas e o sistema judiciário aprisionava seu filho inocente.

— É uma longa caminhada, *ustaz* — concluiu o jovem, olhando Omar Yussef de cima a baixo.

— Não lhe pareço suficientemente saudável para andar esse tanto? — Omar Yussef avançou o queixo e em sua voz havia um tom de agressão. O iraquiano recuou. *Tudo com que estou tendo de lidar está me exasperando, e vou acabar descontando nesse menino.* Virou-se para Khamis Zeydan. — Devo estar parecendo particularmente frágil hoje. Ninguém acredita que conseguirei chegar a meus destinos.

— Acalme-se — sugeriu Khamis Zeydan.

— Como posso ficar calmo? — Omar Yussef empurrou o ombro de Khamis Zeydan com a mão. — Serei o único querendo ver meu filho fora da cadeia?

— Você está sendo ridículo. O frio congelou seu cérebro. Precisa de um casaco decente para se agasalhar e começar a pensar direito.

— Que Alá amaldiçoe essa chuva. — Omar Yussef pisou numa poça. A água fria ensopou seus mocassins e gelou seus dedos.

O jovem iraquiano passou os dedos pelo bigode fino para tirar a água da chuva que nele se acumulara.

— Não me referi a sua saúde, tio. É que o tempo está muito ruim. Talvez devesse pegar um ônibus.

— Congelarei parado num ponto de ônibus

— Os ônibus são frequentes. Não terá de esperar muito. Mas, se insiste, siga direto pela avenida. Chegará a um elevado sobre grandes colunas de concreto. Siga a rua ao lado dele e acabará encontrando a delegacia. Que Alá o ajude.

— Que Alá o transforme num macaco.

Khamis Zeydan balançou a cabeça reprovando o mau humor de seu amigo, a quem recomendou:

— Implore o perdão de Alá — enquanto dava um tapinha consolador no ombro do jovem.

Seguindo adiante, Omar Yussef sentiu-se envergonhado de ter gritado com o rapaz. Quanto mais tempo ficava naquela cidade, mais se distanciava das reações que normalmente esperaria de si mesmo. Cada circunstância parecia estar contra ele, e não tinha nada seguro em que se apoiar, tão distante estava das coisas que conhecia.

— Você realmente precisa comprar um casaco melhor — disse Khamis Zeydan. — E esse gorro de lã também não adianta muito neste tempo.

— Não há tempo. Temos que tirar Ala da cadeia.

— Trouxe o tapete mágico para fugir com ele?

— Contaremos ao detetive sobre Rania. Ela confirmará o álibi.

— Não tenha tanta certeza assim de que ela vá colaborar.

— O que você quer dizer?

— Quero dizer que Nizar estava trepando com a filha.

— Não seja tão grosseiro.

— ... de um homem que pode ter estado preso no Líbano por tráfico de drogas e agora tem um café aparentemente sem clientes. O paradeiro do terceiro morador do apartamento continua ignorado, também; lembre-se disso. Pode não ser tão simples quanto parece.

O granizo fino investiu contra os ombros da jaqueta de Omar Yussef lembrando-lhe um fuzilamento. Sentiu sua coluna enrijecer-se. Depois de mais um quarteirão, ele parou e deu a Khamis Zeydan um olhar desconsolado.

O chefe de polícia sorriu.

— Pronto para adotar um novo estilo de vestir?

Entraram numa loja que se anunciava como "O Bazar Chique". Khamis Zeydan abordou um árabe baixinho cuja barriga parecia uma melancia; havia entradas em sua testa, e o bigode era grisalho e fino.

— Meu amigo não está equipado para o inverno de Nova York — Khamis Zeydan se adiantou. — O que pode fazer por ele?

— Rápido — acrescentou Omar Yussef. — Estamos com pressa.

Com um sorriso afetado e esfregando as mãos, o árabe tirou um casaco acolchoado longo de um cabideiro e o abriu para Omar Yussef. O professor tirou a jaqueta e a entregou, pingando, para Khamis Zeydan. Seu paletó de tweed estava úmido e batiento, como uma ovelha precisando de tosquia, de modo que ele o tirou também. A caminhada o fizera suar, e um vestígio de vapor se elevou do interior do paletó.

Quando o lojista pôs o enorme casaco nos ombros de Omar Yussef e puxou o capuz sobre sua cabeça, ele estranhou a extrema leveza do material. O zíper fechou até a ponta do nariz.

— Ficou perfeito, *ustaz* — disse o lojista, girando Omar Yussef pelos ombros na direção de um espelho de corpo inteiro.

Usara a vida inteira roupas mais finas, estilos europeus que o faziam sentir-se parisiense ou milanês, não o habitante de um campo de refugiados em Belém. Agora estava sendo forçado a se vestir nos trajes exóticos de outro tipo de gueto.

— Sinto-me ridículo.

Khamis Zeydan puxou o zíper alguns centímetros para baixo.

— Não ouvimos o que você disse. Sua voz ficou abafada.

Omar Yussef olhou no espelho. O casaco chegava até os joelhos, e suas mãos estavam perdidas nas mangas enormes. Admitiu, entretanto, que se sentia aquecido. *Se eu fecho o zíper e ponho o capuz, ninguém vai saber que sou eu neste casaco,* pensou. *Ficarei igual a qualquer nova-iorquino protegendo-se da fúria dos elementos.*

Quando saíram da loja, viram um homem corpulento com chapéu de abas largas se precipitando do outro lado da rua, os braços agitados como se tentasse ganhar impulso. Vendo Omar Yussef, ele atravessou a rua.

— É você, *ustaz*? — Marwan Hammiya aproximou-se. — Que Alá lhe conceda a graça, meu caro.

Omar Yussef puxou o capuz de seu novo casaco e passou a mão pelos cabelos ralos. — Saudações, Marwan.

O libanês pegou Omar Yussef pelo braço e o levou na direção do meio-fio. Sorriu forçado, expondo seus dentes inferiores tortos e acenou brevemente para Khamis Zeydan, indicando que precisava falar a sós com Omar Yussef.

— Estou tão contente de tê-lo alcançado, *ustaz*. Está indo para a delegacia de polícia?

— Com a informação do álibi de Rania para meu filho.

A pressão de Marwan no braço de Omar Yussef ficou mais forte, como se ele pretendesse arrastá-lo na direção oposta, para longe da delegacia.

— Eu o segui porque gostaria de me desculpar pela cena em meu café. Não fique ofendido com minha Rania. Sabe como garotas podem ser, não?

— Não foi nada.

— Depois que vocês partiram, ela se acalmou e concordou com minha proposta. Ela consentiu em relação a Ala.

— Consentiu?

— Em retomar o noivado.

Omar Yussef piscou, perplexo.

— Veremos o que ele acha disso quando sair da cadeia. Graças ao depoimento dela.

— Em tempo, *ustaz*. — Marwan segurou firme o cotovelo que Omar Yussef tentava soltar e seu sorriso se ampliou. — Você compreenderá que tenho preocupações paternas com seu menino, já que posso esperar ser o sogro dele logo, logo: sentimentos paternais de proteção. Por essa razão, devo dizer que agora talvez não seja o momento certo de libertar Ala, meu caro Abu Ramiz.

— Rania dificilmente poderá casar com ele na cadeia.

— Talvez não. — Marwan esfregou o rosto. — Mas com certeza ela não poderá casar com ele se estiver morto.

Omar Yussef parou de resistir à mão que o segurava.

— Se ele sair da cadeia, *ustaz,* poderá ser um alvo mais fácil.

— Um alvo para quem?

Marwan olhou para Khamis Zeydan fumando um Rothmans sob o toldo da loja de roupa.

— Eu não posso... — soluçou ele. — Eles estão na minha cola. Não posso ajudar Ala mais do que isso.

— Quem são *eles*? — Omar Yussef segurou-o pelo colarinho. — Quem?

— Deixe-o onde está, *ustaz.* Ele será um bom marido para minha Rania; cuidará dela quando eu me for; é honesto e...

— Se for?

— ... não está envolvido em coisas ruins.

— Como Nizar?

— Deixe-o onde ele está.

— Não posso fazer isso.

Os soluços de Marwan explodiram em lágrimas que escorreram por seu rosto.

— Eu só estou tentando sobreviver, só isso. Não sou um homem mau.

— Marwan, o que é que Ala sabe? Por que alguém iria querer fazer mal a ele?

— Ele não sabe de nada. Mas *eles* não sabem disso. É possível que pensem que ele sabe de tudo. Ele pode ser o próximo.

— Diga-me quem são *eles.*

Quando Marwan ergueu seus olhos castanhos, Omar Yussef soube que aquele homem estava no tipo de perigo do qual não há como escapar e quanto mais se luta, mais se fica preso Em Belém, ele vira homens levados ao colaboracionismo para os quais as primeiras transações com os israelenses tinham parecido inofensivas, um meio de obter autorização para viajar ou um leito no hospital, mas que gradualmente tinham afundado numa imoralidade absoluta sem alternativa a não ser participar na morte de outras pessoas. Quem teria esse poder sobre Marwan?

— Fui eu que descobri o corpo de Nizar. Um jovem que eu amava foi assassinado. Preciso fazer com que a polícia liberte meu filho para que possa se concentrar em achar o verdadeiro assassino.

— Você esteve lá, no apartamento? Então eles virão atrás de você também.

Omar Yussef lembrou do Jeep se precipitando em sua direção, subindo no meio-fio, e um calafrio o percorreu dentro de seu casaco novo.

— Estamos indo para a delegacia de polícia. Eles o protegerão. Venha conosco.

— Deixe o menino na cadeia, *ustaz* — implorou Marwan, sorrindo, sem esperanças e resignado, como alguém enfrentando um problema de matemática que sabe estar muito além de suas possibilidades. — Por favor, venha conversar comigo. Discutiremos o noivado. Que Alá dê longa vida a você e seu filho.

Omar Yussef ficou olhando Marwan voltar, encurvado, para seu café. Khamis Zeydan jogou fora a guimba de seu cigarro e sorriu com um canto da boca.

— É difícil ser um honesto homem de negócios nesta cidade.

Omar Yussef chutou a ponta de cigarro para a sarjeta e mais uma vez se voltou para a direção da delegacia de polícia.

CAPÍTULO 13

Omar Yussef galgou a escadaria espartana para o escritório dos detetives na 68ª Delegacia, passo a passo, lentamente em seus sapatos ensopados enquanto policiais uniformizados e à paisana passavam apressados por ele. Ainda assim, foi ofegante que, em meio ao mobiliário de metal cinza, ele acenou para o sargento Hamza Abayat, cuja mesa ficava apertada num canto perto de uma janela alta, e cruzou a sala.

Segurando o telefone no ouvido, o detetive árabe ergueu-se sem ficar totalmente de pé, apertou a mão de Omar Yussef, e tocou o coração com a palma da mão, no gesto tradicional de sinceridade. De uma cadeira junto a sua dilapidada mesa ele tirou um grande frasco de proteína de soro de leite, em cujo rótulo um homem ridiculamente musculoso se empenhava em erguer um par de volumosos halteres, e estendeu a mão, sugerindo que Omar Yussef se sentasse.

Ao lado da mesa, Khamis Zeydan apoiou o pé numa pilha de revistas de fisiculturismo. Omar Yussef relanceou os olhos pelos músculos exagerados no peito bronzeado do modelo da capa junto ao sapato de seu amigo. Ao lado das revistas havia uma pilha de jornais comunitários. Ele leu a manchete do primeiro tabloide: "Jovem de NY 2º em torneio int. do Corão". *O assassinato do Homem Velado vai tirar isso da primeira página da imprensa muçulmana*, pensou.

— Mandarei um policial uniformizado falar com eles, Sra. Pierre. — Hamza olhou com impaciência para o telefone em sua mão. — Não se preocupe. Obrigado por ligar.

Pôs o telefone no gancho e ergueu os olhos para o teto.

— Por Alá, essas pessoas são doidas. Que Alá o preserve, *ustaz* Abu Ramiz. Como está?

— Que sejam dadas graças a Alá, Hamza. Este é meu amigo Abu Adel.

O sargento puxou uma cadeira da mesa ao lado na direção de Khamis Zeydan.

— O Abu Adel que é chefe da polícia de Belém?

Assentindo, Khamis Zeydan cruzou as mãos no colo.

— E você é o Hamza Abayat cujos parentes criaram tumulto em toda a minha cidade como um bando de gângsteres.

— Sua cidade? Ouvi dizer que chegou a Belém só há uma década, quando o Velho o trouxe do exílio em Túnis.

— É a minha cidade enquanto eu for o chefe da polícia.

— Abu Adel, não é o momento. — Omar Yussef tocou o joelho de seu amigo.

Hamza observou o céu cinzento além da janela.

— O trabalho da polícia nunca é fácil. Todos temos diferentes desafios; e fracassos.

É assim que um policial de verdade reage, contido e ponderado, Omar Yussef pensou. *Meu amigo é o chefe da polícia de Belém, mas no coração ainda é um guerrilheiro, sobrevivendo de sua paixão e explodindo de indignação.*

Khamis Zeydan tirou os cigarros do bolso. Hamza apontou o dedo para um adesivo na parede: "Proibido fumar — é a lei". Khamis Zeydan guardou o maço.

— Merda — sussurrou ele.

Hamza pigarreou.

— Acabei de falar no telefone com uma senhora haitiana queixando-se de que seus vizinhos estão praticando vodu contra ela. Alega que eles colocaram pó branco na soleira de sua porta como ameaça. Terei de mandar um policial para pedir aos vizinhos que não façam mais isso.

— Isso é ridículo — declarou Khamis Zeydan.

— Às vezes uma ameaça verdadeira pode parecer ridícula, Abu Adel. A calúnia escorre nos americanos como a chuva no excelente casaco novo de Abu Ramiz, mas para nós, árabes, é tão dolorosa como o golpe de uma faca iemenita.

— Se os milicianos em Belém se limitassem a pós brancos e feitiços de vodu, eu me consideraria um homem de sorte.

— Imagina que é mais fácil ser tira no Brooklin do que em Belém? Encontramos um feto humano na sarjeta semana passada.

— Encontrou o dono? Quer dizer, a mãe — perguntou Omar Yussef.

— Seguimos uma trilha de sangue até um prédio na rua. Uma garota porto-riquenha tinha tido um aborto espontâneo na calçada e deixara o bebê lá mesmo.

— Pobre mulher.

— Uma menina! Os jornais não fazem matérias sobre ela do jeito que cobrem o tumulto em Belém. — Hamza apoiou o cotovelo sobre os papéis espalhados em sua mesa. — Mas eu vi a vergonha que ela sentia quando abriu a porta para nós. O caso dessa menina não é menos importante para mim do que uma guerra em minha cidade natal.

Khamis Zeydan esfregou o queixo.

— Que a maldição de Alá caia sobre essa época — murmurou.

— Que possamos contar com Alá — completou Hamza.

Ficaram em silêncio. Omar Yussef moveu-se para a frente na cadeira e, ao mover-se, o farfalhar de seu casaco acolchoado tirou os dois homens de seus devaneios.

— Hamza, temos um álibi para meu filho.

— Que seja a vontade de Alá.

— Quando Nizar foi morto, Ala estava com Rania Hammiya.

O detetive ergueu as sobrancelhas.

— A filha de Marwan?

Omar Yussef assentiu.

— Rania comprometera-se a ficar noiva de Ala. Mas então se apaixonou por Nizar. Ala percebeu isso. Naquela manhã ele a procurou para cancelar o compromisso.

— E exatamente quando ele estava fazendo isso, alguém matou o rival dele?

Omar Yussef apontou um dedo trêmulo para o detetive.

— Tudo bem quanto ao ceticismo, mas suas investigações nada revelaram. Estou lhe dando uma pista que elimina um dos suspeitos. Parece que obtive mais de meu filho com algumas palavras gentis do que vocês conseguiram com uma noite inteira de intimidação.

Hamza rolou a língua dentro da bochecha. Sua face estava inexpressiva.

— Desde que o álibi seja verdadeiro.

— Encontrará Rania no Café al-Quds. Pegue o depoimento dela e liberte meu menino

Hamza tirou a sua bola de borracha do bolso e se pôs a exercitar o antebraço.

— Então, se Ala não matou Nizar...

— Você não estava de fato acreditando nisso, estava?

— ... quem poderia ser o assassino?

Khamis Zeydan sugeriu em tom baixo.

— Você ainda tem o outro morador do apartamento para considerar.

— Rashid?

— Ele apareceu? — Khamis Zeydan perguntou.

Hamza fechou os olhos e estalou a língua. *Não.*

— Alguém esteve nos seguindo — informou Omar Yussef. — Tenho certeza de que é o homem que vi fugindo do apartamento de Ala depois que encontrei o corpo. Ele tentou nos atropelar.

— O mesmo homem?

— Veste-se de preto e dirige um Jeep azul de vidros escuros — Khamis Zeydan explicitou.

— Acham que se trata de Rashid? — com a língua entre os molares, Hamza ficou pensativo.

— Com quais teorias você está operando? — quis saber Khamis Zeydan.

Omar Yussef ergueu o dedo.

— Poderíamos libertar meu filho antes de seguir adiante?

— Se for a vontade de Alá, logo mais, *ustaz*. — Hamza virou-se para Khamis Zeydan. — Há menos assassinatos no Brooklin do que se poderia esperar. Nesta delegacia, só tivemos um no ano passado. Os que ocorrem em geral estão ligados a disputas de território entre traficantes de drogas rivais. Provavelmente é o que está por trás desse caso, mesmo a OLP tendo saído da ativa.

— A OLP? — Omar Yussef estranhou.

Hamza flexionou os dedos na bola de borracha.

— Uma gangue de rua de jovens palestinos. Costumavam se exibir como durões. Vendiam drogas.

— Isso soa familiar — Khamis Zeydan riu. — Tem certeza de que eles não são a OLP *verdadeira*?

— O que você quer dizer com "saído da ativa"? — insistiu Omar Yussef.

— Tiveram de enfrentar os Bloods, os Crips, os Latin Kings. Nos bairros vizinhos, as gangues negras e hispânicas são muito, muito piores do que a OLP era. Nossos meninos levaram uma surra e acabaram desistindo da vida de gangue.

— O que aconteceu com eles?

— Agora são líderes da comunidade, em campanha contra as drogas. Mas ainda são homens duros. Se descobrissem um traficante em nossa comunidade, poderiam colocá-lo fora de ação. Poderiam chegar a ponto de deixá-lo à morte. Talvez tenha sido isso que aconteceu com Nizar, que Alá tenha misericórdia dele.

Só se a gangue OLP também tiver lido sobre os Assassinos e o mito do Homem Velado, Omar Yussef pensou. *Caso contrário não teriam deixado aquelas pistas.*

— Não posso acreditar nisso. Que conexões Nizar poderia ter com o tráfico de drogas?

— Não afirmei que estava relacionado a drogas, mas que seria provável. Se eu tivesse provas do envolvimento de drogas, teria de entrar em contato com a Drug Enforcement Agency. Você logo descobriria que seus agentes são menos gentis do que fui com seu filho, *ustaz*.

— Não há necessidade de envolvê-los, como você disse. — Omar Yussef tentou um sorriso encorajador, que entretanto se demonstrou um piscar de olhos e um contorcer dos lábios.

Hamza tamborilou no tampo da mesa.

— É tudo por ora, *ustaz*? Preciso sair.

— O que vocês estão fazendo para encontrar Rashid? — perguntou Khamis Zeydan. — Ele pode ter as respostas.

Hamza levantou-se e pegou seu casaco no encosto da cadeira.

— Se ele ainda estiver vivo, iremos encontrá-lo.

Omar Yussef suspirou com impaciência.

— Vai libertar meu filho agora?

— Tenho apenas a sua palavra quanto ao álibi dele.

— Então confirme-o. — Omar Yussef bateu com a palma da mão no braço de sua cadeira.

Hamza virou os volumosos ombros e saiu em direção da porta de vidro opaco na entrada do escritório dos detetives.

Khamis Zeydan tocou-lhe o braço quando passava.

— As drogas que chegam aqui... De onde elas vêm, principalmente?

— Ultimamente, do Líbano.

O bigode de Khamis Zeydan curvou-se.

— Ultimamente?

— O exército libanês costumava destruir as plantações de haxixe no vale de Bekaa. Mas desde que os israelenses lutaram naquela guerra idiota com o Hezbollah em 2006, todos os soldados libaneses estão no Sul, para o caso de os israelenses tentarem marchar para Beirute.

— E o tráfico de drogas no Bekaa voltou à ativa? — arriscou Omar Yussef.

— Exatamente.

Omar Yussef seguiu Hamza para a saída, suando no superaquecido escritório dos detetives.

— Não está sugerindo que meu filho tem alguma coisa a ver com o tráfico de drogas, está? Ele é técnico em computação.

— Os líderes do Hamas são todos engenheiros e médicos — disse Hamza. — O fundador da Jihad Islâmica era médico.

— Estamos falando sobre meu filho, não sobre esses cabeças quentes. Ala é inocente. — Omar Yussef pegou os punhos enormes de Hamza e apertou-os contra seu peito. — Deixe-o ir, por favor.

— Se for a vontade de Alá. — Hamza começou a descer a escada espartana, seus passos pesados ecoando nas paredes caiadas. — Talvez possa me ajudar com um pouco do passado na terra natal. Fale-me sobre o pai de Nizar.

Omar Yussef deu um olhar de relance a Khamis Zeydan.

— Era uma figura importante na OLP, a *verdadeira* OLP. Foi assassinado aqui em Nova York porque queria negociar a paz com os israelenses.

— Assassinado por quem?

— Alguém mais na OLP, talvez? Não sei. A família dele insiste que foi o Mossad.

— O assassinato nunca foi solucionado? — Hamza olhou para Khamis Zeydan, que chacoalhava seus cigarros no maço ao se aproximarem da saída, ansioso com a perspectiva de acender um. — Então intriga e assassinato não são novidades para a família de Nizar.

Você já sabia disso, não? Omar Yussef pensou. *Com o passado da família de Nizar, você não irá acreditar que ele é uma vítima inocente.*

— Onde podemos encontrar a gangue? — perguntou Omar Yussef. — Esse pessoal da "OLP"?

— Uma mesquita no porão de um prédio de apartamentos na outra ponta da Fifth Avenue — informou Hamza. — A alguns quarteirões do restaurante em que comemos ontem, *ustaz*. Quando chegar lá, pergunte a alguém pela mesquita.

— Eu a encontrarei. Aonde está indo?

— Pegar o depoimento de Rania. Estou às suas ordens, afinal. — O detetive abotoou sua parca. — Na mesquita, peça para falar com Nahid Hantash. É o manda-chuva. Que Alá facilite seu caminho.

CAPÍTULO 14

Os homens árabes desejavam uns aos outros noites de alegria e luz ao partirem das orações *Maghrib* puxando os capuzes de suas parcas sobre seus barretes brancos. Omar Yussef apoiou-se na balaustrada ônix na calçada e olhou para a escada de concreto que levava à mesquita no porão. Os últimos fiéis fecharam os zíperes de seus casacos e pressionaram as mãos na porta. Ao chegarem à rua, Omar Yussef disse para um deles:

— Que a paz esteja convosco.

— Convosco, a paz, *ustaz*.

— Encontraremos lá dentro o honrado Nahid Hantash?

— É o último a sair após as orações, *ustaz*.

Omar Yussef ladeou as janelas vedadas do porão e desceu para um curto corredor. A parede estava coberta de cartazes mostrando crianças palestinas, imagens vulgares de desafio e sofrimento, e slogans políticos que aborreciam Omar Yussef com seu exibicionismo e sentimentalismo. Vislumbrou também a fotografia de um carro explodido por mísseis dos helicópteros israelenses; dentro dele, três vítimas, seus rostos barbudos vagamente nauseados com a morte, olhos vazios fixos além da câmera. *Com isso se pretende propiciar o estado de espírito adequado à oração?* Tirou seus mocassins e os enfiou num escaninho ainda úmido dos sapatos do último fiel.

No final do corredor, uma folha com os horários de oração expunha a programação da devoção como uma densa tábua de logaritmos. A hora de cada oração avançava um minuto ou dois a cada dia com o deslocamento da lua ao longo do mês. Khamis Zeydan bateu os nós da mão sobre o informativo.

— Não sei como encontram tempo para fazer qualquer outra coisa. Só consigo pensar em bem poucas coisas para fazer cinco vezes ao dia, e orar não é uma delas.

Do outro lado da porta, bancos baixos cercavam uma grande fonte circular em azulejo imitando jade e mármore; ali os fiéis sentavam para lavar pés, mãos, orelhas e narinas antes da oração. Khamis Zeydan abriu uma das reluzentes torneiras de cobre e jogou água na boca. Enxugando o bigode, olhou ao longo da estreita mesquita.

— Seria aquele o nosso homem?

À luz tênue das luminárias de vidro trabalhado ao longo da parede, Omar Yussef observou o porão pintado de branco cujo carpete era cinza com faixas verdes na diagonal. No fundo havia um nicho decorado com o mesmo falso mármore da fonte e a cadeira da qual o imã fazia seus sermões. Ao lado do nicho havia um homem de pele escura e cerca de trinta e poucos anos sentado no chão, com a cabeça apoiada na parede e as pernas esticadas para a frente.

À aproximação deles, o homem levou a palma da mão ao coração e baixou a cabeça.

— Que a paz esteja convosco — sussurrou, rouco e calmo, com o sotaque da Palestina.

— Convosco, a paz — respondeu Omar Yussef. — É o honrado Nahid?

O homem ergueu as mãos num gesto de modéstia. Usava jaqueta de beisebol de camurça leve, jeans baggy e meias brancas. Um gorro de lã azul estava puxado sobre a testa e orelhas; tinha a barba raspada, deixando apenas uma linha fina ao longo do queixo e em volta da boca, como se fosse uma base sobre a qual uma barba seria construída mais tarde. Num das sobrancelhas, uma pequena cicatriz, pálida e sem pelos, fazia seus olhos parecerem prontos para uma briga.

— Que você se sinta como se estivesse com sua família e em sua própria casa — murmurou Nahid Hantash.

— Sua família está com você. — Omar Yussef sentou no chão em frente a Hantash. — Irmão Nahid, sou o pai de Ala Sirhan, um amigo de Nizar Jado.

— Ah, Nizar, que Alá tenha misericórdia dele.

— Que Alá lhe dê longa vida.

— Conheci seu filho.

— Aqui na mesquita?

O sorriso de Hantash era conciliador.

— Não precisa fingir que seu filho é religioso, nem precisa citar o Corão para fazer com que eu goste de você, *ustaz*. Se é o pai de Ala, deve ser do Campo de Dehaisha, que conheço bastante bem. Você e eu estamos unidos por nossa luta para liberar a terra islâmica da ocupação. Isso é tudo o que conta.

— Vi seus cartazes no corredor.

— Precisamos assumir nosso papel, mesmo estando a milhares de quilômetros de casa.

— Tem mais a ver com desempenhar um papel do que com a realidade.

Hantash inclinou a cabeça, perplexo.

— Esses cartazes não têm lugar numa casa de oração. Essas imagens não são boas para a alma. São doentias.

— Ó Alá — suspirou Khamis Zeydan.

— Eles mostram a verdade. — argumentou Hantash. — Fatos.

Omar Yussef descontara suas frustrações no jovem iraquiano na rua, mas não podia dar-se ao luxo de ser tão duro com Hantash. *Acalme-se, Abu Ramiz,* disse a si mesmo. *Você precisa desse homem.*

— O que espera que um americano pense ao ver esses pôsteres?

— Americanos não vêm aqui. — Hantash fez um gesto lânguido com o braço abarcando o porão. — Gostariam que nós não existíssemos. Não podemos nem mesmo transmitir o chamado para as orações em alto-falantes, por causa da lei do silêncio. Mas se viessem, tenho certeza de que essas imagens de martírio os fariam lembrar-se de suas igrejas cristãs. Nelas há sempre uma imagem enorme de um homem sendo torturado até a morte. Chamam de crucifixo. Alguns o penduram sobre a cama em que dormem; e você diz que *eu* sou doentio?

Hantash recolheu as pernas para junto do abdômen e cruzou os dedos sobre as canelas. Os nós de seus dedos eram rosa e branco com cicatrizes, como o joelho esfolado de uma criança, sinalizando para Omar Yussef que aquele homem tinha entrado em brigas com as gangues do Brooklin.

— Os americanos não são inocentes de crimes contra os muçulmanos — continuou Hantash. — No Iraque, eles matam milhares. As prisões secretas do governo dos EUA estão repletas de homens cujo único crime é ter obedecido a Alá. Nas ruas, o islamismo é ridicularizado e odiado. É duro para nós vivermos aqui.

Khamis Zeydan ofereceu um cigarro para Hantash, que o descartou com um gesto indicando não fazer objeções a que o visitante fumasse.

— De onde você é, irmão Nahid? — perguntou o chefe de polícia.

— Nasci em Hebron. Minha família partiu da Cisjordânia quando eu era adolescente.

Cabeças-duras e teimosos por reputação, os hebronitas, Omar Yussef pensou, *e violentos.*

— Que Alá abençoe a sua cidade. Perdoe meu amigo por seu mau humor. Seu filho foi preso, e ele está muito nervoso.

— Preso?

— Ele não quis informar onde estava na hora em que seu companheiro de apartamento foi morto.

— Um suspeito? Isso é ridículo! — exclamou Hantash. — Ala é incapaz de ferir alguém.

Omar Yussef esqueceu seu antagonismo e simpatizou com Hantash com desesperada prontidão.

— Quero saber mais sobre Nizar e Rashid. Meu filho disse que havia alguma espécie de conflito entre eles.

Hantash ficou quieto. Suas pálpebras estavam semicerradas.

— A polícia também acha que a morte de Nizar pode ter alguma coisa a ver com drogas — Omar Yussef completou —, e que você poderia nos dar algumas pistas.

Os olhos do jovem se abriram imediatamente, e mostravam-se hostis.

Khamis Zeydan assobiou com impaciência.

— Meu amigo quer dizer que, como líder da comunidade, você sabe o que acontece nas ruas — justificou. — Certamente ele não está insinuando que você esteja envolvido com drogas.

— Não! É claro que não. — Omar Yussef esfregou as mãos.

Hantash encarou com dureza os nós esfolados de seus dedos.

— A polícia já esteve aqui. Estamos acostumados com o assédio deles.

— Suspeitam de você?

— O detetive árabe Abayat suspeita de todos os árabes. Fique atento, *ustaz*. Não confie nele só porque ele o chama de "tio". — Hantash passou os dedos pelo carpete. — Na realidade, a polícia não tem nenhuma razão para suspeitar de mim. Eu era líder de gangue. Liderava a OLP. Achamos que era uma boa piada; usar o nome de outra gangue de palestinos durões. Mas encerrei tudo depois do ataque ao World Trade Center.

— Por quê?

Hantash ergueu os indicadores, paralelos entre si, quase se tocando.

— *A hora do Julgamento está chegando, e a lua está cindida em duas* — ele separou os dedos. — No Sagrado Corão a divisão da lua é um sinal do Dia do Julgamento. Quando eu vi as duas torres explodirem, eram como o sol e a lua, e sua destruição era uma imagem do fim do mundo. E tudo aconteceu duas vezes: ambas as torres explodiram, ambas desabaram, e houve dois ataques em duas cidades, aqui e em Washington.

— Um sinal? — Omar Yussef não conseguiu disfarçar a dúvida em sua voz.

— Chame de lembrete, se preferir. O mesmo versículo diz: *Nós fizemos o Corão fácil de lembrar; mas irá alguém se dar conta?* Eu me dei conta naquele dia e encerrei as atividades da gangue. Os jovens da OLP tornaram-se ativos na comunidade, em vez de ficar pelas ruas de noite fazendo coisas prejudiciais. A minha parte foi fundar esta mesquita.

— Você mesmo a construiu? — perguntou Omar Yussef.

— Eu levantei o dinheiro e liderei o trabalho.

— Por Alá, isso é impressionante.

— Eu lhe disse que não há necessidade de fingir que é crente. Você não tem o calombo na testa de se prostrar em oração — Hantash levantou a borda de seu gorro para mostrar um galo escuro como um nó áspero no centro de sua testa. Sorriu lentamente, de modo que a barba preta ao longo de seu queixo pareceu subir fio por fio com a pele se afastando da boca. — Mas tenho orgulho deste lugar. Nossa população está crescendo e precisa de mais mesquitas.

Omar Yussef lembrou-se da folha com os horários de oração impressos no apartamento de Ala.

— Onde é a Mesquita Alamut?

— Nunca ouvi falar dela, *ustaz*.

— Achei que seria nesta região.

— Nome estranho para uma mesquita por aqui.

— Por quê?

— Você está me dizendo que não sabe ou está fingindo de novo? — Hantash ergueu um dedo e fingiu franzir o cenho. — Alamut era o Castelo dos Assassinos, uma seita xiita. Quase todo mundo na Pequena Palestina é seguidor do islamismo sunita. Não vejo por que alguém daria a uma mesquita instalada aqui o nome do castelo de uma tradição alheia.

Será que a Mesquita Alamut é uma piada de minha pequena gangue de Assassinos? Omar Yussef se perguntou. *Ou os conecta a Marwan Hammiya, um xiita com raízes na região libanesa em que se produzem drogas?*

— Você não conhece nenhum xiita neste bairro?

Hantash fixou longamente Omar Yussef, mantendo seus olhos contraídos.

— Há Marwan, que tem um café.

— Acha que devo perguntar a ele sobre a Mesquita Alamut?

— Você deve me fazer perguntas para as quais ainda não sabe as respostas. Isso é o que acho, *ustaz*.

A coluna de Omar Yussef reagiu à posição com as pernas cruzadas, e ele moveu os joelhos com um gemido.

— Vamos voltar ao que você sabe sobre Nizar.

A pele sob os olhos de Hantash contraiu-se.

— Nizar levava uma vida depravada.

— Álcool e mulheres?

— Acredito que sim.

— Onde eram essas farras?

— Talvez Manhattan. Alguns clubes noturnos árabes lá têm dança do ventre. Mas não estamos longe de Bensonhurst e Coney Island. É possível aprontar bastante nesses lugares, sem precisar sair do Brooklin.

— É fácil para um árabe seduzir uma mulher?

Hantash correu o dedo ao longo da linha fina de sua barba.

— Uma mulher americana? Não importa se é fácil ou não, *ustaz*, sempre termina em frustração.

— Como assim?

— Um árabe pode beber uísque com americanos e usar palavrões a cada duas palavras como os americanos fazem e até levar as mulheres deles para a cama. Mas, para eles, continua não passando de um árabe fedido. — O jovem fixava o carpete cinza, os olhos pesados, tristes e raivosos. — Não me parece que as farras, como você chamou, teriam feito Nizar feliz.

Saberá este homem o que se passava na mente de Nizar ou estará atribuindo a ele seus próprios desapontamentos dos dias antes de ter-se voltado para o islamismo? Omar Yussef se perguntou.

— Isso era tudo o que ele estava procurando, você acha? Felicidade?

— Se Alá tiver perdoado a depravação de Nizar, então ele agora está no Paraíso com o Mestre do Universo, de modo que acabou encontrando a felicidade, afinal.

— Nizar estava envolvido com drogas? — perguntou Omar Yussef.

Hantash inclinou a cabeça lentamente, assentindo.

— Há quanto tempo ele estava traficando?

— Há alguns meses.

— O que ele vendia?

— Haxixe.

— Quem lhe fornecia?

— Bom, de onde o haxixe tem vindo hoje em dia?

— Líbano. O vale de Bekaa.

Hantash abriu as mãos e assentiu.

Marwan de novo, Omar Yussef pensou, olhando fugazmente para Khamis Zeydan. O chefe de polícia tamborilou os dedos na luva de sua mão mecânica.

Hantash se pôs de pé.

— Tenho de ir, *ustaz*. Serei o juiz num jogo de basquete no centro comunitário. Onde posso encontrá-lo? Entrarei em contato se descobrir qualquer coisa útil. Rashid é um bom muçulmano, e quero ajudar a encontrá-lo. E também gosto de seu filho, embora ele não frequente a mesquita.

— Estou no Stuart Hotel, em Manhattan.

Hantash esfregou polegar e indicador, sinalizando muito dinheiro.

A risada de Omar Yussef soou como se ele estivesse engasgando.

— Não somos ricos; meu hotel é pago pela ONU. Sou diretor de uma escola em Dehaisha, e meu amigo Abu Adel é o consultor de segurança de nosso presidente.

Khamis Zeydan assobiou e ergueu as sobrancelhas.

— Meu amigo entrega todos os meus segredos. — Levantou-se sacudindo a cabeça para estimular a circulação. — Você nos ajudou muito, irmão Nahid.

No escaninho do vestíbulo, Omar Yussef alisou as borlas de seus mocassins. *O sargento Abayat insinuou que esse pessoal da ex-gangue OLP poderia justiçar um traficante de drogas,* pensou. *Hantash sabia que Nizar estava traficando drogas. Ele também sabe que a Mesquita Alamut está conectada com os Assassinos, de modo que talvez seja bem informado o bastante para ter deixado a pista sobre o Homem Velado.*

— Se você soubesse que um palestino estava vendendo drogas para as pessoas deste bairro — gritou ele para Hantash do outro lado do carpete —, o que faria quanto a isso?

O jovem apagou as luzes na mesquita. Na escuridão, sua voz grave soou profunda.

— Eu o entregaria à polícia, *ustaz*. Só isso.

Omar Yussef esperou na porta enquanto Khamis Zeydan amarrava os sapatos.

— Devemos ir ver Marwan agora?

— Está ficando tarde — respondeu Khamis Zeydan. — Marwan deve ter clientes; mesmo um negócio de fachada precisa ter alguns. Ele pode não estar disponível para conversar. Vá amanhã, para encontrá-lo quando o café estiver vazio.

No alto da escada, as luzes do trânsito refletiam-se na calçada molhada. Além do cruzamento no fim do quarteirão, as luzes de advertência piscavam vermelhas no topo da ponte Verrazano-Narrows. Os carros roncavam no suave declive atrás do sinal, aguardando a luz verde acender. Omar Yussef inspirou o ar frio. Os homens na mesquita oravam na direção de Meca, mas o lar do islamismo no deserto saudita parecia estar em outro planeta. Perguntou-se até mesmo como eles saberiam para que lado se voltar. As orações deles se elevariam para os céus e ricocheteariam na direção da cidade sagrada, como uma ligação num telefone via satélite?

Do outro lado da rua, um homem se moveu diante de um largo muro de contenção perto do cruzamento. O sinal abriu, e um carro entrou à direita, seus faróis iluminando o rosto do homem e seu casaco preto. Ele estava observando Omar Yussef. O carro se moveu, e o homem desapareceu. Omar Yussef foi até o final do quarteirão, mas, quando chegou à esquina, não havia mais sinal do homem, apenas a escuridão ao longo da rua vazia.

— Só porque você tem um casaco novo, não precisamos ficar à toa no frio — reclamou Khamis Zeydan. — O metrô é nessa direção. Venha.

Omar Yussef seguiu seu amigo relutantemente, olhando para trás de quando em quando para procurar o homem que o estivera observando. Seu batimento cardíaco estava acelerado; embora o tivesse visto apenas por um instante, reconhecera o rosto carrancudo, de barba.

Era Ismail. O quarto Assassino.

CAPÍTULO 15

A neve caía sobre a First Avenue. No alto prédio que abrigava o Pavilhão de Conferências da ONU, Omar Yussef enxugou seus vestígios na testa com um lenço. Flocos delicados aderiam à alta janela panorâmica e escorriam pelo vidro com o calor que dele irradiava. Quando mais um floco de neve nele pousou, Omar Yussef espelhou-o com seu dedo, perguntando-se se o padrão do cristal de gelo do lado de fora era tão único quanto a impressão digital que seu dedo deixava no lado oposto do vidro.

A fugacidade dos flocos de neve lembrou-lhe o clarão que iluminara o rosto de Ismail. O súbito aparecimento do quarto membro dos Assassinos o deixara preocupado. Estaria a presença de Ismail em Nova York conectada com o assassinato no apartamento de seus três ex-amigos?

Uma mulher latino-americana baixinha passou por ele empurrando seu carrinho de faxina, inclinando o quadril esquerdo ao mover suas volumosas nádegas; parou em frente ao vestíbulo da Assembleia Geral e limpou o vidro no lugar em que um grupo de crianças de uma escola tinha apoiado as mãos. Sentindo-se culpado, Omar Yussef limpou sua impressão digital com o lenço.

Ele acompanhou o progresso da faxineira ao longo do corredor, cuja despojada arquitetura modernista não era de seu gosto. Preferia os tetos abobadados e azulejos coloridos do Oriente Médio. Era, contudo, um bom lugar de onde ver a neve caindo, e ele ainda sentia sua delicada beleza tocando seu rosto.

Olhou o relógio. Eram quase 10 horas. Faria uma presença na conferência naquela manhã — mais para agradar seu chefe, já que perdera a sessão de abertura no dia anterior —, e então pegaria o metrô até Bay Ridge para falar com Marwan. Olhou novamente pela janela, mas a mágica dos flocos de neve fora maculada pela lembrança do sangue que vira na Pequena Palestina.

Uma russa loura e esbelta conduziu um grupo de turistas até o mural com o *Golden Rule* de Norman Rockwell. "Trate os outros como gostaria de ser tratado", Omar Yussef sussurrou. Atrás do grupo, ele ficou observando os rostos do mosaico de Rockwell, que tomaram toda a parede. Supostamente representavam todas as nações do mundo. Lembravam a mistura de etnias que se poderia encontrar em qualquer vagão de metrô lotado em Nova York; não se reconhecia, porém, em nenhum deles.

A guia russa passou por Omar Yussef conduzindo os turistas que então se bifurcaram, como se ele fosse uma pedra num riacho. Quando se foram, apenas um homem permaneceu sob o mural, sorrindo-lhe, desdenhoso.

— Manhã de alegria, vice-diretor geral Abdel Hadi — disse Omar Yussef.

— Manhã de luz, Abu Ramiz. — O inspetor de escolas se aproximou de Omar Yussef e estendeu o braço para tocar o casaco acolchoado. — Isso não está à altura de seus padrões usuais de elegância.

— Talvez eu devesse, em vez de ter comprado isto, ter pedido emprestado um de seus ternos de poliéster.

— Ou a seu filho um de seus uniformes da prisão.

A cabeça de Omar Yussef recuou como se ele tivesse levado um murro no nariz.

— Seu amigo Khamis Zeydan estava tentando conseguir que o presidente interviesse junto à polícia de Nova York na noite passada. Em favor de seu filho. Por acaso, eu estava na suíte do presidente na hora. — Ao ostentar sua proximidade com o poder, a respiração de Abdel Hadi tremeu sensualmente, como o ronronar de um gato. — Infelizmente, o presidente decidiu que não havia nada a fazer.

— Não há necessidade de intervenções. Meu filho logo será libertado.

— Talvez seus amigos da ONU devessem fazer alguma coisa pelo rapaz. Tenho certeza de que será do interesse deles saber que o principal palestrante deles é o pai de um suspeito de assassinato.

Mesmo se fôssemos da mesma delegação, esse homem poderia querer me solapar. É assim que funciona a política palestina, Omar Yussef pensou. *Como estou aqui como delegado da ONU, sou realmente um alvo justo.*

— Meu filho não é um suspeito.

— Como é que se diz...? Ele está ajudando a polícia em suas investigações... É isso?

Omar Yussef estalou a língua.

— Como uma vez ele ajudou os israelenses? — continuou Abdel Hadi.

— Ele não fez isso. Os israelenses o prenderam junto com centenas de outros jovens em Belém. Quase todos os homens com menos de 30 anos foram presos. Sem que houvesse motivo Você sabe muito bem.

Abdel Hadi alisou uma mecha de cabelo preto sobre sua careca escura. Limpou a caspa que aderira a seus dedos na bainha do paletó e lambeu os lábios com a ponta de sua língua amarela.

— Seu filho é acusado de assassinato...

— Não é acusado de nada...

— ... e no entanto você sustenta que as circunstâncias logo irão revelar que ele é inocente.

— Claro que ele é.

— Talvez tenham até armado para ele. Soa-lhe familiar?

Omar Yussef cerrou os punhos dentro dos bolsos fundos de seu casaco.

— Meu trabalho no governo levou-me a examinar os arquivos da antiga administração jordaniana. Sobretudo documentos relacionados à educação — informou Abdel Hadi. — Mas também encontrei um relatório policial de 1965 sobre a prisão por acusação de assassinato de um ativista do partido Ba'ath de Belém. A expectativa era que ele realizasse coisas grandiosas, se tornasse um líder de sua geração, mas ele perdeu a fibra e acabou dando aulas numa escolinha da ONU.

Filho da mãe, Omar Yussef pensou antes de responder. *Acreditava que ninguém soubesse sobre esse velho caso.*

— Talvez a geração dele estivesse poluída por gente que apunhala pelas costas, como você, e ele tenha, então, concentrado sua atenção na geração seguinte; a que irá moldar um futuro melhor.

Abdel Hadi expressou seu desdém com calma triunfante.

— Seu filho talvez escape à justiça dessa vez, como você há quarenta anos. Mas um dia usarei essa informação para proteger nossas crianças de suas ideias perversas. Talvez esta semana Talvez até mesmo hoje

Omar Yussef sentiu um gosto de bile na parte de trás de sua língua.

— Você deveria estar numa profissão mais apropriada a seus talentos do que a educação — murmurou. — Tente a polícia secreta.

Abdel Hadi acenou com a mão como se estivesse descartando um elogio.

— Num espírito de solidariedade entre irmãos palestinos, eu espero o melhor para seu filho. — Deu um sorriso de compaixão, como se tivesse sentido alguma dor abafada. Em seguida descolou a expressão, como etiqueta sobreposta e vencida, revelando o desdém mais barato por trás dela.

O inspetor escolar empurrou a porta de aveleira do Conselho Econômico e Social. Omar Yussef estendeu a palma da mão quando a porta voltou em sua direção, o que fez seu cotovelo doer, e ele recuou. Encostando o ombro contra a porta, entrou no salão de conferências.

Uma galeria de observadores com dez filas descia na direção da área dos delegados. A mesa do presidente dos trabalhos ficava de frente para o salão, junto a uma parede decorada até o teto com ovais brancos concêntricos num fundo de madeira escura, como uma seção ampliada de uma mesa síria entalhada; esse painel incompleto representava o trabalho inacabado da ONU nos países pobres. Abaixo do presidente, secretários e funcionários se amontoavam, absorvidos em seus preparativos com a energia atarefada de uma orquestra em seu fosso. Os delegados sentavam-se em mesas compridas, e atrás delas havia cinco fileiras de assentos para suas equipes. De uma dessas fileiras, Magnus Wallander acenou para Omar Yussef e apontou a seu lado um desgastado assento de veludo cotelê verde-lima

— O que eu perdi ontem?

— O primeiro dia da conferência foi o que vocês, palestinos, chamam de *heki fadi*, conversa fiada — informou Wallander. — Só nos intervalos pode-se ter conversas interessantes e fazer algum progresso.

— Progresso é algo que não acontece no Comitê sobre a Palestina.

O sueco deu um tapinha no ombro de Omar Yussef enquanto o presidente iniciava a reunião. Era um diplomata egípcio de feições pesadas e olhos relaxadamente vigilantes, como os de um comerciante de bazar. Usava um terno cinza de excelente qualidade e mantinha o indicador atravessado diante da boca mesmo enquanto falava no microfone — assim, mais tarde poderia negar suas palavras e desafiar qualquer um que alegasse ter visto seus lábios se moverem.

Omar Yussef ignorou as consoantes duras e os procedimentos estratégicos do egípcio e, concentrando-se em seus próximos passos para ajudar Ala, repassou sua conversa com Hantash na mesquita. Inicialmente, fora-lhe difícil aceitar que Nizar estivesse traficando drogas, mas, ao reconsiderar suas lembranças do garoto, deu-se conta de que a revelação fazia sentido. Nizar sempre tinha sido inteligente, mas não apenas no aspecto acadêmico. Havia nele algo do vigarista reles. Sua argúcia o levara a compreender que Nova York não tinha lugar para quem não estivesse em ascensão, se realizando. De modo que optara pelo dinheiro rápido, ilegal. Como a garota Rania, as drogas eram proibidas para Nizar, e Omar Yussef lembrou do estudante travesso que sempre queria o que não podia ter.

Abandonou seu devaneio ao ouvir o presidente chamar Abdel Hadi e dirigiu um olhar de estranhamento para Wallander. Constrangido, o sueco pressionou o botão em sua cadeira que controlava a escolha da língua da tradução simultânea

— Ele *faz* parte da delegação palestina, Abu Ramiz. Eu não tinha como impedi-lo de falar — justificou-se.

Abdel Hadi gaguejou durante suas observações introdutórias. Omar Yussef poderia jurar que conseguia ouvir a estática do terno barato do homem crepitar no microfone. Alguns delegados saíram do salão. *Uma pausa para fumar e conversar sobre a farra no clube de dança do ventre na noite anterior, sem dúvida,* Omar Yussef pensou. E quase sentiu pena do gaguejante funcionário no pódio.

— Nosso novo Plano Curricular Palestino do Ministério da Educação da Autoridade Palestina é o resultado de cinco anos de reflexões intensas, da coleta de muitos dados, da revisão desses dados e da análise das experiências com o currículo em outros países da região — Abdel Hadi leu de suas notas.

Com material assim, logo serei o único neste salão, Omar Yussef pensou.

Em tom monótono, Abdel Hadi recitou os detalhes do plano educacional que concebera. Omar Yussef tinha lido a ementa e não ficara entusiasmado. Estava ainda menos impressionado agora, sabendo que tinha sido obra de Abdel Hadi.

— A pressão da comunidade internacional é constantemente exercida sobre o currículo palestino, através do ativismo de sinistros grupos judeus que acusam nossas escolas de incitar as crianças ao ódio por Israel e por judeus — Abdel Hadi continuou. — Perguntamos: por que a pressão é exercida apenas no lado palestino e por que não é feita uma avaliação do que é ensinado nas escolas israelenses?

Omar Yussef balançou a cabeça. *Cuide de suas responsabilidades*, pensou. *Deixe os israelenses ensinarem o que bem entenderem.*

A leitura de Abdel Hadi tornou-se mais fluente quando seu assunto tornou-se mais ácido.

— Mas não são apenas esses sombrios grupos sionistas que ameaçam nossas crianças. Dentro de nossas escolas, há agentes perigosos que pervertem as mentes de nossas crianças com propaganda dissidente. — Ele passou os olhos pelos delegados até fixá-los em Omar Yussef. — Mais tarde nesta semana, vocês vão ouvir um desses homens. Estarei presente para rebater suas acusações contra a honra do povo palestino. Espero que vocês se juntem a mim na rejeição de suas ideias.

Abdel Hadi desceu do pódio recebendo um aplauso chocho. Omar Yussef sentiu um anel de tensão apertando seu crânio. *Ao menos agora sei do que vou falar quando me dirigir a este augusto plenário daqui a três dias*, pensou.

— Na linguagem da ONU, seria o caso de dizer que "agradecemos a participação do sr. Abdel Hadi", mas seus comentários "não foram produtivos" — Wallander observou.

Omar Yussef deu uma risada amarga que raspou em sua garganta. *Eu viajo 10 mil quilômetros para discutir o futuro de nossas crianças*, pensou, *e esse canalha traz as mesmas querelas e implicâncias mesquinhas que o ocupam na terra natal. Não consigo escapar dessa estupidez. Nenhum palestino consegue.*

Estava na hora de partir para o Brooklin. Amaldiçoando em voz baixa Abdel Hadi, ele se levantou e atravessou a multidão de delegados que estava ansiosa para escapar antes do próximo discurso. Inicialmente carregou seu casaco dobrado sobre o braço em L, mas o fluxo de diplomatas era intenso, e muitos prendiam braço ou mão em seu capuz e mangas ao passar. Ele o apertou então sobre a barriga com as duas mãos e dirigiu-se à saída.

Junto à porta, um grupo de homens em ternos escuros conversava numa bancada que ostentava uma pequena bandeira libanesa. Quando um deles se virou, Omar Yussef reconheceu o mesmo rosto que vira brevemente iluminado por faróis na Pequena Palestina no dia anterior. *Ismail está com a delegação liba-*

nesa, pensou, suspirando com alívio. *Está aqui como diplomata. Graças sejam dadas a Alá, eu estava errado em suspeitar uma conexão com o assassinato.*

Deslocando-se de lado através da multidão, ele apertava com força seu casaco, cujo volume, entretanto, ainda atrapalhava seu progresso. Cada vez que olhava para cima, receava que Ismail tivesse partido. O jovem envelhecera muito; parecia duas décadas mais velho do que seus 24 anos. O cabelo estava ralo e ficando grisalho, e sua pele oliva tinha um matiz amarelado, doentio. Inequivocamente, porém, era Ismail.

Quando Omar Yussef estava quase livre da multidão, seus olhos cruzaram com os de Ismail. Ele detectou um momento de pânico no rosto de seu ex-aluno. Então Ismail contraiu os olhos. Omar Yussef ergueu a mão para acenar, mas o jovem se virou e saiu pela porta.

CAPÍTULO 16

Tremendo e apertando seu casaco junto ao corpo, Omar Yussef se esquivava através da praça em frente ao prédio da ONU enquanto a neve caía, embora com menos intensidade. Balançando a cabeça para se livrar do estranho transe que lhe acometera desde que saíra do salão de conferência, lembrou-se de vestir o casaco. Ficara preocupado com Ismail. Estaria o rapaz tão envergonhado de sua traição no campo de detenção israelense a ponto de evitar duas vezes seu estimado ex-professor? Ou poderia ter outra razão para fugir dele? *Talvez eu não seja assim tão estimado, afinal,* pensou.

Vagueou para longe da conferência, das conversas banais dos delegados e das salas superaquecidas que o deixavam meio zonzo. Tentou encontrar desculpas inocentes para Ismail, mas com relutância teve de reconhecer que o rapaz agira de forma suspeita. Os mocassins de Omar Yussef escorregavam na neve derretida, e ele tinha de erguer os braços para recuperar o equilíbrio. Parou, então, respirando pesadamente, sentindo nos nova-iorquinos que passavam a aversão ao estrangeiro que não sabia andar na neve. O prédio da ONU desapareceu na neblina baixa. *Com certeza Ismail está aqui em missão oficial, para falar e falar e falar, nada mais do que isso.*

Omar Yussef seguiu seu caminho através da First Avenue. O envolvimento de seus alunos prediletos, Os Assassinos, nesse caso deixava-o perplexo. Perturbava o contentamento com que estava acostumado a relembrar seus anos como professor. Quantos alunos mais que ele considerava inocentes se teriam, desde então, tornado criminosos, milicianos, espancadores de esposa? Poderia algum deles ser um assassino agora? Ala contara-lhe que os rapazes com quem dividia o apartamento, dois dos alunos mais queridos de Omar Yussef, talvez estivessem planejando matar. Onde teriam aprendido a chegar até mesmo a considerar coisas assim? Sua sala de aula era um lugar de calor humano e investigação intelectual, mas quando seus alunos emergiam para o mundo, eram contagiados pela perversidade. Era uma corrupção tão impossível de evitar quanto os flocos pousando silenciosamente em seu casaco.

De que adiantou o que eu ensinei?, perguntou-se. Era de supor que a história fornecesse a seus alunos a compreensão do prejuízo que a violência infligira ao povo árabe através dos séculos. Ele sempre tivera a esperança de que esse conhecimento os levaria a rejeitar o horror da atual política palestina. Contra a própria vontade, voltou suas suspeitas para Os Assassinos e se deu conta de que estava irritado porque o conhecimento que passara em sua sala de aula parecia estar sendo a base para uma conspiração, talvez até um assassinato.

Chegando à calçada do outro lado da rua, bufou, furioso. Com seus altos prédios como as paredes de um cânion, a avenida se estendia para os dois lados da cidade, abrindo-se para o nada nas duas extremidades, como se chegasse aos limites da terra. Tudo em Nova York lhe parecia estrangeiro e ultrajante. Antes de pegar o metrô para o Brooklin, permitiu-se confirmar que havia um lugar no qual seus relacionamentos eram sem complicações e repletos de amor. Voltou ao hotel e pegou o elevador para seu quarto, agredido por um estridente desenho animado que enchia uma tela de vídeo acima da porta. Em seu quarto, sentou-se na borda da cama e ligou para sua mulher.

— Omar, por que não me ligou? Eu deixei um recado para você ontem.

Omar Yussef olhou para a luzinha vermelha piscando no telefone. *Agora sei o que isso significa*, pensou.

— Não recebi o recado, querida, mas estou tão contente de ouvir sua voz.

— Fiquei tão preocupada... — Ia perguntar como estavam todos em casa quando Maryam falou de novo, com um frêmito de emoção na voz: — Conte-me, como está meu querido filho.

Omar Yussef pôs os dedos na testa. *Sou um idiota,* pensou. *Não me preparei para responder a essa pergunta. Só pensei na minha solidão. Não devia ter ligado para ela.*

— Graças a Alá, ele está bem, minha querida. Eu o visitei no Brooklin, e espero voltar a vê-lo logo.

— Quais são as novidades dele, que Alá o abençoe?

— Está nevando aqui, Maryam. Às vezes bem forte. Estou bem alto aqui no meu hotel e olhando a neve caindo lá embaixo na rua.

Maryam deu uma risadinha.

— Olhando a neve *lá embaixo*. Você deve estar num arranha-céu. Mas eu perguntei quais são as novidades de Ala.

— Abu Adel também está aqui, com o presidente.

— Não deixe que ele leve nosso Ala para um bar, e cuide para que Abu Adel coma direito. Ele precisa cuidar da diabetes. O que você tem comido, Omar?

Aliviado por tê-la desviado do filho, ele suspirou.

— Comida libanesa. Não estava tão ruim.

— Como você encontrou um restaurante libanês em Nova York?

Eu fui com o homem que pôs nosso menino na cadeia, pensou.

— Um conhecido de Ala me levou. Como estão as crianças?

— Miral e Dahoud estão lá embaixo com Nadia. Ela os está ajudando nas lições de casa.

Omar Yussef sorriu ternamente à menção de sua neta e das duas crianças que ele adotara após a morte dos pais durante a intifada. Quando voltasse a Belém, daria a Nadia o gorro da NYPD. Ela adorava histórias de detetive, e ficaria entusiasmada com o presente. Sentiu-se então menos tolo por tê-lo comprado.

— Tenho um presente para Nadia.

— Eu espero que sim, mas não esqueça de comprar alguma coisa para Miral e Dahoud, também, e para os outros dois de Ramiz. Sei que ela é a sua favorita, mas você tem de ser justo.

— Você é a minha favorita. Devo procurar alguma coisa para levar para você, querida?

— Só um marido faminto pela comida de sua mulher depois de passar uma semana comendo fast-food americana. Deu a Ala o presente que mandei por você?

Omar Yussef tossiu.

— Ainda não. Mais tarde, hoje, se for a vontade de Alá. Tenho certeza de que vou vê-lo.

— Se for a vontade de Alá. Diga-lhe que o amo e que quero falar com ele e vê-lo logo.

Quando Omar Yussef desligou, deixou a voz reconfortante de sua mulher ressoar na cabeça. As palavras reconfortantes, porém, logo se desvaneceram, e parecia-lhe ouvir a voz dela repetindo o nome do filho como um mantra de culpa, *Ala, Ala, Ala*, recriminando-o por sua dissimulação. A luzinha de recado no telefone parecia piscar o nome do menino, um sinal de alarme. Ele tirou os óculos e esfregou os olhos.

O telefone tocou. Omar Yussef estremeceu e ficou olhando para o aparelho durante alguns segundos, antes de atender:

— Maryam?

— *Ustaz* Abu Ramiz? Que o misericordioso Alá o abençoe, ó *ustaz*. Quem fala é Nahid Hantash. Como está?

— Bem, Graças a Alá, ó Nahid.

O líder da gangue OLP recitou uma série de bênçãos e votos de bons augúrios. *Ele está há muito tempo nos Estados Unidos, onde todos vão direto ao assunto,* Omar Yussef pensou, *mas quando fala árabe é tão formal e cortês como o* mukhtar *de uma aldeia na Palestina.*

— Que Alá lhe traga paz — respondeu Omar Yussef.

— Teve notícias do sargento Hamza Abayat hoje?

Chegamos ao assunto, Omar Yussef pensou

— Não.

— Ele não ligou para você? — Nahid deu uma risadinha. — Achei que talvez não ligasse, mesmo.

— O que aconteceu? Algo com relação a meu filho?

— Com relação a nossa discussão de ontem

— Nahid, por favor, diga logo.

— Pode-se dizer que o Café al-Quds está sob nova direção. Marwan Hammiya está morto.

CAPÍTULO 17

As árvores que alcançavam a seção elevada do metrô mostravam galhos sem suas folhas prateadas, galhos que se destacavam contra o céu branco e plano, como o diagrama de pulmões com bronquite num livro de medicina. Através deles, Omar Yussef olhava os prédios de apartamento nas avenidas e as caixas d'água nos telhados decoradas com pichações arredondadas. As letras coloridas pareciam estufar o peito, na mesma postura de seus autores, declarando sua individualidade. As casas nas ruas transversais, suas tábuas amarelas em camadas como num grande *baklava*, ficavam encolhidas e apertadas, paródias dos espaçosos subúrbios americanos. Longe, as torres da ponte Verrazano-Narrows, severas e monstruosas, sobressaíam na silhueta baixa dos prédios do Brooklin

De volta para debaixo da terra, Omar Yussef olhou seu relógio, impaciente, querendo chegar logo a sua estação. Precisava encontrar Hamza e contar-lhe o que Marwan dissera quando ficara chorando na rua, sobre o perigo que "eles" representavam. Provara-se bastante real para Marwan, e o pobre homem o advertira de que Ala poderia ser o próximo.

Do trem, ele se precipitou até a Fifth Avenue. A calçada em torno do Café al-Quds estava bloqueada. Ele se aproximou de um policial que batia as mãos nas costelas para manter-se aquecido durante seu turno de guarda.

— O sargento Abayat está aí? Preciso falar com ele.

— Quem é o senhor? — Sob o quepe pontudo do uniforme, o policial usava uma faixa de feltro preto ajustada às orelhas e que lhe cobria também a testa, dando-lhe a aparência de um cruzado medieval.

— Meu nome é Sirhan. Estou envolvido no caso desse homem que agora está morto. — Ele estendeu os dedos na direção do café. — Que Alá tenha misericórdia dele.

O policial murmurou algo no rádio preso à gola de seu agasalho. Uma voz crepitou em resposta, e o policial empurrou a barreira de madeira para o lado, deixando Omar Yussef passar.

Dentro do café, ele reconheceu os agitados peritos que tinha visto no apartamento de Ala. Hamza Abayat estava apoiado no balcão, de costas para a porta. A tenente ergueu-se atrás do balcão e viu Omar Yussef. O corpulento detetive árabe virou-se e franziu o cenho.

Omar Yussef avançou por entre as mesas. As luzes, que estavam atenuadas quando ele visitara Marwan Hammiya no dia anterior, agora se projetavam fortes sobre os técnicos ocupados. Lembrou-se da suspeita de Khamis Zeydan de que o Café al-Quds fosse um negócio de fachada com poucos clientes de fato. *O assassinato tornou-o um café movimentado,* pensou.

— Hamza, por que não me ligou?

— Por acaso é um detetive investigando o caso? — Hamza flexionou o pescoço, e Omar Yussef ouviu-o estalar quando os grandes músculos se moveram. — Sei que gosta de brincar de detetive lá em Belém, mas o que o faz supor que precisamos de sua ajuda aqui?

— Estive ontem aqui falando com Marwan. Ele até veio atrás de mim na rua para me implorar algo. Talvez o que ele me disse possa ser útil para vocês.

— Leve-o para a cozinha — orientou a tenente, abaixando-se atrás do balcão mais uma vez.

As luzes se refletiam nos balcões de aço inoxidável da cozinha. O chão estava manchado de sangue, como um açougue no dia da *Eid al-Adha*. Omar Yussef pôs a palma da mão aberta no batente e se imaginou deixando sua marca em sangue, como vira os egípcios fazerem durante a festa do sacrifício.

— Onde está o corpo? — perguntou ele, consciente de que falara um pouco mais forte, para compensar o frio na barriga.

Hamza esfregou o nariz com o dorso da mão.

— Já foi para a autópsia.

— Tem certeza de que é Marwan?

— A filha se recusou a identificar o corpo. Diz que está muito traumatizada. É ele. Eu já o vira antes

— Quando aconteceu?

Hamza puxou a manga e olhou o relógio de pulso. Era prateado com um mostrador azul-metálico, brilhando mesmo sob as luzes da cozinha. No escuro, seria bem luminoso.

— No meio da noite passada. Cerca de oito horas atrás.

— Você devia ter-me ligado.

O detetive bufou com impaciência e resignação.

Omar Yussef lembrou-se do depoimento de Rania.

— A garota confirmou o álibi de Ala?

— Confirmou.

— Então você pode libertar meu menino?

— Já foi feito.

Omar Yussef sentiu alívio tomando seu peito, como se a tensão tivesse constrangido sua respiração durante dias.

— Mas seu filho não ficou muito satisfeito com a decisão de Rania por falar. Acho que ele preferia fazer o papel do herói romântico magoado.

Omar Yussef culpou-se pela teimosia de Ala, característica desafortunada que herdara do pai.

— O que você encontrou aqui?

— O que você acha? Um homem morto no chão da cozinha.

Omar Yussef desviou os olhos do piso ensanguentado.

— Como ele morreu?

— Ele foi esfaqueado repetidamente. Com ódio, eu diria. Alguém queria vê-lo morto, mas não quis fazê-lo eficientemente com um único corte na jugular.

— Você achou a faca?

Hamza olhou com curiosidade para Omar Yussef.

— A arma do crime? Sim. Sem impressões digitais nela. Mas eu não disse que era uma faca.

— É uma faca?

— Com certeza, mas como você sabia?

Omar Yussef deu um suspiro descartando a relevância disso.

— Ora, você disse que ele foi esfaqueado. É o mesmo assassino, não é? O que matou Nizar.

— Não estabelecemos uma conexão definitiva entre os dois assassinatos.

— Dois assassinatos a poucos passos um do outro em um par de dias. Nenhuma conexão?

— Não uma conexão clara. O assassino de Nizar não chegou ao frenesi da pessoa que esfaqueou Marwan repetidas vezes. E Marwan não foi decapitado, como Nizar.

— É muita coincidência. O que acha que foi? Um assalto qualquer que deu errado?

— Um assalto? Não. — Hamza deixou transparecer intenso sarcasmo em sua voz. — Se tivesse sido um ladrão provavelmente teria levado a valise cheia de haxixe e as notas de 20 dólares usadas que encontramos no armário atrás dos potes de hummus.

Hantash sabia do que estava falando, Omar Yussef pensou. *Marwan estava envolvido com drogas, afinal.*

— Nizar também estava traficando drogas. Nahid Hantash me disse.

Hamza mordeu o lábio.

— É por isso que não descarto uma possível conexão entre as duas mortes. Se trabalhavam juntos, para uma quadrilha de traficantes, talvez alguém da quadrilha esteja arrematando pontas soltas.

— Alguém da quadrilha teria levado o haxixe e o dinheiro.

— Certo. — A tenente magra entrou pela porta da cozinha. — E traficantes de drogas não matam com faca de pão. Eles gostam de pistolas grandes, bem grandes.

— Um assalto malsucedido? — questionou Hamza.

— Os peritos não acharam nenhum indício de arrombamento — informou ela. — Deve ter sido alguém que conhecia a vítima, alguém que ele permitira que entrasse na cozinha com ele.

— Poderia ter sido um integrante da quadrilha de drogas, mesmo que não faça sentido não terem levado as drogas e o dinheiro. — Hamza passou a mão na cabeça.

— Podem não ter levado para nos despistar. — A tenente removeu os óculos, umedeceu-os com o hálito e limpou-os na bainha de seu moletom. — O que você conseguiu com a garota?

— A filha da vítima estava dormindo no andar de cima, no apartamento da família, na hora do assassinato. Ela não ouviu nada.

— É possível que ela tenha continuado dormindo durante o crime. — A tenente recolocou os óculos. — Apesar das repetidas feridas de faca, não há indícios de que a vítima tenha reagido.

— A garota diz que levantou da cama no meio da noite; pesadelos com namorados sem cabeça. Vendo que o quarto de seu pai estava vazio, desceu, encontrou o corpo e ligou para 911.

A tenente inclinou o queixo, seu celular tocou, e ela voltou ao café.

— Por que Marwan não se defendeu? Quando veio atrás de mim na rua, estava aterrorizado. Tenho certeza de que ele estaria preparado para um ataque.

— Talvez ele não gostasse de bater em ninguém a não ser sua filha — sugeriu Hamza. — Embora hoje ela não tenha nenhum machucado.

— O que você quer dizer com isso?

Hamza riscou o lábio inferior com a unha áspera do polegar.

— Disse que Marwan foi atrás de você, para lhe implorar algo. Do que se tratava?

— Ele disse que era mais seguro Ala ficar na cadeia. Achava que meu filho estaria em perigo, e talvez eu também, pois quem quer que tenha matado Nizar poderia acreditar que sabíamos algo que não deveríamos saber. Não quis dizer-me quem era, mas parecia saber quem matou Nizar. Agora Marwan está morto. É por isso que me parece que sua morte está conectada à de Nizar.

— Não toque em nada, *ustaz*. Espere aqui.

O detetive subiu a escada nos fundos da cozinha. O sangue de Marwan Hammiya estava borrado no piso branco de cerâmica. Por um segundo, Omar Yussef supôs ouvir o morto gritando. *É sua imaginação*, ele procurou acalmar-se, *e em todo caso Rania não ouviu nada do andar de cima. Marwan deve ter morrido sem ruídos, apesar da violência do ataque.*

Pensar na morte deixou-o tonto. Ele deu as costas ao chão ensanguentado e apoiou o braço na parede. Sua respiração pesada fez farfalharem algumas contas num prendedor ali pendurado. Sua vista enevoou-se, vermelha como o sangue no piso, e ele cambaleou. Seu ombro derrubou os papéis no chão. Caíram com a frente para baixo, de modo que a última folha se mostrou quando ele os catou.

Era o horário de orações da Mesquita Alamut, igual ao que estava pendurado na geladeira no apartamento de seu filho, com o nome de uma mesquita da qual nem mesmo Nahid Hantash tinha ouvido falar. Marwan a escondera atrás de uma pilha de faturas sem nada de especial, virada para a parede de modo que mesmo alguém folheando os outros papéis não a veria.

Omar Yussef destacou a folha da pilha e ergueu os óculos para ler as colunas dos horários de oração do mês. Ele passou os olhos da *Fajr* às 5h26 até a *Isha* às 18h50. A princípio, não viu nada de significativo naquilo, até notar que uma vez por semana o horário das orações *Maghrib* do pôr do sol estava com a diferença de uma hora.

— Dezessete e trinta e cinco, dezessete e trinta e sete, *dezoito* e quarenta, dezessete e quarenta e dois — leu ele, esfregando o queixo, perplexo. *Há algo errado nesse horário*, pensou. *Mas os erros são regulares demais: um por semana. Não é por acaso.*

Ouvindo passos descendo, Omar Yussef enfiou o horário de orações no bolso do paletó. Hamza entrou, curvando a cabeça sob o dintel baixo. Virou-se de lado, e Omar Yussef viu seu filho na soleira da porta, o rosto abatido e pálido de exaustão. Ala encarou o pai e alguma cor apareceu em suas bochechas, como se o aborrecesse vê-lo ali.

— Meu menino, você está a salvo. — Omar Yussef deu um passo à frente. — Que sejam dadas graças a Alá.

Ala passou por seu pai.

— Não estou a salvo, pai. Nizar estava? — Ele apontou o sangue no chão. — Marwan estava?

— Mas eles estavam envolvidos em algo ruim. Drogas.

O jovem voltou seu olhar intenso para Hamza.

— Você é um canalha, Abayat.

— Outro cliente satisfeito. — Hamza sorriu com uma indiferença que deixou Omar Yussef perplexo.

— Um verdadeiro canalha — repetiu Ala. — Você e sua tribo de milicianos arruinaram minha cidade natal e agora você vai destruir o que resta de minha vida aqui no Brooklin.

Omar Yussef só queria levar seu filho para longe da polícia. Conhecia o temperamento de Ala e percebeu que ele estava para explodir, a ponto de perder qualquer controle.

— Meu filho, do que você está falando? Vamos embora.

— Ele me trouxe aqui para ver o que aconteceria quando me pusesse numa sala com Rania. Para ver se ela deixaria escapar algum segredo, e se eu era uma parte disso tudo. — Ele fez um gesto apontando o sangue no chão.

— Por quê?

— Ele acha que nós matamos Marwan e Nizar, é claro. Eu e Rania.

Omar Yussef franziu o cenho para Hamza.

— Onde está Rania?

A indiferença de Hamza pareceu ainda mais profunda.

— No andar de cima.

— Ficamos lá sentados em silêncio, pai, o que deve ter desapontado este canalha. — Ala estendeu a mão na direção de Hamza. — O que você achava que iríamos dizer um ao outro? Dois dias atrás eu desisti da mulher que amava, e ao mesmo tempo o amado dela foi assassinado. Agora o pai dela está morto. Pensou que íamos juntar nossas cabeças e planejar quem seria o próximo a ser morto enquanto você escutava escondido?

— Valia a pena tentar. — Os olhos de Hamza estavam duros e ausentes.

Ala bateu com a mão num balcão de aço.

— Mas acabou, meu menino. Agora você está livre.

— Livre? Pai, tenho ordens de não sair da cidade até a polícia terminar sua investigação. — O pé de Ala escorregou no chão manchado e ele agarrou o ombro de seu pai para se equilibrar.

— Não caia — disse Hamza. — Vai ficar coberto de sangue.

— Você gostaria disso, não, seu filho da mãe. Ficaria satisfeito se fosse o meu sangue derramado no piso.

— Não vou apostar no próximo cujo sangue será derramado, mas não porque não tenha uma boa suposição. É só porque apostar é uma "abominação concebida por Satã".

— Não venha citar o Corão. Nem árabe você ainda é. Agora é americano, canalha infiel.

O rapaz agarrou o braço de Omar Yussef, como um bebê que teme escorregar do colo dos pais. A tensão do filho passou para o corpo dele. Marwan Hammiya o tinha advertido para deixar Ala em segurança na prisão. Naquela sala em que Marwan tinha morrido, Omar Yussef compreendeu que seu filho estaria em risco até o assassino de Nizar e Marwan ser preso. Olhando de relance para Hamza, entendeu, ultrajado, o significado do sorriso cínico nos lábios do detetive, e seus olhos se arregalaram.

— Você está apostando algo, sim, afinal: a vida de Ala. Você o libertou porque acha que ele é o próximo — gritou para Hamza. — Você está montando uma armadilha para esse assassino.

— Uma armadilha?

Omar Yussef pressionou o indicador em seu filho e gritou:

— Meu menino é a isca.

CAPÍTULO 18

Ala saiu do café e disparou entre as duas fileiras de neve acumulada na calçada. Omar Yussef teria ido atrás dele, mas já estava sem fôlego antes mesmo de chegar à porta, e sabia que não conseguiria acompanhá-lo. Voltou para a cozinha e agarrou o braço grosso de Hamza.

— Você tem de proteger meu filho — gritou ele.

— Acha que devo segui-lo? — Hamza se recostou no balcão de aço inox.

— Eu lhe disse que tenho sido seguido. Tentaram me atropelar na Atlantic Avenue. Quem quer que seja, acha que eu sei algo que não devia sobre esses assassinatos. Agora vão tentar matar meu menino também. — Rania resolvera o problema de Ala com a polícia, mas, sem a proteção da cadeia, ele estaria agora em perigo maior. *A menos que eu consiga encontrar o assassino antes que ele nos pegue,* Omar Yussef pensou.

— Seu filho não irá muito longe. — Hamza fez um gesto com o polegar para a escada dos fundos. Passos lentos desciam. Rania apareceu na porta. — Entendeu o que quero dizer, *ustaz*?

Rania estava tão pálida, que suas veias apareciam azuis sob a pele, parecendo escrever em seu rosto os medos em seu âmago. Vestia um casaco preto longo justo em seu corpo, e um mendil preto com franja de lantejoulas douradas emoldurava-lhe o rosto. Seus lábios se contorciam, e em volta de seus grandes olhos inchados a pele estava púrpura e flácida de fadiga e infelicidade.

O detetive estendeu a mão para uma grande lata de azeitonas, enfiou a mão no vinagre e tirou um punhado. Colocou uma na boca.

— Onde você está indo?

— Estou indo trabalhar — respondeu Rania.

Omar Yussef sentiu o horror da garota ao atravessar a cozinha, desviando das manchas do sangue de seu pai.

— Longa vida a você, minha filha. Que Alá tenha misericórdia do falecido.

Rania abriu a boca para dar a resposta tradicional a essas condolências, mas faltou-lhe fôlego.

— A Associação Comunitária vai me ajudar a providenciar o funeral — sussurrou. — Para mim o melhor é ir para lá como sempre. Preciso estar entre gente boa, gente árabe. — Desviou-se de Hamza com expressão de desprezo.

A Omar Yussef pareceu insólito que o assassinato de seu pai deixasse Rania com raiva, em vez de triste. *Talvez seja apenas o luto que provoque a ira*, pensou, *ou a suspeita do detetive.*

Ela deixou Hamza ver o desdém em seus lábios mais uma vez.

— Pessoas que tenham coração. — Sua voz gaguejou com um soluço contido.

Hamza mastigou outra azeitona.

Rania deixou a cozinha, o queixo erguido e os olhos ausentes. Se Omar Yussef não conseguia acompanhar o ritmo de seu filho, podia ao menos seguir aquela moça atravessando a rua. Talvez ela pudesse lhe dizer algo que ajudasse a encontrar o assassino que agora parecia uma ameaça a Ala. Omar Yussef deu um último relance ao sangue no chão e saiu atrás dela.

— Vou acompanhá-la até a Associação Comunitária — ele se apressou para alcançar a porta antes que se fechasse atrás dela.

Rania caminhava com facilidade na calçada cheia de neve, muito ereta e equilibrada; ao lado, seguia Omar Yussef, tenso e instável.

— Seu pai vai encontrar o perdão no paraíso, minha filha.

— De que ele precisa ser perdoado? — Sua voz soou aborrecida, ríspida.

— Só você pode saber.

Ela inclinou o pescoço para trás, e seus olhos rolaram, como os de um puro-sangue no momento de tensão antes de seu cavaleiro liberar seu galope.

— E só Alá sabe a recompensa de seu pai — acrescentou Omar Yussef—, se o Paraíso ou o Inferno.

— Se é o Inferno, meu pai vem pagando adiantado há muito tempo. — Rania atravessou, decidida, a Fifth Avenue na direção da Associação Comunitária e, com certo remorso no rosto, parou na calçada a fim de esperar Omar Yussef. — Tenho certeza de que ele não irá para o Inferno — murmurou. — Ele receberá a recompensa dos mártires.

— Se for a vontade de Alá, mas vai ser difícil convencer as pessoas de que seu pai é honrado nos Jardins do Deleite, quando souberem que havia drogas em sua cozinha, o que, aliás, prejudicará a sua reputação também.

A garota cruzou os braços protegendo-se do frio.

— Está dizendo que nem Ala vai me querer como esposa agora? — perguntou com um sorriso desdenhoso. — Talvez esse vá ser o martírio *dele*.

— E quanto a Nizar? Qual a recompensa *dele*?

Rania virou-se na soleira da porta da Associação Comunitária e bateu sua mão pálida contra o peito.

— *Eu* fui a recompensa dele — soluçou.

Ela inspirou, recompondo-se, e entrou no prédio. Omar Yussef bateu os pés para tirar a neve de seus mocassins e a seguiu.

Sofás baratos se alinhavam junto às paredes na recepção. Em cada assento havia um árabe esperando, pacientemente, um dos atendentes. Encolhiam-se em seus casacos pesados, os velhos com seus chapéus astracã puxados para baixo, silenciosos e sonolentos com o calor. Uma mulher de meia-idade dirigiu um olhar hostil para Omar Yussef. Seu papo obeso roçava o lenço de cabeça cada vez que ela flexionava as mandíbulas, mascando seu chiclete. *Ela já está com raiva e na defensiva porque acha que vou furar a fila*, pensou. *Mesmo nos Estados Unidos, onde todo mundo é educado, nós, árabes, trazemos as injustiças do Oriente Médio conosco.*

— Que a paz esteja convosco — saudou ele.

— Convosco, a paz. — murmuraram as duas dúzias de pessoas em volta na sala.

Ele se adiantou sobre o vistoso carpete de estampa floral para os escritórios atrás do balcão de recepção. Encontrou Rania numa sala pequena com as paredes cobertas de cartazes informativos sobre o sistema escolar de Nova York, acampamentos de basquete e comércios locais que ofereciam antenas parabólicas com estações do Oriente Médio. A mesa estava coberta de folhetos anunciando serviços de saúde e creches. Seu casaco fora pendurado num arquivo, e ela estava atrás da mesa usando a malha preta e os jeans justos da véspera. Quando moveu o mouse, a tela de seu computador se iluminou.

A amargura parecia impregnar seus movimentos e tremular na expressão firme de seu rosto. Omar Yussef se perguntou se haveria mais do que as mortes de seu pai e amante a incomodando, mais do que a solidão de uma garota sem família para consolá-la. Uma raiva não expressa estava subjacente a seu luto, a ponto de Omar Yussef se perceber com um pouco de medo dela.

Rania pressionou o mouse, e uma foto se ampliou na tela do computador. Rania e Nizar sentados à mesa de um restaurante que parecia ser parte de um espaço público maior. Estavam rindo para a câmera com três garçonetes sorridentes usando camisas brancas e gravatas pretas. Na mesa, uma haste expelia faíscas no centro de um bolo cor-de-rosa.

— Nizar fazia todo mundo gostar dele, *ustaz* — murmurou Rania. — Essa foto foi tirada no meu aniversário. Ele pediu para as garçonetes cantarem "Parabéns para você" e lhes ensinou as palavras em árabe. Elas acharam muito engraçado. — Ela murmurou o refrão, *"Sana hilaeh, ya jamil. Sana hilaeh, ya jamil."*

Agora sei por que ela queria vir para seu escritório, Omar Yussef pensou, enquanto Rania clicava em mais fotos de Nizar no computador. *Mas jamais ouvi o "Parabéns para você" cantarolado com o coração tão partido.*

Tentou pensar em palavras que a consolassem. Lembrou-se da discussão que entreouvira entre Rania e seu pai quando voltara ao café para pegar o gorro que esquecera. O apelo usual para confiar em Alá talvez não consolasse uma menina que sonhara com Manhattan, ele supôs.

— Sempre tive fé, minha filha — disse, afinal, em voz baixa. — Não no islamismo, devo admitir, mas nas qualidades humanas. Claro, minha fé no amor, na humanidade e na inteligência é posta continuamente à prova pela vida no Oriente Médio. Lá vejo situações das quais essas qualidades estão inteiramente ausentes. Esses momentos em que elas não estão presentes, porém, só me fazem acreditar mais firmemente que elas existem.

Embora os olhos de Rania se tivessem umedecido, ela não os voltou para Omar Yussef, que a distinguia como faria um peixinho dourado no fundo de um aquário, distorcida e fora de proporção.

— Eu tive uma oportunidade. E a aproveitei. Então ela foi destruída. Foi-se para sempre. Saber que era real não ajuda, porque a alegria era tê-la. Pensar nela ou sonhar com ela apenas torna a ausência mais dura de suportar.

— Está falando sobre Nizar?

Ela bateu com a mão na mesa.

— Estou falando sobre mim. — Algo sensual e forte emanava de seu olhar, e Omar Yussef teve a sensação de que chegava até seu rosto e parava sua respiração.

— Nós criamos as *houris* e as fizemos virgens, companheiras de vida para aqueles do lado certo — murmurou ele, dando-se conta, então, de que repetira as palavras do Corão em voz alta enquanto contemplava o rosto de Rania.

— Era assim que Nizar costumava me chamar: minha *houri*. Mas se supõe que elas sejam "companheiras perfeitas", de modo que não sou *houri* nenhuma, e a Pequena Palestina não é nenhum paraíso.

— Você precisa se permitir atravessar seu luto sem ser dura demais consigo mesma.

— Eu decepcionei meu pai e Ala. Decepcionei até Nizar. Sou uma mulher infiel, *ustaz*.

— A fé nas qualidades humanas é como a fé em Alá..

— Não infiel nesse sentido.

— Infiel no amor? O desapontamento é uma parte do amor. Você irá superar...

— Eu os decepcionei. — Ela balançou a cabeça e bateu a mão na mesa de novo. — Mas não decepcionei *a mim mesma*. Fui para

Manhattan e lá fiz coisas que são proibidas. Eu as fiz para mim. Não queria esperar até o Paraíso para ser feliz. Eu amava as coisas que fiz e que supostamente me eram proibidas, e amei o homem com quem as fiz, embora ele também fosse proibido para mim. Isso é o que me enfurece. Vivo aqui, em meio a pessoas que me condenariam pelas únicas coisas que valeram a pena em minha vida.

Omar Yussef estremeceu. Entreviu nos olhos escuros de Rania confusão, cópula, coisas proibidas a que ele renunciara, e coisas que ele nem mesmo conhecia por serem tão indignas. Era como se tivesse encontrado num dos olhos de Rania a vida contida de uma menina árabe conservadora e no outro o mundo que a seduzia quando ela passava pelas ruas do Brooklin: os anúncios exibindo corpos seminus, a linguagem chula e o desrespeito. Ele se perguntou qual olho teria a melhor visão.

Observou-a soluçando, os dedos crispados diante dos olhos, o rosto curvado para os papéis na mesa. Então, nela Omar Yussef reconheceu a culpa, visível em sua pele pálida como um hematoma. Sabia que tinha de pressioná-la agora, antes que as lágrimas lavassem os indícios.

— O que é a Masjid al-Alamut?

Ela deu de ombros sem erguer a cabeça.

— A Mesquita Alamut? — repetiu ele. — Você nunca ouviu falar nela? Seu pai não rezava nela?

Rania assoou o nariz num lenço de papel.

— Ele não rezava, *ustaz* — Ela enxugou os olhos. Nenhuma maquiagem escorrera, e Omar Yussef se deu conta de que o ébano reluzente de seus longos cílios era natural.

— Como era Nizar quando menino, *ustaz*? — A voz dela ficou subitamente límpida e livre de amargura, como a de uma criança.

— Pensei que você tinha dito que a alegria era a felicidade no presente, não um futuro Paraíso ou a memória de um bom momento.

Rania sorriu em meio às lágrimas, e Omar Yussef sentiu o toque do olhar dela em seu rosto de novo.

— Nizar era desses que gostava de aprontar, mas nunca maldoso. Ele era um desses tipos endiabrados que surpreendem com o quanto se importam com as pessoas.

— Ele era religioso, quando menino?

— Não muito. — Omar Yussef não atinava se a curiosidade dela era para desviar o assunto ou um desejo verdadeiro de saber características íntimas de um amor perdido. — Seu pai matou Nizar para proteger seu bom nome?

— Acredita que meu pai se preocupava tanto assim com a minha reputação? Só porque ele perdeu o controle por eu ter estado com um homem, quando você estava no nosso café? — Ela balançou a cabeça. — Ele era só de falar.

— É verdade que traficantes de drogas usualmente não se preocupam muito com a imagem da família.

Rania retraiu-se, e suas lágrimas cessaram.

— Meu pai não era um homem mau. — Pegando outro lenço de papel, assoou o nariz novamente. Ao jogá-lo na lata de lixo, a ponta de seu nariz estava vermelha e assim se manteve por um breve instante. Omar Yussef observou a palidez retornando a seu rosto. Se alguém a atacasse com uma faca, como acontecera com seu pai, aquela mancha no nariz sinalizava que ela sangraria talvez até suas veias ficarem vazias. Julgou que ela esgotara chorando toda a sua capacidade para a dor, e junto se fora a cura que faz a cicatriz sobre uma ferida.

— Ele esteve na cadeia no Líbano, não?

Ela passou a língua sobre os lábios, de um rosa pálido, como uma unha.

— Quem o assassinou poderia ser alguém do passado dele?

— Ele foi forçado a entrar no negócio das drogas durante a guerra civil.

— Forçado?

— Pelo pessoal da Jihad Islâmica. Eles vieram para o Bekaa para treinar com os iranianos, os Guardas Revolucionários, e recrutaram moradores locais como papai para fazer o serviço sujo deles. Ele não teve escolha. Eles não pediam polidamente, por assim dizer. Quando o governo quis pôr na cadeia alguns produtores de drogas, a Jihad Islâmica sacrificou meu pai, porque sabia que ele não era um deles.

— O que você quer dizer?

— Ele não acreditava em revolução islâmica; não gostava dos mulás iranianos nem queria que o Hezbollah dominasse o Líbano, e pouco se importava com a causa palestina. Ele apenas amava minha mãe e eu.

— Então ele foi libertado na anistia do governo.

— Anistia. — Rania riu com desprezo. — Saímos do Líbano imediatamente, para que ele pudesse esquecer como tinha sido forçado a viver. Viemos para os Estados Unidos.

— Mas alguém de sua terra natal saberia que ele teria mentido em seus formulários de imigração dos EUA quanto a sua sentença relativa a drogas. Se tivesse dito a verdade, os americanos nunca lhe teriam permitido tornar-se um cidadão; não teriam fornecido sequer um visto de turista. Foi isso, não?

Rania passou os dedos sobre um peso de papel de plástico na forma do Domo da Rocha. O domo estava pintado de um amarelo-ovo de mau gosto.

— Alguém da Jihad Islâmica o descobriu aqui. Não sei quem era. Meu pai o chamava de "canalhinha". Perdão pela linguagem, *ustaz*.

— Não é nenhum problema. Não sou fã da Jihad. Esse homem forçou seu pai a vender drogas aqui no Brooklin?

O queixo de Rania afundou-se no peito.

— Você consegue perdoá-lo? — Ela ficou momentaneamente confusa. — Por vender drogas?

— Hoje você vai enterrar seu pai. Faça as pazes com o que ele fazia.

— Posso perdoá-lo pelas drogas, *ustaz*. Isso foi culpa do filho da mãe da Jihad Islâmica. Mas não posso perdoá-lo por ter deixado Nizar trabalhar com ele.

— Foi por isso que Nizar morreu? Por causa de sua conexão com as drogas?

Rania balançou a cabeça, e as lágrimas deram um brilho maior a seus cílios negros. Com um gesto, ela pediu que Omar Yussef saísse da sala, e ele a atendeu, fechando a porta ao sair.

CAPÍTULO 19

Quando Omar Yussef passou pela sala de espera, a mulher mascando chiclete olhou-o de cima a baixo com desdém. *Acalme-se, cara senhora,* ele pensou. *Essa é uma fila que eu preferia não ter furado.* Saiu para a rua atrapalhado com o zíper de seu casaco. Um menino de uns 7 anos segurou a porta de vidro que se fechava atrás dele e puxou seu casaco.

Omar Yussef agachou-se devagar para olhar o garoto e sorriu.

— O que foi, meu bom menino?

Com um grito, o menino ergueu uma faca. Por reflexo, Omar Yussef jogou-se contra a parede, escorregando. O menino deu uma risadinha e brandiu a faca. Era uma ornamentada adaga Omani com lâmina curva de oito polegadas.

Em choque, Omar Yussef levou alguns segundos para ficar bravo com a criança exibida.

— Onde está sua mãe?

— É um presente, *ustaz* — explicou o menino.

— O quê?

— A faca. — O menino deixou a adaga cair. Omar Yussef soltou uma interjeição de espanto quando ela caiu de lado em seu colo. O cabo era entalhado na forma de uma ampulheta num pedaço verde-oliva malhado de chifre de rinoceronte.

— Isso também é seu. — De um bolso, o menino tirou a bainha da adaga, bordada em prata e ouro. — Não é legal?

A apreciação de um artefato de arte tradicional pelo menino acalmou Omar Yussef.

— Muito. — Ele pegou a bainha e ia guardar a adaga, mas encontrou um papel enrolado dentro. Puxou-o e, antes que pudesse lê-lo, o menino deu uma risadinha e saiu correndo. Omar Yussef se voltou. O menino já tinha virado a esquina e sumido.

Omar Yussef desenrolou o papel e leu: "'Se eu quisesse a sua morte, esta adaga estaria em seu peito macio.' Venha me encontrar. Playland, perto do Boardwalk, em Coney Island, 22 horas."

Ele limpou a neve suja das costas de seu casaco. O latejar acelerado de seu pulso assolou sua cabeça. Alisou o papel em suas mãos e repassou o recado mais uma vez; sabia o que aquilo significava.

Rashid o convidava a encontrar-se com ele.

Atravessou a avenida e foi na direção da barreira da polícia em frente ao Café al-Quds. A faca estava em sua mão direita, a bainha e o bilhete na outra.

Seu peito macio.

Você lembra de suas aulas, Rashid, pensou. No século XII, o líder dos Assassinos subornara o criado de um inimigo para entregar um bilhete enquanto seu senhor dormia. Ao acordar, o homem encontrou uma folha de papel ao lado de sua cama, presa por uma adaga fincada no chão; nela precisamente as palavras que Omar Yussef lera. Por um breve momento, Omar Yussef considerou que Ismail poderia ter-lhe mandado o bilhete depois de vê-lo na rua e na ONU. Mas aquele era o quarteirão da Fifth Avenue em que Rashid morara, e Rashid sempre tivera mais interesse nos Assassinos históricos do que Ismail. Só podia ser Rashid.

Se Rashid fosse de fato o assassino, encontrá-lo seria um risco terrível. *Mas este bilhete é um sinal para mim de que ele quer conversar,* Omar Yussef pensou. *Se ele me quisesse morto...* Passou os dedos pela adaga.

— O que aconteceu aqui? — Um homem de jaqueta marrom, boné do Mets, e vistosas calças de tecido fino com uma labareda desenhada em volta dos tornozelos passou por Omar Yussef e se aproximou do policial que vigiava a barreira em volta do café.

— Um cara foi morto — respondeu o policial.

— Assassinado?

— Isso mesmo.

— Pegaram o terrorista?

— Como?

— Pegaram o terrorista?

— Não foi terrorismo, senhor.

— É um café árabe, camarada. Acha que não tem conexão com terrorismo?

O policial afastou-se lentamente para o outro lado da área fechada pela barreira azul.

— É assim que começa — continuou o homem. — Eles fazem um atentado aqui, e ninguém liga porque, ora, é só o Brooklin. Daí em seguida eles explodem a Estátua da Liberdade ou o Empire State Building, e então vocês, palermas, terão de prestar atenção.

Omar Yussef chegou à barreira.

— Meu caro senhor, não é um atentado terrorista. O homem que morreu é um árabe — informou.

— Estão matando uns aos outros, é? Com menos deles teremos de lidar. — O homem virou seu rosto gordo para Omar Yussef. A pele não barbeada em volta do pescoço se acumulava sobre a gola levantada de sua jaqueta. Num relance, ele percebeu a adaga na mão de Omar Yussef.

— Merda, cara — exclamou levantando as mãos sobre a cabeça e recuou. — Que merda, cara.

Omar Yussef enfiou a adaga na bainha e as enterrou no bolso.

— Guarda, ei, guarda — chamou o homem.

O policial se voltou com um tom de exasperação na voz.

— Dá para parar? Não é um caso de terrorismo.

— O sujeito ali... Deus, oh meu Deus.

Omar Yussef escapuliu para a transversal. Afastou-se, andando rápido. Ele poderia ter explicado, mas com certeza teria soado ridículo tentando fazer o policial compreender que um menino de sete anos tinha lhe dado a adaga. Ele era árabe e, a despeito de si mesmo, foi avassalado por imagens de homens vendados se arrastando com as mãos e tornozelos algemados sob a guarda de soldados americanos. Procurou dentro de si alguma calma, mas encontrou apenas um estrangeiro caçado, aterrorizado. Receou que se tentasse levar a faca para Hamza, seria preso antes de conseguir falar com o detetive. Olhou seu relógio. Eram quase 17 horas.

Dali a algumas horas, se encontraria com Rashid. Sozinho.

CAPÍTULO 20

Quando o trem D chegou ao fim da linha na estação de Coney Island, Omar Yussef desceu os degraus de aço, atravessou a fria passagem sob os trilhos elevados, e seguiu as luzes para a Surf Avenue. Observou um carro de polícia passar lentamente, como um convidado glutão atraído de volta ao bufê, saciado e amuado. O vento levantava cortantes alfinetes de gelo do Atlântico. Ele olhou para o brilhante céu noturno. Uma nuvem esgarçada cobriu parte da lua cheia, e ele pensou no trecho que Nahid Hantash citara do Corão.

— *"A hora do julgamento está se aproximando, e a lua está cindida em duas"* — murmurou.

Olhou em volta os parques de diversão fechados e as tristes fachadas dos hotéis vazios. A silhueta distorcida da superestrutura de uma roda-gigante se projetava nas lojas como uma gigantesca máquina de tortura. *A lua nem precisa cindir-se*, pensou, *porque parece que o mundo está acabando neste lugar.*

Omar Yussef seguiu pela avenida até uma transversal ao lado de uma montanha-russa. Um comprido letreiro descendo da parte mais alta do percurso sinalizou-lhe o Ciclone. Seus olhos tentaram distinguir a precária confusão de longarinas de madeira e vigas caiadas sob os trilhos, e ele chacoalhou a corrente no alto portão de ferro corrugado. Espiou através de um alambrado os brinquedos lá dentro. A camada de neve era insuficiente para atribuir aos carrinhos elétricos, navios piratas e barraquinhas de camarão aura que desafiasse sua vulgaridade hibernal. Cada brinquedo tinha um nome risível prometendo alguma experiência além de seus meros mecanismos — a grande roda-gigante era *A Roda das Maravilhas,* como se girasse por milagre e se erguesse mais alto do que jamais se chegara.

Omar Yussef seguiu a cerca até chegar a uma rampa de madeira para o calçadão. O vento cortante maltratava seu rosto, e algumas gaivotas pairavam, pretas, contra a lua. Os pássaros estavam silenciosos, e ele se perguntou se dormiriam voando. O som do mar liso quebrando além do píer o fez pensar na respiração estrangulada de alguém com o sono perturbado. As barracas de pizza fechadas no calçadão, com seus cartazes vistosos anunciando linguiça italiana e cerveja gelada, lhe pareceram insalubres para se servir comida. Ao contemplar o largo e solitário passeio, ele o associou não a um espaço de lazer, mas ao pesadelo recorrente de um solitário deprimido.

Não encontrando sinal do Playland no calçadão Omar Yussef retornou à avenida, sendo atraído pelo néon verde de um restaurante de esquina anunciando seus "famosos" cachorros-quentes. Consultou o relógio; estava 15 minutos adiantado para seu encontro. Desde que escapara do policial em frente ao Café al-Quds, ele nada comera, e subitamente se deu conta de que estava com fome, perguntando-se que gosto teria um cachorro-quente.

O restaurante era fortemente iluminado; os garçons usavam camisas listradas e chapéus verdes idênticos; junto às mesas, grupos de pessoas enterravam na boca pães compridos, dos quais escorria em suas mãos um molho avermelhado. Através da janela, o clima de cordialidade provocou em Omar Yussef a sensação de isolamento. Se entrasse no restaurante, supôs, as pessoas fariam silêncio, reconhecendo a solidão que ele anunciava, como um leproso com seu sino. Experimentando um lampejo de ódio, compreendeu o ressentimento que fazia imigrantes árabes, como Nahid Hantash, devotado em sua mesquita, desprezar a sociedade americana. Lembrou-se do bilheteiro que o roubara no metrô e sentiu a permanência dos insultos daquele homem em sua memória, um pequeno coágulo de estresse que poderia subitamente se alojar em seu cérebro e destruí-lo. Os fregueses do restaurante o incomodavam porque estavam num lugar ao qual pertenciam e com pessoas amigas, enquanto ele permanecia do lado de fora, no frio, sozinho, longe de casa.

Inseguro, seguiu ao longo da calçada, esmagando uma camada fina de neve cuja superfície o vento transformava em gelo. As construções aqui pareciam permanentemente abandonadas em vez de apenas fechadas durante o inverno. Diante de uma ampla fachada com portas vermelhas, que parecia um posto desativado dos bombeiros, ele bateu os pés contra o frio e decidiu voltar ao restaurante, afinal, mas só para perguntar onde ficava o Playland. Ao virar, olhou para cima e viu nas portas vermelhas o letreiro em estilo art déco: *Playland*.

No tempo que levou para ler o letreiro, Omar Yussef sentiu o medo que devia estar oculto dentro dele desde que recebera o bilhete do menino com a adaga. Veio-lhe num impulso de adrenalina que gelou seu coração como o recuo de uma grande onda. Naquele prédio esperava-o um homem que fora um menino nervoso, inteligente, quando Omar Yussef o conhecera em Belém. Agora, talvez, fosse um assassino. Todas as suas dúvidas quanto à capacidade de Rashid ter trucidado Nizar foram apagadas pelo transbordamento de tensão que sentiu. Vasculhou com o olhar a avenida, na esperança de que o carro de polícia aparecesse para salvá-lo.

Enquanto hesitava, o vento abriu uma das portas vermelhas, que bateu com força contra a parede, rangendo em suas dobradiças enferrujadas. O queixo de Omar Yussef tremeu. Dentro do bolso de seu casaco, sua mão suada segurou a adaga Omani, e ele se esgueirou lentamente na direção da porta.

Gélida umidade escapava lá de dentro, como o fôlego que tivesse durante muito tempo ficado preso dentro de um cadáver; cercou Omar Yussef e o atraiu para dentro, trêmulo. As janelas nos fundos do prédio estavam quebradas. Suas esquadrias vazias recortavam o luar em quadrados reluzindo nas poças de água parada e malcheirosa no chão, iluminando o gesso rachado nos pilares do grande salão.

Omar Yussef esfregou o bigode. Sua respiração projetava uma névoa no frio.

Na escuridão, alguém assobiou o refrão da velha canção libanesa que Omar Yussef ouvira no aparelho de som na primeira vez em que estivera no Café al-Quds.

Leve-me, leve-me, leve-me para casa.

A música ecoou pelo prédio silencioso. Omar Yussef esquadrinhou as faixas de luar procurando Rashid.

O assobiador prosseguiu com o primeiro verso da canção.

A brisa soprou em nós de onde o rio se bifurcava.

O som parecia vir do lado oposto do prédio. Omar Yussef foi até a fileira de janelas quebradas.

— Rashid — sussurrou. — É você?

Seus pés afundaram numa poça. Ele praguejou baixinho quando a água gelada encheu seus mocassins.

O refrão foi repetido, mais perto dessa vez: *leve-me, leve-me, leve-me para casa*. Omar Yussef se voltou. Um pé raspou o piso de concreto. Um homem de sobretudo preto de cashmere deu um passo, afastando-se de um pilar, ergueu a cabeça, tirou seu boné cinza e soltou seus cabelos compridos da gola levantada.

— Saudações, *ustaz*.

Omar Yussef avançou com o terror e a compulsão de alguém que vira o fantasma de alguém amado.

— Nizar? É você, Nizar? Você está vivo.

Ele viu o brilho de dentes brancos quando Nizar sorriu, e o luar iluminou as altas maçãs do rosto do jovem. Omar Yussef deu um passo à frente, mas um súbito disparo ressoou num estrondo através do salão vazio. Os olhos de Nizar se desviaram para as sombras de onde o tiro ecoara. Ele se escondeu atrás do pilar.

Omar Yussef colou-se à parede quando ouviu outro tiro e em seguida os pés de Nizar no concreto, correndo, pisando numa poça. Uma porta se abriu na parede dos fundos e Nizar passou por ela. O luar tremeluziu com a porta balançando ao vento.

Um grande peso instalou-se nos membros de Omar Yussef. Seu velho corpo com certeza não conseguiria acompanhar Nizar ou escapar de quem quer que tivesse atirado. Sentiu-se estúpido por ter-se posto naquele perigo. *Você achou que porque foi convidado para o Playland, seria para brincar?* Com os punhos cerrados, bateu nas coxas.

Agachou-se dirigindo-se à saída. Suas meias ensopadas chapinhavam, e seus mocassins escorregavam. Outro tiro lascou a madeira do batente da porta, e ele ouviu os passos de alguém que corria ressoando no prédio; passou pela porta e a fechou.

A área vazia nos fundos do Playland era um emaranhado de invernais arbustos sem folhas. Omar Yussef mergulhou entre eles. Garrafas de plástico de Fanta e copos de Coca-Cola do tamanho de baldes atulhavam-se no chão como sementes de virulenta erva daninha, ocultas pela neve recente, fazendo-o tropeçar. Ele perdeu o equilíbrio na direção da cerca e caiu numa vala.

Pondo-se de pé, ele seguiu pela depressão, escorregando na neve ali mais espessa. Parou, tentando ouvir os passos de Nizar a sua frente ou os do pistoleiro atrás dele. Primeiro, ouviu apenas sua própria respiração, entrecortada; depois, outro tiro. A neve espirrou a alguns metros atrás dele. Precipitou-se ao longo da vala e se arrastou no declive em direção à cerca de 1,80 metro.

Era realmente Nizar, pensou. *Ele está vivo. Mas alguém o quer morto.*

Balançou a cerca até encontrar uma parte solta, por onde se esgueirou. Seu casaco prendeu no arame cortado. Contorceu-se para se soltar. Outro tiro, e ele se agachou atrás da cerca. A dor incandescente na parte de baixo de suas costas ardeu tão intensamente, que ele teve certeza de que fora atingido por uma bala.

Gritou enquanto cambaleava na direção da praia. Esfregando as costas, constatou que não havia ferimento de tiro, só uma sensação retesada, que premia sua coluna bem embaixo dos músculos flácidos.

Se Nizar está vivo, de quem é o corpo que encontrei no apartamento? Talvez de Rashid, que continua desaparecido.

Entre seus passos irregulares e mancos no concreto, ouviu o pistoleiro pulando no mato rasteiro paralelo a ele. Cartazes ordinários cobriam a cerca, pintados em letras grossas anunciando bares e bancas de frutos do mar, maçãs do amor e shish kebab, e encobrindo Omar Yussef do atirador. Ele tocou o de um restaurante de frutos do mar com a ponta dos dedos e sussurrou seu agradecimento.

Omar Yussef alcançou o calçadão e passou mancando por uma barraquinha de frango frito fechada. Chegou a uma parede na altura da cintura num espaço entre os estandes de comida, e se deixou cair encostado nela. A parede estava pintada com letras azuis sobre fundo laranja: *Atire no esquisitão — Paintball. Alvos humanos vivos.* Três metros abaixo e atrás da parede havia um terreno baldio em que se espalhavam tambores de óleo, galhos secos e pedaços da carroceria de um carro. Aquilo era um jogo? Imaginou um dia de verão, o calçadão lotado, gente tomando sorvete e comendo algodão-doce, sacando um dólar para atirar bolinhas cheias de tinta em homens pagos para se esconder entre blocos de concreto e caixotes de madeira. Pareceu-lhe algo dos tempos dos sacrifícios humanos e entretenimentos mortais.

Passos subiram a rampa para o calçadão. Um homem veio da esquina da barraca de frango frito, tendo a lua por trás dele. E ergueu a arma.

Não é um jogo e eu não serei o esquisitão, Omar Yussef pensou. Pulou a parede baixa e caiu no terreno escuro.

Seu tornozelo torceu quando tocou o chão. Doeu muito, mas ele precisava seguir adiante. Mancou até um capô de carro apoiado na vertical em dois tambores de óleo e se jogou atrás dele.

O atirador parou junto à parede e ficou imóvel.

Será que virá aqui embaixo? Omar Yussef esfregou o tornozelo e tentou acalmar sua respiração. Espiou pelas aberturas de ventilação no capô do carro e viu a silhueta do pistoleiro contra a lua lá no calçadão. O homem ergueu o braço, e Omar Yussef se abaixou.

Um tiro acertou um tronco de árvore a alguns metros dele. Encolheu-se, apertando as costas contra o capô do carro, na expectativa de que os tambores de óleo o escondessem se o pistoleiro descesse para procurar mais de perto. No bolso, passou os dedos sobre a bainha da adaga Omani. Se o pistoleiro chegasse perto o bastante, ele seria capaz de usá-la?

Outro tiro acertou um engradado de garrafas, e um terceiro atingiu algum metal bem perto dele. Omar Yussef imaginou que talvez conseguisse escapar se alcançasse a sombra da barraca de frango frito e seguisse por ela até os fundos do terreno. Não tinha certeza, porém, de ser capaz de andar bem o suficiente com seu tornozelo torcido; poderia acabar caído de costas, imóvel sob o luar, um alvo fácil.

Estava, contudo, para fazer uma tentativa, quando luzes vermelhas e azuis piscando iluminaram a parede lateral da barraca de frango frito e ele ouviu o ruído baixo do motor de um carro de patrulha da polícia.

A voz abafada de um policial falando em um megafone ordenou:

— Largue a arma e ponha as mãos para o alto.

O barulho de mato pisado e um grunhido vieram da frente de Omar Yussef. *O pistoleiro pulou. Ele está aqui dentro comigo,* pensou.

O mato rasteiro rachava sob o peso do homem percorrendo o terreno. Seus passos eram lentos o bastante para Omar Yussef saber que ele ainda o procurava. Então ele ouviu a voz do policial lá da parede. O pistoleiro saiu correndo.

Omar Yussef se encolheu o máximo que podia contra o tambor de óleo vazio. O pistoleiro correu abaixado e veloz pela sombra do terreno. Usava gorro de esquiador e jaqueta preta acolchoada. Nos fundos da barraca de frango frito ele tomou a direção de um estacionamento cheio de ônibus escolares amarelos.

Espiando pelo respiradouro do capô, Omar Yussef viu um dos policiais desaparecer ao longo do calçadão no encalço do pistoleiro em fuga. Seu parceiro iluminou com uma lanterna o entulho sob o anúncio *Mate o esquisitão.*

Omar Yussef rolou para a frente do tambor de óleo e gritou para o policial:

— Não atire. Não estou armado. Ele estava atrás de mim.

O policial tinha um revólver na mão direita. Omar Yussef contraiu os olhos contra a luz da lanterna em sua mão esquerda e se arrastou na direção do policial, protegendo os olhos da luz ofuscante. Ajoelhou-se na neve, pôs as mãos no alto da cabeça e sentiu gosto de vômito

CAPÍTULO 21

O sargento Abayat empurrou duas caixas de 25 centímetros numa bandeja verde de plástico para Omar Yussef.

— Cachorros-quentes famosos com molho tradicional. Coma-os, e você realmente será um americano.

Embora estivesse faminto, Omar Yussef se conteve por polidez. Pegou um dos cachorros-quentes, erguendo-o da caixa com cuidado, para que o chucrute não caísse na mesa, e deu uma mordida. Raramente consumia alimentos que não tivessem sido preparados por sua mulher, até porque ele preferia as receitas árabes mais tradicionais e demoradas para fazer. Ainda assim, teve de admitir que o leve sabor de carne defumada do esponjoso cachorro-quente e o molho picante eram agradáveis. *Ou talvez eu esteja com mais fome do que imaginava,* pensou.

— É muito bom, Hamza. — Engoliu um bocado. — Muito obrigado.

— Devemos agradecer a Alá. A sua dupla saúde, *ustaz*. — O detetive deu uma olhada no luminoso mostrador azul de seu relógio. — Vamos dar à equipe técnica mais alguns minutos para cobrir a cena, e então eu o acompanharei até lá, para você me mostrar e descrever o que aconteceu.

Omar Yussef limpou os dedos num guardanapo de papel e tirou a adaga Omani do bolso. Entregou-a a Hamza com o bilhete que estivera escondido dentro dela. Hamza tirou a faca da bainha para examinar a lâmina e a colocou na bandeja. E leu o bilhete.

— Se ao menos você tivesse trazido isso para mim imediatamente, poderíamos ter capturado o homem que tentou atirar em você.

— Em mim e em Nizar.

— Sou um bom detetive, mas não sou capaz de pegar um fantasma.

— Eu fui entregar-lhe a adaga, mas acabei sendo desviado. — Omar Yussef terminou o cachorro-quente e tomou um gole de limonada. — Por que não acredita que eu vi Nizar esta noite? Vocês têm certeza de fato quanto à identificação do corpo sem cabeça?

Hamza passou o dedo pela tira de papel que viera junto com a adaga. Omar Yussef reconheceu no rosto dele o tipo de rigidez teimosa que seus alunos assumiam quando se recusavam a admitir um erro em sala de aula.

— Vi Nizar bem ali, um pouco mais à frente deste restaurante nesta rua. Então fui perseguido pelo homem que tentou me matar. Ele queria matar Nizar, também, tenho certeza.

— Matá-lo de novo — corrigiu Hamza.

Omar Yussef comeu o segundo cachorro-quente, encarando Hamza com irritação por cima dos óculos.

— Esses cachorros-quentes são *kosher.* — O sorriso do detetive era hesitante, como se quisesse se emendar por sua suspeição e hostilidade com Omar Yussef. — É quase tão bom quanto *halal.*

— Não me preocupam nossas leis alimentares, mas esses assassinatos na Pequena Palestina. — Omar Yussef tirou do bolso o horário de orações que pegara no quadro de avisos do café. Seu polegar deixou uma mancha de molho na ponta do papel quando o entregou a Hamza. — Encontrei isso no café de Marwan.

O olhar de Hamza era de reprovação.

— Pegou isso na cena do crime?

Omar Yussef limpou o bigode com um guardanapo.

— Achei que poderia precisar saber a que horas devia rezar.

— Não me venha com essa, *ustaz*. Aposto que você não reza desde quando era criança o bastante para ainda acreditar em *djinns.*

— Em sua opinião, eu ainda acredito em *djinns.* Vi um esta noite.

Hamza baixou os olhos para o alto da folha de papel.

— A Mesquita Alamut.

— Um horário da mesma mesquita estava na geladeira do apartamento de Ala, onde encontrei o corpo decapitado. Não seria o caso de descobrir mais sobre essa mesquita?

— Pensa que sou um idiota, *ustaz*? Já tentei. Ela não existe. Até perguntei a seu filho a respeito. Ele disse que nunca ouvira falar dela.

— Alguém simplesmente imprime um horário de orações só de farra? Tenho certeza de que esse horário se refere a alguma coisa. Deve ser um código ou um sinal. Veja, uma vez por semana a hora da oração *Maghrib* está errada em uma hora, mas sempre num dia diferente.

Hamza levantou-se, pondo o papel no bolso.

— Se encontrarmos a cabeça de Nizar, perguntaremos a ele o segredo da Mesquita Alamut.

— O bilhete que veio com a adaga referia-se a um incidente na história dos Assassinos. — Omar Yussef levantou-se, fazendo uma careta com a dor em seu tornozelo. — Alusões como essa estão em toda parte neste caso. "Alamut" é outra. Era o Castelo dos Assassinos. Eu acho que a mesquita, ou ao menos a lista dos horários de oração, está de alguma forma conectada aos assassinatos.

Hamza foi em direção à porta. Omar Yussef percebeu que a faca ficara na bandeja verde. Ele a pegou e chamou Hamza, mas o detetive já estava do lado de fora. Ele a enfiou no bolso e levou sua bandeja para a lata de lixo junto à porta antes de sair.

A lua cheia iluminava em pálido azul o terreno baldio atrás do Playland. Uma nuvem a cortou no meio, e Omar Yussef lembrou-se da profecia do fim dos tempos no Corão. Ergueu um dedo na direção do céu e explicou a Hamza:

— Quando o Dia do Julgamento chegar com a lua se cindindo o Mahdi virá como o nosso messias, de acordo com a antiga seita dos Assassinos. E pronunciará o julgamento de Alá sobre a humanidade.

— Você acha que ele virá primeiro ao Brooklin?

— O véu no cadáver no apartamento de Ala é um sinal de que o assassino acredita ser o Mahdi, porque o Homem Velado é o inimigo do Mahdi. — A boca de Omar Yussef ardia com o molho picante dos cachorros-quentes. Ele passou a língua sobre os dentes.

— Qual é a aparência que se atribui ao Mahdi? Se bem me lembro — disse o detetive —, ele teria um espaço entre os dentes, certo?

Omar Yussef cerrou os dentes com a dor no tornozelo fazendo-se sentir com intensidade.

— Está certo. Está escrito que ele será muito bonito, com cabelos compridos e uma bela face...

— Como Nizar.

— ... e que ele morrerá e voltará dos mortos.

— Como você alega que Nizar acabou de fazer?

— Correto.

Hamza apontou para o céu.

— Bem, aquela nuvem acaba de se afastar; e a lua está cheia mais uma vez. De modo que seu Mahdi está sem sorte.

— Isso depende do quanto ele está iludido. — A risada de Omar Yussef soou como uma tosse seca. — Eu o advirto, se o mundo está para acabar, é melhor não se deixar ser surpreendido por isso.

— Sou um policial da cidade Nova York. Nada pode me surpreender.

— O fim da civilização e de toda a humanidade?

— Ainda menos isso.

Hamza conduziu Omar Yussef ao terreno do *Mate o esquisitão*. Holofotes dos dois lados da área iluminavam os tambores de óleo, os galhos, os blocos de concreto. Omar Yussef sussurrou seu agradecimento à escuridão que tornara possível a ele escapar do pistoleiro.

Um perito com capa de chuva azul aproximou-se de Hamza e lhe entregou dois sacos de plástico transparente. Dentro de cada um havia um pedaço de metal cor de bronze do tamanho e da forma de um chiclete bem mascado.

— Uma delas estava alojada naquele tronco de árvore morta ali junto à parede — informou o perito. — A outra na base do tambor de óleo junto ao capô do Mustang.

O capô do carro, Omar Yussef pensou. *Ele atirou muito perto de mim.*

— Ainda estão muito maleáveis, sugerindo que foram disparadas recentemente. Quero dizer, com certeza não ficaram aí o mês todo depois que um bando de membros de gangue trocaram tiros. De modo que imagino que sejam da arma de nosso perpetrador. Claro, pode também ser que alguém tenha jogado uma partida realmente séria de paintball, hein, sargento?

Hamza devolveu os sacos para o técnico e engoliu em seco. Em voz baixa, mas sem olhar para Omar Yussef, perguntou-lhe:

— Onde você disse que viu Nizar?

Na entrada do Playland, Hamza tirou uma lanterna do bolso. Ao abrir a porta, suas dobradiças rangeram e ecoaram no salão.

— Eu fui nessa direção — Omar Yussef conduzia Hamza pela mão através do chão cheio de poças. — Foi aqui que eu primeiro o ouvi assobiar. Quando cheguei neste lugar, eu o vi.

— E os tiros vieram de detrás de você?

— De lá, eu acho. Perto de onde entrei.

Hamza caminhou lentamente na direção da porta por onde Nizar escapara. Espiou de perto o batente despedaçado onde a terceira bala acertara, e saiu.

Sem a lanterna, Omar Yussef sentiu-se subitamente cego e sozinho. Bateu o ombro no gesso esfarelado de um pilar. Ao desviar, topou com o joelho numa velha lata de lixo de metal. Praguejou e se deteve, acreditando ter ouvido algo se mover dentro da lata de lixo quando a deslocou. Ergueu o pé e deu um leve pontapé na lata. O som se repetiu, sólido e mouco, não o farfalhar oco de lixo.

— Hamza, venha cá — chamou.

Quando apontou o facho da lanterna para a lata de lixo, o detetive recuou e se apoiou num pilar.

— O que é? — perguntou Omar Yussef.

Hamza respirou fundo, bufando, e piscou repetidas vezes.

Pensei que nada poderia surpreender um detetive da cidade de Nova York, Omar Yussef disse para si mesmo. Pegou a lanterna de Hamza e iluminou a lata de lixo. Uma interjeição de espanto escapou de seus lábios, e ele desviou os olhos, como se isso pudesse de algum modo apagar os poucos segundos durante os quais focalizara uma visão horrorosa.

No fundo da lata de lixo, olhando para cima com olhos que pareciam registrar toda a decrepitude desesperada do prédio em que jazia, estava a cabeça do ex-aluno de Omar Yussef, Rashid.

CAPÍTULO 22

Segurando uma Miller, um homem saiu bruscamente de uma loja de conveniência coreana 24 horas na Fifth Avenue, escorregando na calçada coberta de gelo. Comicamente deu alguns passos rápidos sem sair do lugar, retomou o equilíbrio, e alinhou os ombros sob seu casaco de lã vermelha para restaurar sua dignidade. Tomou um longo gole de cerveja e arremessou a lata de volta à loja.

— Vá se foder, seu china escroto filho da puta — berrou.

Omar Yussef estacou na calçada congelada a alguns metros do homem, no limiar da luz que se projetava da loja. A obscenidade gritada na rua quieta o chocara. Olhando seu relógio, viu que eram 2 horas da manhã. Em sua cidade, ninguém estaria fora de casa a essa hora por medo dos esquadrões israelenses clandestinos. Certamente ninguém iria sair bêbado pela noite.

Quem se excedia no álcool, como outrora o próprio Omar Yussef, se fechava em sua culpa e soltava suas obscenidades em voz baixa, dirigidas a si mesmo.

O lojista coreano apareceu entre os plásticos que protegiam suas frutas e verduras do tempo frio. Segurava a lata de cerveja aberta entre os dedos tensos.

— Você paga a cerveja — gritou — ou cai fora

O bêbado arrotou e passou a mão em sua barba espessa.

— Nada de dinheiro para você, china escroto. Sem ticket, nada de roupa lavada.

— Vá se foder, suma daqui. — O coreano entrou de volta na loja. O bêbado dobrou-se, sem fôlego, rindo baixinho e repetindo sua piada.

Ao se aproximar do Café al-Quds, Omar Yussef ouviu o bêbado vomitando. O coreano saiu com um balde de água para limpar os plásticos na frente da loja.

Omar Yussef tocou a campainha do café e esperou, tentando desviar sua mente da cena que acabara de testemunhar e das memórias que ela despertava de sua horrível, odiosa, fase de bebedeiras. Assassinato parecia menos desagradável. *Teria Nizar deixado a cabeça na lata de lixo? Poderia ter sido o pistoleiro que deixara a cabeça no Playland? Talvez ele tenha assassinado Rashid e agora queira matar Nizar também. Seria o mesmo homem que vi no apartamento? Aquele que andou me seguindo?*

Uma luz se acendeu na escada atrás da cozinha e em seguida outra lâmpada baixa atrás do balcão. Rania passou entre as mesas e soltou as trancas. Quando abriu a porta, encarou Omar Yussef com uma fragilidade no olhar, mas uma expressão de confronto no rosto.

— Saudações, minha filha.

Ela abriu espaço para ele entrar.

— Sinta-se em sua casa com sua família.

Ele mancou porta adentro e abriu o zíper de seu casaco grosso.

— É muito tarde, *ustaz*.

— Mas você está acordada.

— Quando adormeço, Nizar aparece e eu sinto a perda dele com muita intensidade.

— Sente a perda de seu pai também?

Rania cerrou o punho e conduziu Omar Yussef através da cozinha. O sangue de Marwan tinha sido esfregado do piso, mas ele sentiu um cheiro sombrio no ar, como se a última expiração do morto tivesse ficado lá. Contraiu o rosto com remorso por seu tom crítico na porta.

Ele a seguiu pela escada estreita até uma sala de estar iluminada apenas por uma única lâmpada fluorescente na cozinha americana atrás do sofá.

Rania despejou café moído e água numa pequena chaleira e pôs para ferver no fogão a gás.

— Sem açúcar — murmurou ele, e aguardou em silêncio, saboreando o aroma de cardamomo do café quando ela o mexeu com uma colher.

Rania trouxe uma bandeja com o café e um copo de água para a mesa de centro síria na sala e, enquanto ele alisava a madrepérola no tampo da mesa, esperando os grãos se depositarem no fundo da xícara, sentou-se com as costas eretas numa cadeira dobrável barata e pôs as mãos no colo. Seus olhos estavam preocupados e desolados.

Omar Yussef provou o café amargo.

— Que Alá abençoe suas mãos. Está muito bom.

— Abençoado seja.

Pousando a xícara no pires, ele a devolveu para a bandeja e murmurou:

— Nizar está vivo.

Os lábios de Rania se entreabriram, sua cabeça inclinou-se para a frente, ela ajustou o mendil ao longo do cabelo e pôs as mãos de novo no colo. Omar Yussef percebeu uma pequena veia pulsando no pescoço dela como se estivesse tentando escapar da borda do lenço de cabeça.

— Está vivo — o tom de sua voz era de triunfo, mas amargo. — Onde ele está?

— Não sei. Desapareceu de novo.

— Se esperava encontrá-lo aqui, ele não virá.

— Por que não? Com certeza ele quer estar com você.

— A polícia estaria esperando.

— Por que ele deveria estar preocupado com a polícia? É crime em Nova York *não* ter sido decapitado?

Ela mordeu a ponta da unha do polegar e observou Omar Yussef com tanta intensidade, que ele teve a sensação de que era ele que ela estava mordendo.

Terminou o café e limpou o bigode com seu lenço.

— Rania, por que Nizar se revelou para mim? Agora que a polícia sabe que ele está vivo, irão suspeitar não só que ele matou Rashid, mas também que assassinou seu pai.

Ela virou a cabeça na direção de Omar Yussef.

— Isso não é possível

— Assassinatos por aqui em geral são relacionados a drogas, de modo que com certeza a polícia irá pressupor que o homem mais próximo a seu pai no tráfico de drogas foi quem o matou.

Omar Yussef viu um relance de desespero no rosto de Rania.

— Isso é uma loucura, *ustaz*. Onde o viu?

— Em Coney Island.

Os olhos de Rania ficaram úmidos.

— Ele me levou a Coney Island no verão. Andamos na Roda das Maravilhas e no Ciclone.

— Está tudo fechado agora.

— Só durante o inverno.

— Que no Brooklin parece ser uma estação longa e difícil. — Omar Yussef olhou a sala em volta. Numa estante barata de vime, percebeu a foto de uma mulher com rosto bem enrugado e boca larga com um sorriso cansado entre Marwan e Rania. *A falecida mãe*, pensou. — Nizar fingiu sua morte, mas decidiu revelar-se depois que seu pai morreu. O que há em relação ao assassinato de seu pai para fazer Nizar mudar de ideia?

A garota pareceu tão próxima da morte quanto a mulher na fotografia. Ela balançou a cabeça.

— O que quer que Nizar esteja fazendo agora, me parece, é porque quer ficar com você.

— O que o faz dizer isso? — A voz de Rania era um sussurro.

— A vida dele no Brooklin parece ser tomada pela indecisão. Ele tinha certeza quanto a sua religião; mas entregou-se à dissipação. Ele era próximo a Rashid; mas eles brigaram. Ele guiava um táxi c trabalhava honestamente, mas também traficava drogas para fazer dinheiro. A única coisa sobre a qual não tinha dúvidas era o relacionamento com você.

Rania parecia estar procurando empatia no rosto de Omar Yussef.

— Você é igual a Ala, *ustaz*. Honesto e bom. — Seu olhar pousou no casaco acolchoado, espalhado no sofá ao lado dele, e no gorro da NYPD em sua cabeça. — Embora ele se vista bem melhor do que você. — Omar Yussef tirou o gorro. — E vejo que tem também a suscetibilidade.

A sedução retornara aos olhos escuros. *Os olhos da houri*, Omar Yussef pensou, ao alisar o cabelo, despenteado pelo gorro.

— Ala é palestino demais para mim. Ele não está disposto a se aventurar fora de nossa cultura. Jamais entraria de cabeça na vida americana como Nizar fez. Não importava o quanto eu dissesse que queria me libertar, Ala achava que sabia o que era bom para mim. Ele é um homem árabe típico.

— Você acha que sou assim também? — Omar Yussef ergueu o queixo.

— Claro que é. Não importa o quanto suas ideias sejam liberais, *ustaz,* posso sentir o cheiro do Oriente Médio recobrindo-o por inteiro.

— Está enganada. Pressupõe que sou um homem do Oriente Médio como seu pai.

— Meu pai não era nem um pouco assim. Odiava o Oriente Médio, queria deixá-lo para trás, mas o Oriente Médio seguiu-o até aqui e acabou com ele. Você, *ustaz,* não vê a hora de sair desta cidade e voltar para casa, não é? Admita. Você quer retornar a sua cidadezinha, onde todo mundo o conhece e respeita.

Omar Yussef cobriu a boca com a mão. Ele gostava de pensar em si mesmo como um homem cosmopolita, culto, mas cada dia em Nova York o fazia ansiar por sua família, pelas tradições e rotinas de Belém. Rania o avaliara corretamente.

— Mas *você* cobre sua cabeça como uma muçulmana fiel.

— Está vendo? Você não consegue imaginar que uma mulher possa manter algumas de nossas tradições e rejeitar outras. Pressupõe que, se eu desrespeito um pouco as regras, logo me tornarei uma prostituta. Acha que é fácil usar um lenço de cabeça no Brooklin? Assim que saio desses poucos quarteirões da Pequena Palestina, as pessoas riem de mim e xingam. "Olha a ninja", gritam. Mas *eu* decido quem eu sou. Sigo nossas tradições quanto ao vestuário e à modéstia, mas não quero viver como se estivesse no vale de Bekaa em vez de no Brooklin.

— Compreendo.

— Você não compreendeu meu pai, e não me compreende. — A voz dela tremeu com a força de tanta emoção finalmente liberada, e ela falou com a velocidade de alguém que não pode parar por medo de que suas palavras sejam impedidas pelos soluços. — Você é um refugiado. Todos no mundo árabe ao menos da boca para fora dizem que levam em consideração seus direitos humanos e que respeitam a sua causa. Meu pai e eu tivemos que fugir do Líbano, mas ninguém nos considera refugiados e ninguém nos respeita. Tivemos que escapar do Líbano como criminosos. — Rania indicou com o dedo a foto na prateleira de vime. — Minha mãe morreu enquanto meu pai estava na prisão. Ele estava convencido de que nenhum homem decente casaria comigo porque ele tinha sido preso pelo vergonhoso ato de traficar narcóticos, que é contra as leis do islamismo. Deixamos o túmulo de minha mãe para trás e viemos para os Estados Unidos. Meu pai achou que poderíamos começar de novo. Abriu um novo negócio e tentou achar um marido apropriado para mim.

— Que Alá tenha misericórdia de sua mãe.

— Que a sua vida seja longa. — Rania segurou a barra de seu casaco preto. — Talvez o ódio e a violência sejam apenas parte de ser árabe. Talvez não se possa escapar deles. Talvez o erro seja tentar. Em todo o caso, eles me pegaram.

— Você ainda é jovem, minha filha. Não desista de ter esperanças de uma vida melhor.

— Eu me iludi, frequentando os teatros da Broadway com Nizar, indo a cinemas, a caros restaurantes italianos. Todo o tempo, o Oriente Médio estava dentro de mim como o câncer que matou a minha mãe. — Rania esfregou uma lágrima e olhou o líquido no dorso da mão. — Eu sonhei que Nizar tinha voltado. Mas ele veio para você, não para mim. — Ela se mostrou petulante, como uma criança contrariada. Depois seus ombros se abaixaram, como se a raiva tivesse se esvaído e deixado apenas uma tristeza inanimada. — Para mim, vai ser como se o corpo no apartamento realmente fosse o cadáver de Nizar.

— Não posso acreditar que você prefira pensar nele como um cadáver em vez de um homem vivo. Você me disse que queria viver a felicidade agora, não no além.

— A memória dele sempre estará comigo.

— Você acredita que ele matou o amigo?

— Isso não faria dele o pior homem que já conheci. Sou do Líbano.

Omar Yussef deixou-a sob a luz da lâmpada da cozinha. Passou pelo salão do café e fechou a porta ao sair. Deu alguns passos doloridos com seu tornozelo inchado, chegou até a entrada ao lado da butique e subiu a escada até o apartamento de Ala. A folha com as palavras *O Castelo dos Assassinos* manuscritas tinha sido removida, mas a fita adesiva que o prendera à porta permanecia, como a moldura de uma pintura removida por ladrões.

Seu rosto estava pálido e cansado quando ele abriu a porta. Ala mal abriu a boca enquanto mostrava a cama de solteiro para Omar Yussef. A porta do outro quarto, onde o cadáver estivera, permanecia fechada. Omar Yussef se perguntou se a polícia teria terminado seu trabalho lá.

— Meu filho, vi Nizar esta noite. Ele está vivo.

Ala sentou na beira da cama. Esfregou a palma da mão no cobertor barato e tentou dizer algo, mas só conseguiu produzir uma interjeição de pasmo.

— Eu o vi em Coney Island.

— Viu Nizar? — grunhiu Ala.

Omar Yussef desviou-se de seu menino.

— Também vi a cabeça de Rashid. Foi o corpo *dele* que encontramos neste apartamento, não o de Nizar. Desculpe ser tão brusco, meu filho.

Omar Yussef ouviu seu filho sussurrar o nome de seu amigo morto. O som pareceu uma onda fria no ar, gelando a garganta e os pulmões de Omar Yussef, e ele se perguntou se era essa a sensação que a última respiração provocava.

Ala estava com os olhos fixos em seu pai, como se tivesse sido ele, não Nizar, que retornara dos mortos.

— Não entendo — disse ele.

— Vá descansar. Conversaremos amanhã.

O rapaz saiu do quarto e se largou no sofá.

Depois que Omar Yussef apagou a luz, ouviu os gemidos sibilantes de seu filho na sala, se arrepiando durante um pesadelo.

CAPÍTULO 23

Na luminosidade mortiça da aurora, a mão de Ala estava pendurada para fora do sofá e um traço de saliva rebrilhava em seu queixo. Omar Yussef ergueu o pulso do rapaz, colocou-o sobre o peito e foi para a cozinha. O bule de café estava entalado em meio a uma confusão de pratos e panelas. Ele o desentalou, mas a louça se deslocou ruidosamente quando tirou o bule da pia.

Ala sentou-se no sofá e esfregou o rosto.

— Deixe que eu faço isso, pai — murmurou, pegando o bule de café da mão do pai para lavá-lo.

Omar Yussef encostou-se no parapeito da janela. Ficou olhando a chuva apagando a neve na calçada e pensou no homem que retornara dos mortos na noite anterior.

Ala mediu café moído no velho bule e despejou água. Colocou-o no fogo. O cheiro de gás aceso era reconfortante e aconchegante.

— Sonhei com cabeças decapitadas — murmurou Ala. — Não só a de Nizar ou Rashid. A cabeça de todo mundo, cortada. — O bule de café bateu de leve no fogão enquanto Ala mexia o líquido espesso. — O significado da cabeça decapitada, o Homem Velado... é tão estranho e místico — sua voz estava rouca e seca. Sorriu para seu pai com uma concentração inquieta que fez Omar Yussef preocupar-se com sua sanidade. — De alguma maneira é o mais apropriado, a morte vir desse modo.

— O que você quer dizer?

— A morte é espiritual. Mas o assassinato é usualmente tão banal. Devia ser preciso algo mais místico do que uma bala para matar um homem. Somos criados através de um milagre, formados na imagem de Alá do coágulo de sangue que ele usou para fazer a humanidade, de acordo com o Corão. Então vem o fim... um simples pedacinho de chumbo, incandescente, voando pelo ar, destroçando o seu corpo, rompendo sua pele e ossos, tudo num segundo.

— O que é mais místico do que um pedaço de metal que pode voar? — Omar Yussef deu uma risada rouca. — Não é nenhuma surpresa que extremistas religiosos gostem tanto de balas. Elas são o maior milagre de Alá.

Ala pegou uma xicrinha no armário, limpou-a com o dedo e serviu o café de Omar Yussef. Acrescentou uma boa porção de açúcar ao café que restou no bule e colocou-o no fogo mais um pouco.

Omar Yussef deixou sua xícara na cozinha e foi para o quarto; pegou o casaco na cama, tirou do bolso o pacote que Maryam lhe dera, e levou-o para seu filho.

— Estive carregando isso por toda parte. Está na hora de lhe entregar. Sua mãe o mima.

Ala segurou o presente como se fosse a mão de sua mãe, seus olhos se umedecendo e os lábios tremendo.

— Abra-o de uma vez.

Dentro, Ala encontrou uma caneta Mont Blanc em seu elegante estojo preto.

— É maravilhosa. É igual a que você tem, pai.

— Agora você pode escrever cartas de verdade para sua mãe, em vez de ficar mandando e-mails por intermédio de Nadia.

Passos pesados ressoaram na escada. A caneta retinha a atenção de Ala, mas Omar Yussef virou-se para a porta quando a campainha tocou. Na entrada, notou uma mancha marrom na maquete do Domo da Rocha em palitos de fósforo. Lembrou-se de que era sangue do cadáver no quarto de dormir e que ele deixara essa mancha ao tentar consertar a maquete. Sua mão tremeu quando abriu a porta e deu com o sargento Abayat sacudindo a chuva de sua parca.

— Saudações, *ustaz*. Manhã de alegria.

— Manhã de luz, ó Hamza — murmurou Omar Yussef lúgubre. O detetive trouxera o assassinato de volta à sala, e Omar Yussef sabia que os pensamentos reconfortantes de Ala sobre a mãe seriam afastados. — Entre.

Hamza sentou-se no sofá e deu palmadas nas coxas.

— Estou vindo da academia, onde fiz agachamentos. Meus quadríceps estão acabados.

Ala saiu da cozinha, a caneta na mão como uma oferenda.

— Vai escrever uma confissão para mim? — perguntou Hamza.

Ala enfiou a caneta no bolso.

— É você quem precisa confessar, Hamza — Omar Yussef adiantou-se. — Você não conseguiu identificar o corpo que encontrei neste apartamento como o de Rashid. Mesmo não tendo cabeça, com certeza você poderia ter conferido as impressões digitais.

Hamza arriou os ombros.

— Foi um erro. Devíamos ter conferido as impressões com as de seu formulário de visto, mas teríamos de ligar para o INS. Esses caras tratam qualquer coisa envolvendo um árabe como desproporcional alarme terrorista, e, para falar a verdade, isso não me diz respeito, porque sou um tira local.

— Seu desempenho é o que eu esperaria de um detetive árabe — Omar Yussef percebeu a perigosa intensidade no rosto de seu filho e fez um gesto com a mão para que se acalmasse.

— Pensei que você tinha dito que não sou mais árabe. Os infiéis também fazem besteira, suponho. — Hamza encarou Ala com dureza. — A identificação foi um erro e nos custou um par de dias. Mas agora parece que Nizar quer que saibamos dele vivo de qualquer forma.

— Acha que Nizar virá aqui?

— Lembre-se do que disse ontem: seu menino é a isca. Qualquer garoto pescando manjubas num açude em Gaza sabe que não adianta colocar isca no anzol se não ficar com as mãos na vara.

— Isso quer dizer que o apartamento está sendo vigiado?

O policial alongou os grandes músculos de suas costas.

— Nizar soou amigável quando falou com você em Coney Island? Ou lhe parece que ele pretendia matá-lo?

Omar Yussef lembrou-se do medo que o assaltara como ar frio dentro do Playland. Sob seu choque inicial ao ver Nizar, ele se deu conta de que ficara reconfortado pela presença de seu ex-aluno no parque de diversões vazio.

— Tenho certeza de que Nizar queria conversar. Ele me cumprimentou amigavelmente antes de o tiroteio começar. Tenho certeza de que ele não teria feito mal a mim.

— Você acha isso? Rashid era o melhor amigo dele, e isso mostrou não ser proteção alguma. Talvez você fique sabendo dele de novo. Você ou Ala... o Velho da Montanha ou o terceiro Assassino.

Omar Yussef ignorou o sorriso zombeteiro do detetive. A menção da gangue da infância levou seus pensamentos para o quarto Assassino. Teria Ismail o seguido até Coney Island? Embora ele estivesse confuso com o comportamento do rapaz, Omar Yussef não conseguia acreditar que Ismail teria disparado os tiros no Playland. Concentrou sua atenção no integrante dos Assassinos que ele tinha certeza de ter visto lá.

— Se Nizar aparecer de novo, estou convencido de que ele tentará entrar em contato com Rania.

Hamza contraiu os lábios.

— Por quê? Para pedir perdão, talvez? Veja, eu acho que vamos descobrir que Nizar matou o pai de Rania, além de Rashid.

— Por causa das drogas?

Hamza coçou a virilha.

— Não há melhor razão para matar alguém; fora ser casado com a pessoa.

— Você é um verdadeiro romântico.

— Já dei a minha mulher o presente do Dia dos Namorados, de modo que estou liberado para dizer o que realmente penso sobre o amor.

Ala trouxe uma xícara de café para Hamza.

— Que Alá abençoe suas mãos.

— Abençoado seja. — Ala engasgou com as palavras e foi para a cozinha, onde ficou olhando o bule de café, toda sua raiva desmoronando em desespero. Omar Yussef observou-o com pena enquanto escutava a respiração pesada de Hamza. Ala passou o dorso da mão sobre os olhos e despejou o pó de café na pia.

Depois que Hamza partiu, Omar Yussef passou o dia todo com Ala. As lágrimas que ele vira o rapaz chorar na cozinha o convenceram de que seu filho estava em choque. Considerou também que Hamza poderia estar certo: se esperasse ali, Nizar poderia vir ter com ele. Encontrou um tabuleiro de gamão no quarto e forçou Ala a jogar até ganhar várias partidas sucessivas e Omar Yussef, a despeito de si mesmo, ficar aborrecido de perder.

— Desculpe, pai. Não tenho tido muito o que fazer ultimamente, de modo que fiquei muito bom no *sheysh-beysh*. — Ele foi para a cozinha.

Omar Yussef ficou observando-o enxaguar os pratos na pia.

— A polícia terminou seu serviço no quarto?

Seu filho esfregava com força os restos de hummus e *foule* de fava que secaram nos pratos.

— Acho que sim. Eles levaram o corpo e deixaram o quarto uma bagunça.

Omar Yussef ficou chocado.

— Então, dentro daquele quarto...

— Fique satisfeito de não estarmos no verão, ou teríamos um monte de moscas, pai.

Omar Yussef ficou pasmo com a indiferença de seu filho.

— Como pode ficar neste apartamento com o sangue de seu amigo espalhado no quarto?

Ala enfiou a esponja dentro de uma xícara de café e esfregou com força o pó que aderira ao fundo.

— Não vou ficar. Vou voltar para casa em Belém, pai. A mulher que eu amava me traiu. Meus amigos estão mortos ou destinados à cadeia. Nova York é muito difícil para mim. Vou voltar para o Oriente Médio. — Ele deu uma risada amarga. — Ao menos, com a ocupação israelense, você sabe com o que está lidando.

Omar Yussef pressionou seu filho para o lado e se agachou para abrir o armário sob a pia, de onde pegou um balde, um par de luvas de borracha e um frasco de limpa-pisos. No banheiro ele encheu o balde com água quente e levou-o para o quarto.

Abriu a porta e prendeu a respiração — a forte umidade fedia a cobre; empurrou a veneziana até que a velha madeira deslizou alguns centímetros para deixar entrar ar limpo, gélido. O sangue no chão frio ainda não se decompusera, e Omar Yussef agradeceu por não ter de sentir esse cheiro. Lembrou-se dos lugares em Belém nos quais pessoas tinham morrido em tiroteios ou despedaçadas por um obus de tanque e o sangue ficara grudado na parede ou numa poça negra e pegajosa num canto. Mesmo ao ar livre, o forte cheiro fermentado de sangue podre era repulsivo. Naquele quarto, teria sido insuportável.

Ajoelhou-se e esfregou com força o chão, em parte para se manter aquecido apesar do ar frio entrando pela fresta que ele forçara na janela.

Torceu o pano, e o sangue de Rashid pingou no balde. Em Belém, seus pesadelos eram assaltados por mortes violentas, rondando seus alunos quando iam para casa depois das aulas nas ruas em que as Brigadas de Mártires e o exército israelense se confrontavam. *Mesmo nesses sonhos perturbadores, nunca imaginei que um dos meus pequenos Assassinos se tornaria vítima*, pensou.

Sentou-se na segunda cama e ficou olhando o espaço em que o cadáver estivera. Tantas noites difíceis Nizar deve ter passado ali, sem conseguir dormir, lutando entre suas crenças religiosas e seu desejo por Rania.

Tirando as luvas de borracha, Omar Yussef passou o dedo ao longo da estante ao pé da cama. Puxou o Corão, encadernado em imitação de couro, e o deixou abrir-se. A lombada cedeu exibindo as páginas da trigésima sura, *al-Rum*. Omar Yussef leu duas sentenças que tinham sido sublinhadas com a unha no papel fino: "Ele criou para vocês esposas, para que vocês possam viver em paz com elas, e plantou amor e gentileza em seus corações. Com certeza estes são sinais para os homens que pensam." Fechou o livro.

Quando saiu do quarto, o súbito calor da sala deixou-o tonto; pôs a mão nos olhos, e o Corão deslizou para o chão, abrindo-se no mesmo versículo.

— Esse não é o Corão do Nizar? — perguntou Ala vindo da cozinha quando Omar Yussef se inclinou para pegar o livro.

— Você acha que eu levo um exemplar no meu bolso traseiro? Claro que é o de Nizar. — Seu riso tinha o som áspero de um engasgo. — Ele parece ter uma queda pela *al-Rum*.

Ala sorriu, malicioso. Omar Yussef sentiu-se aliviado ao perceber que seu filho ainda podia visitar ao menos as bordas mais remotas do prazer.

— Esse é o versículo favorito dele, sobretudo as linhas sobre as esposas para nós morarmos em paz com elas.

— Rania?

O sorriso de Ala assumiu uma tênue animosidade.

— Quando era religioso, Nizar costumava falar sobre aceder ao martírio. Ele parecia acreditar que poderia fazer sexo eternamente com as *houris* no Paraíso se fosse morto lutando pelo islamismo.

— Isso é o que pensam meninos de aldeias. Nizar era muito inteligente para isso.

— Me parece que ele estava tentando se convencer de alguma coisa, de estar certo quanto à religião, talvez; de modo que a reduziu a esse conceito simplista.

— Ele mudou de opinião quando parou de rezar?

— Quando conheceu Rania. Eles se apaixonaram, pai. É por isso que ele gostava tanto desses versículos.

Os xeques citam esse trecho como prova de que as houris *não são belezas celestiais de forma alguma. São nossas esposas terrestres, po-*

lidas por Alá no Paraíso, Omar Yussef pensou. *O que tornaria ainda mais importante para Nizar ter Rania agora.*

— Então ele parou de falar sobre martírio; não precisava mais das 72 virgens lá no Paraíso. Tudo o que ele queria era a garota da porta ao lado na Fifth Avenue.

— E você, meu filho? Que recompensa espera receber aqui ou no Paraíso?

— Eu quero provar o hummus da mamãe e ver meus sobrinhos e sobrinhas. Não vou especular sobre o Paraíso, mas sei que não é aqui no Brooklin.

CAPÍTULO 24

Ao olhar pela janela, o pálido crepúsculo fez Omar Yussef pensar na pele ressecada de um fumante inveterado. E se perguntou se era por isso que o céu não tinha fôlego para soprar as nuvens uniformes. Ala roncava no sofá, ainda se recuperando das noites sem dormir no centro de detenção. Sua asma acrescentava a cada expiração notas agudas, como os ganidos de um cachorro assustado.

Omar Yussef piscou quando as luzes da rua se acenderam com um fulgor púrpura. Um sino tocou na porta da loja lá embaixo, e ele olhou para lá. Uma mulher procurava em sua bolsa as chaves, um cartaz apoiado em sua perna. Usava um lenço preto na cabeça com as bordas douradas. Ao trancar o café, Rania olhou para cima. Omar Yussef deu um passo para trás da cortina, não sem antes perceber que ela estava sorrindo.

Fim à criminosa ocupação israelense de Gaza, lia-se no cartaz que ela carregava. Omar Yussef estranhou seu interesse por política a ponto de estar a caminho de uma manifestação. Pensava antes que ela detestava o Oriente Médio. Com o cartaz debaixo do braço, ela entrou à esquerda na Bay Ridge Avenue. *Está indo pegar o metrô,* ele pensou. Na esquina, uma fita vermelha, pendurada na altura da cabeça, se destacava, brilhante, contra o tronco da árvore nua e cinza. *Hamza disse que é hoje o Dia dos Namorados. Estará Rania a caminho de uma manifestação pró-Palestina, ou de um encontro com seu amante?*

Mancou em seu tornozelo dolorido descendo a escada, brigando com seu casaco. Virou a esquina, indo em direção à estação de metrô, apressando-se para alcançar Rania. Sob a luz antisséptica da plataforma em direção a Manhattan, ele puxou seu gorro bem baixo na testa e assumiu a imobilidade fatigada, acabrunhada, dos demais passageiros. No Trem R, ele fechou o zíper de seu casaco acima de seu bigode, e fingiu dormir. Rania estava a alguns lugares dele, o lado escrito de seu cartaz apertado contra as pernas, como se o slogan a constrangesse. Um cacho de cabelo preto desprendeu-se do lenço e ficou sobre a testa. Ela o enrolou em volta do dedo indicador e deu um meio-sorriso; era a única pessoa no vagão que não parecia estar ao menos parcialmente adormecida.

Rania saiu do trem na Pacific Street. Omar Yussef mancou atrás dela através das passagens subterrâneas na direção da estação da Atlantic Avenue. Alcançou-a exatamente quando embarcava no trem 4. Ele transpirava em seu casaco, mas não era o único no vagão lotado embrulhado como se ainda estivesse no frio, de modo que manteve seu capuz puxado. Rania não lhe prestou atenção.

Saíram do trem 4 na estação Grand Central. Rania atravessou com os passageiros do começo da noite para uma saída lateral na Lexington Avenue. Caminhou até a esquina da 42nd Street e passou por baixo de um cavalete azul da polícia para juntar-se a um grupo de duas dúzias de pessoas empunhando cartazes semelhantes ao dela. Omar Yussef desapontou-se; talvez ela simplesmente pretendesse se juntar ao protesto.

Alguns dos manifestantes usava *keffiyas* vermelho e branco em volta do pescoço ou na cabeça. Cerca de metade deles pareceu a Omar Yussef árabe. Um par de convertidos ao islamismo usava barretes brancos afundados em suas testas. De resto eram homens e mulheres brancos, de cabelo curto, pele opaca e seca de vegetarianos extremos, e os olhos brilhando de ultraje. Um repórter fotográfico ajoelhou-se procurando ângulo para uma foto dos manifestantes, e um repórter televisivo em jaqueta militar berrava em seu microfone.

Rania foi para o centro da manifestação, brandindo seu cartaz e gritando sua disposição de se sacrificar pela Palestina. O fotógrafo tirou várias fotos dela, porque era a mais veemente das mulheres e usava um pitoresco lenço na cabeça. O homem da televisão ergueu a voz para ser ouvido por cima dos insultos que Rania fazia a Israel. Ele visivelmente gostava de estar no meio do tumulto, como um avô se juntando às crianças que berravam em algazarra.

Em minutos, a equipe da televisão estava guardando seu equipamento. O repórter afundou as mãos em seu casaco com um arrepio. O fotógrafo repassou suas imagens, conferindo se o material era de fato bom para transmitir. Rania entregou seu cartaz para um homem atrás dela e foi para trás do grupo de manifestantes. Omar Yussef procurou não a perder de vista. Com os jornalistas desinteressados neles, os manifestantes dirigiam seus slogans para os passageiros, que desviavam do protesto como desaprovação tão ríspida quanto a que Omar Yussef notara nos rostos dos passageiros de metrô quando um mendigo entrava no vagão. Era como se um mero bafejo de algo ruim pudesse trazer todo o fedor da cidade. Sentiu pena dos manifestantes, tão animados e passionais, e tão ignorados. Os passageiros eram as únicas pessoas que ele já vira que pareciam tão infelizes quanto os refugiados suando nos campos palestinos em sua terra natal.

Uma mulher usando casaco preto igual ao de Rania apareceu por trás do grupo, balançando seus longos cabelos para soltá-los da gola, e desviou o rosto dos manifestantes, como os demais egressos da estação. Sua pele era pálida contra a negrura brilhante do cabelo, e seus olhos eram grandes e cheios de expectativa. Rania tirara o lenço da cabeça. Omar Yussef ficou surpreso ao perceber que essa quebra do decoro muçulmano o chocara, ainda que sua própria mulher não cobrisse os cabelos. Enquanto ele a seguia pela multidão, Rania conferiu seu reflexo na janela do Grand Hyatt Hotel, apertando e erguendo seus cabelos com as duas mãos, para lhe dar volume, e ele sorriu, compreendendo que sua suspeita quanto ao Dia dos Namorados estava correta.

Seguiu-a pela porta giratória de madeira para o saguão central da estação e quase a perdeu de vista quando olhou para cima a fim de ver o famoso teto. Ele percorreu as linhas douradas conectando as estrelas ao longo do teto côncavo esmeralda e constatou que, de fato, estavam na posição errada, como uma vez lera, porque o francês que as pintara tinha feito um erro e as colocara na direção contrária. Apressando-se para ir atrás dela, alcançou a base dos degraus para o restaurante no mezanino quando Rania estava no alto deles.

Ao se aproximar da hostess, ele respirava pesadamente. O restaurante era aberto para o elaborado teto do salão principal e para os raios enviesados de luz laranja através das altas janelas. Omar Yussef lembrou-se da foto no computador de Rania e do jeito triste que cantara a música de aniversário, enquanto observava a garota chegando a sua mesa. Um homem estava de pé, deu alguns passos de brincadeira da *dabka*, e a abraçou, acariciando os cabelos com a mão.

Foi um longo abraço, enquanto a hostess esperava com um sorriso congelado para lhes entregar o cardápio, e ainda não tinha terminado quando Omar Yussef puxou uma cadeira extra para a mesa deles e se deixou cair nela.

— Feliz Dia dos Namorados. — Omar Yussef apontou para a hostess. — Nizar, você não quer saber quais são os especiais do dia?

Eles se separaram. Nizar foi até Omar Yussef e lhe deu cinco beijos nas bochechas. Ele estava tão contente quanto um emir vendo seu falcão trazendo sua presa no deserto.

— *Ustaz,* vou querer a torta de caranguejo. De fato, todos nós. Conheço esse cardápio muito bem. Rania e eu comemos aqui sempre que estamos em Manhattan. Gostamos de observar as entradas para as plataformas lá embaixo e imaginar que vamos partir numa jornada.

— Para onde?

— Quem se importa? Poughkeepsie, Nova Canaã, Wassaic. — Nizar leu os nomes no Quadro de Partidas no salão. — Todas soam exóticas para meu ouvido estrangeiro, mesmo sendo só entediantes cidades de subúrbio. Um lugar que você não vê naquela lista é Bay Ridge, Brooklin. Nunca vou voltar lá. — Ele serviu um copo de água com gelo para Omar Yussef. — Beba, *ustaz*. Parece que você ficou um pouco afogueado seguindo minha querida Rania.

— Bem-vindo, *ustaz*. — Ela parecia não compartilhar do prazer de Nizar com a intrusão de Omar Yussef no jantar romântico deles.

— Ela manteve um bom ritmo. — Omar Yussef bebeu um gole. — Estava obviamente ansiosa de se encontrar com você, e meu tornozelo dói desde nosso último encontro em Coney Island.

Nizar mostrou o espaço entre seus dentes da frente.

— Quem atirou em nós no Playland? — perguntou Omar Yussef.

Nizar passou a mão de Rania em suas maçãs do rosto proeminentes e deu uma risadinha.

— Coney Island é um lugar perigoso de noite, *ustaz*. Mas eu lhe forneci a adaga Omani para autodefesa. Se alguém lhe criasse problemas, você poderia retalhá-lo. — Ele fez dois rápidos movimentos do punho como um espadachim acertando um golpe. — Não tinha razões para ficar com medo.

— Nem você. Você é imortal. Você é o Mahdi, afinal.

— Você gostou dessas coisas? O Homem Velado? A adaga que poderia ter sido cravada em "seu peito macio"? Eu sabia que você ia gostar. Mas não se preocupe; não sou insano o suficiente para achar que de fato sou o Mahdi, mesmo tendo aparência para isso.

Rania estendeu o dedo e tocou com a ponta os dentes da frente do jovem com um sorriso brincalhão.

— Sua aparência é exatamente a que está escrita nas profecias.

Ele mordeu o dedo dela e rosnou, mas quando o soltou engoliu em seco, como se tivesse sentido um gosto amargo na mão dela. *Há algo entre eles que estão fingindo que não está lá, em razão de seu jantar comemorativo,* Omar Yussef pensou. *Será assassinato?*

Omar Yussef pôs as palmas da mão abertas na mesa de vidro e olhou intensamente as manchas de velhice, os nós dos dedos enrugados, os pelos pretos compridos nos dedos. Ele amara esses quatro meninos, os seus Assassinos. A inocência deles fora maculada há muito tempo, mas ele sentiu os últimos traços dela sendo obliterados pelas palavras que teve de dizer.

— Você matou Rashid.

— Tive de matar. — Nizar se deteve enquanto a garçonete abria uma meia-garrafa de champanhe e servia duas flutes. Omar Yussef cobriu seu copo com a mão e balançou a cabeça dispensando ser servido.

— A você, minha vida, meu coração, meu amor — Nizar disse para Rania, e eles beberam. — Eu tive de me livrar de Rashid, *ustaz*. Ele era um assassino. Não o tipo de Assassino que fingíamos ser em sua sala de aula, mas de verdade. — Ele fez um gesto cortante com a mão mais uma vez como quem empunha uma espada.

— É uma conversa muito romântica para o Dia dos Namorados, essa. — Omar Yussef olhou com desprezo o champagne no balde de gelo. — Como sabe que ele era um assassino?

Nizar encolheu-se como um aluno culpado.

A prisão israelense, Omar Yussef pensou. *Como Ala suspeitava, eles se juntaram à Jihad Islâmica.*

— Vocês foram recrutados na prisão; vieram para matar alguém?

— Era para Rashid cometer o assassinato. Apesar de seu temperamento nervoso, ele se mostrou bem determinado durante o treinamento. Foi por isso que o escolheram. A mim ordenaram que o apoiasse.

— Por que você o assassinou?

Nizar tomou todo o seu champanhe e ficou olhando Rania enchendo o copo de novo.

— Perdi o interesse em me sacrificar. Encontrei minha *houri* de olhos negros bem aqui. — Tocou-lhe a mão.

— Alá é grande — murmurou ela, com um sorriso sarcástico.

Ele bateu de brincadeira na mão dela e estalou a língua.

— As ruas do Brooklin inicialmente me desagradaram com seu comercialismo e imoralidade. Mas então eu percorri as mesmas avenidas com Rania. Ela salpicou magia nas ruas. Eu não podia mais detestar o lugar, porque uma parte dele era ela, e ela era toda beleza.

— Rashid não gostou disso, suponho?

— Desagradou-o de forma bastante espetacular.

— Você poderia simplesmente pegar um desses trens. Partir com Rania e desaparecer nos Estados Unidos.

— E mandar minha carta de demissão para os homens que me recrutaram? *Ustaz*, eles teriam matado meus irmãos e feito a vida de minha mãe um inferno lá em Belém se eu sabotasse a operação deles. Eu precisava fazer com que eles acreditassem que eu estava morto.

— Então você matou Rashid, vestiu-o com as suas roupas, e deixou sua identidade com ele.

— Rashid me ameaçou, e ameaçou minha família e Rania. — Nizar observou as bolhas aderindo à superfície do copo. — Descobri que não eram os americanos ou os israelenses que eu odiava; mas nós, os árabes. Eu desprezo a confusão que fizemos de nossa luta, a maneira que lutamos entre nós. Meu pai morreu nas mãos de outro palestino. Após uma vida inteira de luta por nossa liberdade, não foi o inimigo, os israelenses, que o matou. Foi assassinado por um de seus companheiros.

— Matar seu amigo não é exatamente parar esse ciclo.

— Ouça-me bem, *ustaz*. Não posso culpar os israelenses por quererem a Palestina. É uma terra bela. Nem posso recriminar os americanos por viverem como porcos; o que se poderia esperar de infiéis? Mas nós, palestinos, estamos destruindo a nós mesmos, e isso me deixa doente. Então eu abandonei nossa causa.

— Razões muito boas. Mas você decapitou seu amigo e levou embora a cabeça. E agora está sentado aqui para comemorar o Dia dos Namorados? Você ficou louco?

— Eu estava preparado para fazer qualquer coisa que me libertasse da Jihad Islâmica. Eu queria que eles pensassem que *Rashid* ficara psicótico; maluco demais para cumprir sua missão. Dessa maneira, eles cancelariam tudo, e eu estaria livre.

Omar Yussef pensou com amargura na guerra civil entre os palestinos no fim da intifada. Em Belém, pessoas torturaram outras porque pertenciam a uma facção diferente; pessoas que tinham crescido juntas na mesma aldeia ou campo de refugiados. *Nossa política é tão extrema*, pensou, *que nos leva a fazer coisas horrorosas que vão contra nossa verdadeira natureza. Nizar está seguindo nossas tradições políticas.*

— Depois que trucidou Rashid, por que não permaneceu clandestino? — perguntou.

Nizar tocou com a ponta do dedo a condensação em sua flute de champanhe.

— Trucidei? Não me deu nenhum prazer. Fez com que eu... — ele fechou os olhos.

Omar Yussef continuou.

— Por que você se revelou a mim em Coney Island?

Um garçom girou os quadris entre as mesas para trazer as tortas de caranguejo. Omar Yussef observou Nizar se recompor, dar uma mordida e limpar a boca com o guardanapo. Ele estava mastigando quando respondeu:

— Eu matei o pai de Rania.

A garota inclinou a cabeça, empurrando com o garfo a torta de caranguejo para o centro do prato.

Chocado, Omar Yussef assobiou brevemente.

— Por causa do negócio com drogas?

— O lucro das drogas financiava o assassinato. Uma operação como essa custa dinheiro, seja para equipamento, seja para subornar pessoas e ter acesso aos locais protegidos. Quando eu me livrei de Rashid, eu tinha de dar o nó na última ponta solta.

— Ainda não entendi por que você voltou dos mortos.

— Fiquei com medo de que a polícia suspeitasse que Rania matara o pai. Ele batia nela com frequência. Achei que eles poderiam acusá-la de assassiná-lo para evitar mais agressões.

Rania cobriu o rosto com as mãos.

— Eu não queria me entregar para a polícia, mas pensei que se eu confessasse para você o assassinato de Marwan, você diria aos tiras e talvez eles deixassem Rania em paz.

— Não acredite nele, *ustaz* — murmurou Rania. — Não sei por que ele está lhe dizendo isso, mas não é verdade.

Você gostaria de que não fosse a verdade, Omar Yussef pensou. *Estou começando a acreditar que esse rapaz é capaz de qualquer horror.*

Os lábios de Nizar se esticaram num sorriso tenso.

— É a verdade, de qualquer modo. Eu pretendia dizer-lhe em Coney Island.

— Esse era o defeito de seu plano: que a polícia pudesse suspeitar de Rania. Por que não pensou nisso antes de matar o pai dela?

— Eu cometi um erro. Como lhe disse, eu só estava fingindo ser o Mahdi. Não sou realmente divino.

— Agora a Jihad Islâmica vai ficar na sua cola de novo.

— Era eu ou Rania. Eu tinha de me sacrificar por ela. — Nizar tirou um fiapo de caranguejo do meio dos dentes da frente. — Eu só queria falar com você, *ustaz.* Não esperava os tiros. Eu realmente não sei quem atirou em nós.

— Talvez tenha sido o verdadeiro Mahdi? — propôs Omar Yussef com desdém.

Nizar extraiu o pedaço de caranguejo e o colou no guardanapo.

— O Profeta Maomé veio para conceder misericórdia — continuou Omar Yusse —, mas o Mahdi é o portador da vingança.

— Você acha que o tiroteio em Coney Island era para ser a vingança pela morte de Rashid? — Os olhos de Nizar ficaram preocupados e contraídos. — Esqueça isso do Mahdi. Era só uma brincadeira.

— Quem Rashid pretendia assassinar?

— Nosso presidente. — Nizar anunciou o título com uma pompa irônica, como a identidade de um ganhador da loteria. — Rashid pretendia matá-lo esta semana durante o seu discurso na conferência da ONU. A Jihad Islâmica o quer morto porque ele tem prendido nossos rapazes na Palestina. As equipes SWAT da polícia secreta que estão fazendo as prisões foram treinadas pela CIA. Matá-lo nos EUA supostamente seria mandar uma mensagem para Washington ficar fora dos assuntos palestinos.

Omar Yussef tomou um gole de sua água e fez uma careta quando gelou suas gengivas.

— Eu sabia que se Rashid fosse adiante com o plano ele traria a força inteira da polícia e dos agentes federais para cima de mim — explicou Nizar. — Ou eu iria para a cadeia em prisão perpétua, ou teria de fugir o resto da vida. Jamais poderia ficar com Rania.

— Que Alá nos livre disso — murmurou Rania.

O bom humor de Nizar dissolveu-se num desespero apático. Ele esvaziou seu copo e o desceu rápido para a mesa, batendo a base em seu prato.

— Nada é mais importante para mim do que ela. Nada.

Rania pegou a mão de Nizar. Seus longos dedos tremiam com a adrenalina quando ela os beijou.

— Meu menino, você tem de se entregar.

Nizar apertou os dedos de Rania e balançou a cabeça.

— Deixando de lado o que se possa dizer sobre os seus métodos, você evitou o assassinato do presidente palestino — argumentou Omar Yussef. — Talvez você possa dar à polícia outras pistas, também, sobre os traficantes de drogas. Sobre as atividades da Jihad Islâmica nos Estados Unidos. Se você os ajudar, talvez possam esquecer o que você fez. O que é mais importante para eles: dois árabes mortos no Brooklin ou uma rede terrorista inteira?

Nizar sorriu com sarcasmo.

— Eles vão me dar uma nova identidade com uma passagem anual para os trens diários desta estação para a minha bela esposa e família maravilhosa em Pleasantville?

— Onde? Pare de brincar. Estou falando sério.

— É um lugar real. Dá para acreditar? — Nizar apontou com o queixo o Quadro de Partidas. — Fica na Harlem Line.

— Pelo menos, deixe-me falar com Abu Adel. Talvez ele consiga um acordo para você.

— Quem? — O rosto de Nizar ficou pétreo.

— Brigadeiro Khamis Zeydan. Ele é o conselheiro de segurança do presidente nas negociações com os americanos e a ONU.

Nizar fixou com ar ausente o champanhe.

— É meu amigo. Se você lhe contar tudo, tenho certeza de que ele ficará disposto a ajudar num acordo com os americanos para que você não seja processado pelo que fez.

— Um acordo? — Nizar deu um relance para Rania.

— Podemos ir para meu hotel agora e entrar em contato com ele.

Nizar bateu com a unha do polegar na borda de seu prato. Soou alto até Omar Yussef perceber que estava ouvindo o sino de um trem partindo além do salão principal. Nizar estava com os olhos nos de Rania com uma expressão grave.

— Onde fica seu hotel, *ustaz*? — suspirou ele. — Vamos ver se conseguimos essa passagem para Pleasantville.

CAPÍTULO 25

Nizar acendeu um dos cigarros de Khamis Zeydan e exalou a fumaça na direção da janela aberta do quarto do hotel, enquanto Omar Yussef se arrepiava. O chefe de polícia observava o jovem com a confiança ríspida de um interrogador experiente. Nizar recebeu aquele olhar, rolou-o pelas profundezas escuras de seus olhos, e o deixou voltar para Khamis Zeydan como a fumaça. Omar Yussef se perguntou se era só o ar gélido que lhe estava dando calafrios.

Ele empurrou a janela até ficar quase fechada.

— Este quarto está tão frio quanto o sangue de vocês — murmurou.

Os dois homens moveram seus queixos lentamente e mantiveram seus olhares firmes.

— Não acredito numa palavra disso — sussurrou Khamis Zeydan.

Nizar soltou fumaça pelas narinas.

— São três da madrugada — disse Omar Yussef. — Ele já explicou a história dele três, não, quatro vezes.

— O discurso do presidente vai ser amanhã às 9 horas da manhã. Isso nos dá umas trinta horas. — Khamis Zeydan passou o polegar lentamente na roda de seu isqueiro, observando as faíscas. — Tempo de sobra para confirmar a verdade antes de eu precisar entrar em pânico.

— Eu trouxe Nizar aqui para que você pudesse ajudá-lo a obter imunidade. — Omar Yussef deu uma palmada na coxa. — Você ouviu a história dele. Você sabe que ele matou Rashid para impedir o assassinato do presidente. Temos de falar com o sargento Abayat para conseguir proteção do Departamento de Polícia para Nizar.

— Você acredita de fato que a Jihad Islâmica vai ficar sentada agora pensando: "Bom, Nizar revelou-se um fracasso. Vamos deixar para lá isso de assassinar o presidente." — Khamis Zeydan arregalou bem os olhos como um simplório. — Não, eu quero ouvir o plano de contingência.

— Como Nizar pode saber? Ele não é o assassino. O assassino está morto.

— Pelos seus ancestrais, dá para você calar a boca e me deixar falar com ele?

— Você não está falando com ele. Você está é disputando um jogo de quem encara o outro mais tempo.

A risada de Nizar soou cálida e enfumaçada. Ele apagou seu cigarro.

— Isso é alguma espécie de rotina cômica de interrogatório? Vocês dois velhos ficam um brigando com o outro até eu ficar preocupado que um dos dois vá morrer de um ataque do coração, e então eu confesso tudo, só para acalmá-los? — Com expressão de desdém, ele acendeu outro cigarro.

Omar Yussef coçou o bigode, embaraçado. Khamis Zeydan ficou olhando para a sua mão mecânica.

— Deixe-me tentar convencê-lo de outra forma, Abu Adel — propôs Nizar.

— Sou todo ouvidos. — Khamis Zeydan serviu-se de um uísque.

Nizar passou a mão em seus cabelos compridos.

— Na Palestina, todo mundo sabe o que significa ser de Belém. Aqui, eu digo às pessoas de onde sou, e elas olham para mim com incompreensão. Eu explico que venho da cidade em que Jesus nasceu, e esse é praticamente o máximo de informação com que conseguem lidar. Mesmo assim, às vezes elas ficam confusas, porque eu sou árabe, e Jesus não era árabe, era?

O jovem olhou para além dos dois homens mais velhos, como se estivesse contando as janelas acesas do prédio da ONU no final da rua.

— A princípio, eu reagi a essa ignorância dando as costas aos americanos. Tornei-me mais religioso do que jamais tinha sido antes. Eu não poderia ter sido mais árabe nem se tivesse ido à Haji para Meca, raspado meu cabelo e jogado sete seixos no Pilar de Aqaba. Mas não consegui manter isso. — Ele bateu palmas e fez um gesto como o de um mágico que conjurou um objeto do nada. — Sabe o juramento da *surat al-Aaqi'ah*? "Eu juro pelas estrelas que me abrigam que este é um Corão glorioso." Bom, eu nunca podia ver as estrelas no Brooklin. De noite, o céu fica iluminado com o clarão alaranjado da cidade, ofuscando os céus.

Omar Yussef pensou nas nuvens e na chuva, granizo e neve que tinham obscurecido o céu a maior parte do tempo desde que chegara em Nova York. E perguntou:

— Então esta cidade ofuscou a criação de Alá e o tornou um descrente?

— Na verdade, eu abandonei a religião porque sou um homem mau. — Os olhos de Nizar pareceram se virar para dentro, fechando-se em torno de suas memórias, abafando suas emoções. — Depois de estar nos EUA por algum tempo, eu fiz sexo com uma mulher americana. Isso fez com que eu me odiasse, por ter traído tudo em que acreditava.

— Isso não faz de você um homem mau, meu filho — Omar Yussef o interrompeu. — Apenas significa que você estava vivendo fora de sua cultura. Em casa, o sexo só é possível com a sua esposa, mas aqui tudo é permitido. Você fez uma coisa natural.

— Eu não o fiz com prazer, *ustaz*. Eu trepei com ela como um coelho assustado. Eu estava amedrontado com o fato de que ela acolhia o sexo, de que ela queria fazer sexo. Ela cooperou porque viu o quanto eu era mau; foi isso o que eu pensei. Ela reconhecera meu caráter perverso, então ela permitiu que eu fizesse essas coisas desagradáveis com ela.

Khamis Zeydan assobiou e tomou um pouco de uísque.

Nizar esmurrou a palma da mão.

— É por isso que as mulheres são proibidas para nós, exceto no casamento. Porque no sexo um homem vê o quanto ele é fraco, a menos que a mulher seja sua possessão, sua esposa. Me dê um pouco desse uísque.

Omar Yussef passou-lhe um copo do frigobar e Khamis Zeydan serviu outra dose grande de Scotch. Nizar bebeu e enxugou a boca com a mão.

— Eu lembro de cada detalhe do corpo repelente daquela mulher, *ustaz*. As reentrâncias nos músculos da perna e o esticado da pele em volta dos seios. O traço frio de suor entre as nádegas. A palidez dela. Assim que terminei, me desculpei dizendo que tinha de ir. Ela ficou na cama, me olhando com impaciência e desprezo enquanto eu me vestia. — Ele bebeu o resto do uísque. — Eu tentei ser americano. Eu bebi Scotch, comi todo o porco que puseram na minha frente, e trepei com uma mulher cujo nome eu mal sabia. Mas eu poderia igualmente ter descido a Broadway trotando num camelo. Eu não era um bom muçulmano. Ainda assim, era evidente que eu tampouco era um americano.

— Você não conseguia ver alguma forma de compromisso entre os dois estilos de vida? — indagou Omar Yussef

Nizar fechou os olhos.

— Eu o encontrei em Rania. Imaginei que poderia me casar com ela, viver o êxtase na terra aqui nos Estados Unidos, e então ela viria comigo ao Paraíso depois de nossas mortes.

— E por que você não fez só isso? — O tom da voz de Khamis Zeydan era baixo e desconfiado.

— Por causa da Jihad Islâmica. Eles me forçaram ao tráfico de drogas com o pai de Rania. Isso me tornou um genro inaceitável para Marwan.

— Mas era o tráfico dele.

— Ele estava na cadeia por causa de drogas quando a mulher dele morreu de câncer. Ele não queria que Rania alguma vez tivesse de passar pelo mesmo abandono.

— Então você matou o pai de Rania, porque ele era contra o casamento de vocês — Khamis Zeydan quis saber. — O que Rania achou disso?

O jovem hesitou. Deu um meio sorriso e desviou os olhos.

Khamis Zeydan bateu com a tampa da garrafa de uísque em sua mão mecânica.

— Qual é o plano de contingência? O que vocês fazem num caso como esse em que as preparações para o assassinato fracassam?

— Aguardamos instruções.

— Como as recebem?

Nizar brandiu o indicador para Khamis Zeydan.

— Brigadeiro, você é um sujeito esperto.

— Não enrole.

— O comando coloca um anúncio num jornal local.

— Vocês nunca ouviram falar em e-mail?

O sorriso de Nizar foi condescendente.

— E ouvimos falar que pode ser rastreado. Isso é mais simples. Não pode ser conectado a nós. Não faria sentido para a polícia

— Qual jornal? — perguntou Omar Yussef

— O *Metro Muslim*. É semanal.

— Que dia sai?

— Deve ter sido distribuído ontem no começo da noite, mais ou menos na hora que você estragou meu encontro. Desde a morte de Rashid, o comando teve tempo de colocar uma mensagem; então imagino que deve haver novas instruções na edição atual do jornal.

Khamis Zeydan virou-se para Omar Yussef.

— Onde podemos arranjar um exemplar?

— A essa hora da noite — argumentou Nizar — não há como conseguir.

— Temos apenas um dia para descobrir tudo antes do discurso do presidente — ponderou Khamis Zeydan. — Não podemos simplesmente ficar esperando as lojas abrirem.

— Agora você está com pressa? — Omar Yussef lembrou-se das pilhas de jornais perto da mesa de Hamza na delegacia de polícia e pegou o telefone. — Deixe-me ligar para o sargento Abayat. Eu tenho o número do celular dele.

Nizar empurrou o fone de volta para o aparelho.

— Ainda não, *ustaz*. Eu quero saber se o Honrado *Pasha* vai me proteger da polícia americana.

Khamis Zeydan olhou irritado para Nizar, pegou seu uísque e afirmou:

— Vou garantir que você seja protegido. Vamos beber a isso.

Nizar tirou a mão do telefone, e Omar Yussef discou.

— Saudações, ó Hamza. Graças a Alá, tudo está bem, sim. Eu preciso que você venha ao meu quarto de hotel agora mesmo. Há alguém aqui que você quer ver... Nizar, ora quem é. Por favor, traga o exemplar mais recente do *Metro Muslim* também. A edição que saiu na noite passada. Você tem? — Ele pôs a mão no fone e se virou para Khamis Zeydan: — Ele tem um em seu escritório; — Então venha rapidamente com ele, Hamza. É urgente. — E desligou.

Os olhos de Khamis Zeydan estavam úmidos e brilhantes quando tomou outro gole, acesos pela emoção resultante do perigo. As minúsculas veias rompidas no alto de suas bochechas estavam afogueadas.

— Estamos a meio caminho de deter isso — o chefe de polícia considerou, servindo outra dose para Nizar. — Mudar um plano na última hora é difícil, mesmo quando a polícia não está na sua cola. E fazer uma ação dessas em Nova York não é tarefa propriamente fácil.

— É mesmo? — murmurou Nizar sobre a borda de seu copo, seus olhos imóveis, intensos e inquisitivos. — Com certeza, para vocês da OLP, Nova York não representava um problema especial.

— Na Europa, tínhamos alguma liberdade de movimento. Fizemos acordos com os serviços nacionais de inteligência. — Khamis Zeydan esvaziou seu copo e sorriu. — Na Alemanha Ocidental, tínhamos permissão de operar livremente, desde que não atacássemos alvos alemães. Mas os americanos sempre foram próximos demais de Israel para nos dar qualquer espaço assim. Posso lhe assegurar, a única operação que realizei em Nova York... até eu fui levado aos meus limites.

Nizar bebeu lentamente.

CAPÍTULO 26

Nizar folheou os classificados no fim do *Metro Muslim*. Hamza estava de pé atrás dele, seus lábios repuxados sobre os dentes, os olhos cansados, secos e hostis.

— Não gosto disso. Eu deveria levá-lo preso agora.

Nizar manteve os olhos no jornal.

— Que progressos você tinha feito em sua investigação intensiva do cadáver sem cabeça? Você nunca teria me encontrado. Nem mesmo conferiu as impressões digitais do corpo.

Hamza lançou a Omar Yussef um olhar de mágoa e ressentimento.

— Se eu não tivesse me apresentado, você ainda estaria procurando o pobre Rashid.

— Que Alá tenha misericórdia dele — desejou Hamza — e que você implore perdão a Alá pelo que fez.

Nizar murmurou:

— Aquele cuja mão está na água não é o mesmo que aquele cuja mão está no fogo.

Isso é verdade, Omar Yussef pensou. *Você não pode condenar o comportamento de alguém até ter vivenciado sua situação.* Tomou em seguida a mão de Hamza e segurou-a junto ao peito como um homem implorando a sua amante.

— Sei que você vê Nizar como um assassino, mas precisa trabalhar com ele agora para salvar o presidente.

Hamza franziu o cenho para Khamis Zeydan.

— Quão sério é o perigo para o presidente?

O chefe de polícia passou a língua sob o bigode.

— Eu não deixaria a minha cara velha tia sentar do lado dele no jantar, para o caso de ricochete.

— Vai cancelar o discurso dele?

Khamis Zeydan mordeu as pontas de seu bigode.

— Ainda não. Mas estou considerando a hipótese.

Omar Yussef lembrou-se da garota de Jerusalém que conhecera no metrô durante seu primeiro dia em Nova York e que desejara que os palestinos em sua terra natal pudessem viver do jeito que ela vivia, guiada não pela política ou ideologia, nem pela morte e cobiça. Se o presidente morresse ali, a neta de Omar Yussef nunca conheceria a experiência de segurança dessa garota. As crianças na pobre escolinha para refugiados de Omar Yussef mais uma vez seriam engolfadas pela guerra civil e pela perversidade de valentões e assassinos. Ele não se pôde calar:

— Ó Hamza, você precisa ser um pouco menos policial de Nova York e um pouco mais palestino. Você é de Belém, tem um dever com o povo palestino, tanto quanto com Nova York. Ignore as regras. Se não o fizer, o presidente poderá ser morto em Nova York. Os palestinos terão um líder morto e talvez uma guerra civil.

Hamza praguejou em voz baixa.

— Está aqui — Nizar disse, sua voz exuberante e desconfortável.

Khamis Zeydan esvaziou seu copo e se inclinou sobre o ombro do jovem.

Os dedos de Nizar percorriam as bordas do *Metro Muslim*, com expressão de perplexidade no rosto. Ele parecia um assinante de jornal cujo café da manhã tivesse sido perturbado pelo inesperado obituário de um amigo. Seu olhar desesperado fez Omar Yussef pôr-se de pé.

— O que é?

Ao lado de Nizar, esquadrinhou a página de anúncios. *Açougue e armazém halal do Feidy. Muhhamad Hammad, Esq., advogado. Babá muçulmana experiente.*

— Qual deles é?

O dedo de Nizar pairou sobre a página e desceu sobre um anúncio no pé dela.

Omar Yussef leu em voz alta:

— A Escola Hassan-i Sabbagh. Procurando professores. Qualificações: bom caráter islâmico. Conhecimento profundo do islamismo. Situação legalizada nos EUA com número de Segurança Social válido. Proficiência em inglês. Um ano de experiência preferível. Apresentar-se: Mesquita Alamut. — Seguia-se um endereço em Bay Ridge.

— Esse endereço... é o seu. — Hamza cutucou o ombro de Nizar. — O apartamento que você dividia com Rashid e Ala.

— O que, diabos, isso nos diz? — Khamis Zeydan deu uma palmada na página.

— Diz que nosso amigo Nizar não está nos enganando — sugeriu Omar Yussef.

— Como sabe?

— Hassan-i Sabbagh era o Velho da Montanha — explicou Omar Yussef. — O maior e mais temido líder dos Assassinos medievais. Temos nos deparado com referências a eles a cada passo, e aí estão elas de novo.

— A Mesquita Alamut também — murmurou Hamza.

— Uma mesquita que não existe e um endereço que corresponde ao de Nizar — computou Omar Yussef. — Qual é a mensagem, Nizar? Está em código?

Nizar parecia ter-se perdido num devaneio. Demorou algum tempo para voltar à situação; balançou a cabeça, e seus cabelos pretos compridos caíram sobre os olhos.

— Você não reparou no logotipo — sua voz era áspera, arranhando a garganta.

Sobre o texto, uma pequena ilustração mostrava um homem em trajes árabes tradicionais empunhando um machado sobre a cabeça. Atrás dele vinha um cavalo com um cavaleiro de turbante, digno e ereto.

— Preciso lembrá-lo das aulas que deu a nós, *ustaz*?

— O que isso significa? — perguntou Khamis Zeydan.

Omar Yussef esfregou a barba branca por fazer em seu queixo.

— Quando o líder dos Assassinos saía a cavalo de seu castelo, era sempre precedido por um homem levando um machado que proclamava: "Saiam do caminho daquele que porta em suas mãos a morte de reis."

Khamis Zeydan puxou o rosto de Nizar em sua direção com a mão.

— E então?

Nizar murmurou:

— Há outro assassino aqui para matar o presidente.

— Você sabe disso pelo logotipo?

— O homem que brada sobre a morte de reis: esse é o sinal. Outro pistoleiro está na cidade. Talvez tenha estado o tempo inteiro, como reserva. Se a ilustração mostrasse apenas o homem no cavalo, seria para prosseguir conforme o planejado. Mas isso é diferente.

Omar Yussef cofiou o bigode.

— A Jihad Islâmica está usando referências aos Assassinos para mandar suas mensagens secretas.

— Isso mesmo — confirmou Nizar. — Todas as nossas mensagens foram baseadas nos Assassinos.

— Quando matou Rashid, você deixou um véu onde a cabeça dele deveria ter estado, outro elemento do folclore religioso dos Assassinos. Que mensagem *você* estava mandando para eles?

Nizar fez uma careta.

— Queria fazê-los pensar que a operação tinha sido traída; o Homem Velado era um traidor. Eu esperava que eles a cancelassem.

Omar Yussef lembrou-se do homem de preto que fugira do apartamento de Ala. *Porque eu estava lá, ele não chegou a entrar no quarto,* pensou. *Ele não viu a referência ao Homem Velado. Se ele era da Jihad Islâmica, então o grupo não recebeu a mensagem de Nizar, de modo que seguiram adiante com o plano.*

— Outro assassino está em ação. — Khamis Zeydan agarrou o colarinho de Nizar. — Como o encontraremos?

— Eu não sei.

— Se esse é o plano de contingência, você deveria saber o que fazer.

— Seria para eu esperar. Ao ver este anúncio, eu saberia que o novo assassino iria me procurar. Iria me encontrar e me informar o que precisava de mim.

— Então esta mensagem no jornal é inútil para nós — disse Hamza.

— Não de todo. Sabemos que o perigo para o presidente não terminou com a morte de Rashid, o seu assassino designado. — Omar Yussef olhou para Khamis Zeydan. — Temos de cancelar o discurso. O presidente não pode aparecer em público.

A perna de Khamis Zeydan tremeu, nervosa.

— Importa-se tanto assim com a vida dele? Achei que desprezava políticos.

— Importo-me com a guerra civil que irá começar entre nossas imprestáveis facções políticas se o presidente for atacado. Importo-me com a família e os amigos que vão se ver no meio disso. E você também. Você precisa mantê-lo fora de perigo.

O chefe de polícia murmurou sua concordância.

— Falando em fora de perigo, eu vou levar este canalha comigo. — Hamza pôs sua mão enorme no ombro de Nizar.

— Você prometeu que não o prenderia — disse Omar Yussef.

— Está vendo alguma algema? Se é para ele obter imunidade, eu tenho que discutir isso com a tenente, e dela para cima. Vou levá-lo para a delegacia.

— Então vai tentar?

— Isso é o melhor que o filho da mãe vai conseguir.

Os ombros de Nizar se abaixaram, e seu queixo caiu sobre o peito, como se já estivesse acorrentado.

— Quando tudo isso terminar e o presidente estiver a salvo, você estará livre — observou Omar Yussef.

As sobrancelhas de Nizar se franziram. Ele falou como se estivesse escutando a gravação de suas próprias palavras.

— O que farei então?

— Voltar para a Palestina. Esse é o plano de Ala.

— Ala está indo para casa?

— Quando eu terminar meu discurso na conferência, ele vai pegar o voo de volta comigo. Você poderia vir junto.

Nizar passou a língua sobre os lábios.

— Rania não pode ir para lá.

Ela é libanesa, Omar Yussef pensou. *Os israelenses não vão deixar alguém de um estado inimigo morar em Belém.* Ele pegou a mão de Nizar.

— Meu menino, diga-me mais uma coisa. O que aconteceu com Ismail?

Nizar demonstrou um relutante momento de desagrado, como um homem sedento que descobre uma mosca em sua água.

— Ele foi embora da Palestina depois que fomos libertados da prisão israelense.

Omar Yussef coçou o pescoço e desejou poder ter tempo de fazer a barba.

— Tenho certeza de que o vi outro dia na conferência da ONU, com a delegação libanesa.

Nizar esticou a coluna, sua expressão incisiva e nervosa.

Ser um Assassino não é mais um jogo, uma brincadeira de escola, Omar Yussef pensou. *Nizar acabou se revelando um assassino.*

De que Ismail poderia ser capaz?

CAPÍTULO 27

O guarda-costas passou as mãos pelo torso flácido e pelas pernas magrelas de Omar Yussef. Encarou com dureza o professor, e seus olhos castanhos tinham todo o calor de um tijolo de barro; então entortou o pescoço para indicar que podia entrar na suíte do presidente. Lá dentro, a delegação palestina matava o tempo em torno da comprida mesa de reuniões e refestelava-se nas poltronas junto à janela, contemplando o vermelho-cereja das luzes traseiras dos carros na 59th Street Bridge desaparecer na neve. Fumaça de cigarro deixava sufocante o ar da sala.

Do sofá, o ex-inspetor escolar, Haitham Abdel Hadi, levantou-se para encher sua xícara de café numa garrafa térmica prateada no aparador. Vestia um terno barato, de um bordô vibrante como o do traseiro de um babuíno. Dirigiu um desagradável sorriso amarelado para Omar Yussef.

— Você parece cansado, Abu Ramiz. Tem saído na noite? — Ele chacoalhou sua xícara no pires e cobriu os olhos, imitando ressaca. Os homens nas poltronas, o ministro da Justiça e o chefe das negociações de paz riram. Abdel Hadi voltou-se para eles. — Nosso amigo Abu Ramiz aqui era um esponja. Ele alega ter parado.

— De fato — retrucou Omar Yussef. — Não importa quão imprestável algo possa parecer, sempre acredito na possibilidade de recuperação; tanto para os indivíduos, quanto para os governos corruptos.

Os ministros alisaram as gravatas sobre suas barrigas gordas e dispararam um olhar nervoso para o carrancudo chefe da polícia secreta, que estava fumando um cigarro na mesa de reuniões. A cabeça do coronel Yazid Khatib era calva e ossuda, e no momento estava levemente abaixada, como se ele estivesse se preparando para investir para a frente com ela. Seus olhos estavam imóveis e ameaçadores sob cílios surpreendentemente bonitos, longos. Eles tinham a malevolência atenta, contida, de um cão de guarda de Canaã vigiando um bosque de oliveiras.

Khatib deve estar nos EUA para encontrar com seus contatos da CIA, Omar Yussef pensou, *aqueles que treinam seus capangas em tortura e assassinato, as equipes SWAT fazendo as prisões que levaram a Jihad Islâmica a tentar matar o presidente*. Subitamente ficou óbvio para ele que o discurso do presidente seria tão somente conversa fiada. Os assuntos sérios nessa visita seriam tratados por Khatib. Ia ser sujo e nada de bom traria para o povo palestino.

Segurando Omar Yussef pelo cotovelo, Khamis Zeydan afastou-o dos outros homens, e sussurrou:

— Fique quieto e mostre respeito. Imagine que você é um aluno em sua sala de aula. Aconteça o que acontecer, não perca a paciência.

Omar Yussef desvencilhou-se da mão do amigo.

— Estou sob controle.

— Não me venha com essa. Você nem mesmo reconhece quando o está perdendo — sibilou Khamis Zeydan.

— Vamos.

Eles passaram por uma porta. O presidente estava sentado na beira de uma poltrona, lendo um documento e bebendo chá numa xícara de porcelana branca. Um jovem assessor com cabelos pretos ralos cumprimentou Khamis Zeydan com algumas palavras murmuradas e ofereceu um pegajoso aperto de mão a Omar Yussef.

Fechando os botões do paletó de seu terno marrom ao se levantar, o presidente lhes apertou as mãos e deu discretas boas-vindas aos dois homens.

— Saudações — murmurou para Omar Yussef, conduzindo-os ao sofá vermelho-escuro.

Omar Yussef temera ser envolvido pela atmosfera ríspida, implacavelmente direta aos negócios que chefes usualmente cultivavam. Mas em seu terno e óculos de aros dourados sóbrios, o presidente parecia mais um gerente de banco do que um político. Desabotoando o paletó, sentou-se na poltrona e apoiou o queixo nos dedos. Suas sobrancelhas eram pretas, o bigode curto e grisalho. O rosto era de uma pálida cor de oliva que sugeria saúde frágil, e a pele do pescoço mostrava-se flácida sobre o colarinho da camisa.

— Saudações — repetiu.

— Saudações duplas — sussurrou Omar Yussef em resposta.

Khamis Zeydan acendeu um Rothmans.

— Abu Raji, perdoe-me por falar sem rodeios...

— Em qual ocasião? Não me lembro de uma única vez em que você tenha prevaricado. — O presidente riu, e seu assessor bateu com a mão na pasta que estava sobre seus joelhos.

— Há uma significativa ameaça a sua vida, acreditamos.

O sorriso sumiu do rosto do presidente. Seus dedos escorregaram sobre a boca e ficaram alisando o bigode.

— Estouramos uma célula da Jihad Islâmica aqui em Nova York. Há um assassino à solta.

— Tenho certeza de que ele vai atacar durante o seu discurso na ONU — acrescentou Omar Yussef. — A célula usa o tema dos Assassinos medievais em suas comunicações. Os Assassinos costumavam realizar suas operações em público. Atacavam sultões e califas quando estavam em procissão ou orando numa mesquita. Acredito que esses Assassinos modernos vão fazer a mesma coisa, e a ONU é o palco mais público do mundo.

— Sou um líder. Há sempre alguém querendo derramar meu sangue.

— Porque o senhor tem o sangue de outras pessoas em suas mãos. — Omar Yussef ergueu a palma da mão. — Ainda que o tenha recolhido pelas mãos que concordou em apertar.

O presidente pigarreou.

— Não fomos apresentados, irmão...

— Abu Ramiz. Ele faz parte da delegação da ONU. — Khamis Zeydan pôs sua mão boa no joelho de Omar Yussef. A firme pressão de seus dedos era uma ordem para se conter. — Eu lhe falei sobre o filho dele, que estava detido pela polícia americana.

— Saudações, Abu Ramiz. Lembre-se de que você apertou a minha mão, também.

— Tenho estado coberto de sangue desde que cheguei a Nova York.

Khamis Zeydan fez uma careta para seu amigo, e então se inclinou sobre a mesa de centro de vidro.

— Abu Raji, interroguei um integrante da célula da Jihad. Eu também acredito que eles vão tentar atacá-lo na ONU. Só temos um dia para localizar o assassino antes de seu discurso. Não é tempo suficiente. Será preciso adiar.

O presidente deu de ombros.

— Como vai ficar minha imagem se eu simplesmente for para casa? O que as pessoas dirão? — Ele balançou lentamente a cabeça. A pele flácida de seu pescoço roçou o nó da gravata.

— O que dirão se o senhor simplesmente não voltar? — argumentou Omar Yussef. — Mais precisamente, em quem eles vão atirar? Quem eles irão prender e linchar? Que prédios incendiarão?

— É um risco que preciso correr.

— O risco é de outras pessoas no final das contas. Nossa sociedade será destruída por causa de seu orgulho.

O presidente apalpou a casa de botão em sua lapela.

— Devo lembrá-lo que é de minha vida que estamos falando.

— Muitas vidas estão em jogo. Haverá uma guerra civil se o senhor for morto. É isso que a Jihad Islâmica quer. O senhor acha que eles se importam muito quanto a sua pessoa?

Khamis Zeydan pegou a mão de Omar Yussef de novo, mas o professor desvencilhou-se dele e protestou:

— Largue-me.

— Tem certeza de que não está mais preocupado com seu bando de Assassinos do que com o presidente? — murmurou Khamis Zeydan no ouvido de Omar Yussef. — Você está sendo muito emocional. Pare com isso.

— Esses terroristas querem mostrar que eu não represento o Oriente Médio, porque vim a Nova York trabalhar com os americanos — observou o presidente. — Eles querem destruir nossa coordenação com Washington. Vejam, eu disse ao presidente americano que iria fazer um pronunciamento sobre o processo de paz na ONU. Não posso deixá-lo na mão...

— Mas não é por isso que o senhor...

O presidente ergueu a voz sobre a objeção de Omar Yussef.

— ... pouco importando quais sejam os riscos.

Que Alá me proteja da presunção dos políticos, Omar Yussef pensou.

— Não são suas conversações com os EUA que o tornaram um alvo. São as conexões do chefe de sua polícia secreta com a CIA; o treinamento que as forças especiais recebem em interrogação e morte.

— O coronel Khatib? O trabalho dele é vital. Não se pode policiar a Palestina apenas emitindo multas de estacionamento, sabe.

— O povo quer uma força policial decente, e Khatib lhes dá gângsteres e armas.

O assessor bateu em seu relógio de pulso com o indicador.

O presidente girou sua xícara meticulosamente, alinhando os logotipos do hotel do pires e da borda.

— É minha missão falar na ONU amanhã, e é isso o que pretendo fazer. — Ele ergueu os olhos para Khamis Zeydan. — Abu Adel, espero que você ajude a me proteger e que compartilhe essas informações sobre a Jihad Islâmica com o coronel Khatib. Quanto a você, *ustaz* Abu Ramiz, também falará nesta conferência, estou informado. Talvez seja você quem eles realmente queiram assassinar? — O presidente riu calorosamente, e estendeu a palma da mão para seu assessor para uma palmada alta, ruidosa. — Seria o começo de uma guerra civil?

— Imagino que não. Mas não porque não haja quem deseje vingar-se em mim. A diferença entre nós, senhor, é que ninguém irá comemorar a minha morte.

A risada do presidente se esvaiu, e ele ajeitou os óculos. Levantou-se e apertou as mãos dos dois visitantes, que saíram da sala. Quando Khamis Zeydan fechou a porta atrás deles, arreganhou os dentes e apertou o braço de Omar Yussef.

— Eu não lhe disse para você manter a calma?

— Ele está decidido a falar na ONU. Não fez a menor diferença o que eu disse — sussurrou Omar Yussef.

Khamis Zeydan olhou, irritado, em volta da sala. Os ministros e seus assessores baixaram os olhos, mas o chefe da polícia secreta devolveu o olhar, de expressão sombria e indecifrável.

CAPÍTULO 28

Dissimulando o riso, Abdel Hadi chacoalhou sua xícara de café de novo imitando um bêbado trêmulo. Omar Yussef o encarou e murmurou:

— Que Alá amaldiçoe seu pai, seu filho da mãe. — Khamis Zeydan empurrou o amigo para a saída da suíte presidencial.

A porta se abriu subitamente, e Hamza Abayat entrou cambaleando, apoiando-se na mesa. O coronel Khatib endireitou seu corpo volumoso na cadeira e enfiou a mão em sua larga jaqueta de couro preta.

Hamza percorreu a sala com olhar desfocado. Um dos guarda-costas do presidente entrou atrás dele e enfiou a identificação policial que examinara no bolso de Hamza. De um corte na sobrancelha do detetive sangue escorria pela têmpora.

— Hamza, o que aconteceu? — perguntou Omar Yussef.

— Nizar me derrubou. — Sem fôlego, Hamza estremeceu ao tocar sua têmpora inchada.

Khamis Zeydan pôs a mão nas costas de Hamza.

— Onde ele está?

— Foi-se, *pasha* — disse Hamza. — Ele me atacou ao entrarmos no elevador. Acho que ele me nocauteou com um vaso de flores: estava no chão quando voltei a mim. Fui para a recepção, mas não consegui encontrá-lo.

Omar Yussef enxugou o corte na testa de Hamza com seu lenço. Um hematoma azul inchava em volta dele, aumentando a abertura na pele.

— Mandei um dos policiais designados para o hotel durante a conferência ficar esperando em seu quarto, Abu Ramiz — disse Hamza com voz pastosa. — Para o caso de Nizar voltar. — Ele cambaleou até o telefone no aparador e ligou para a 68ª delegacia.

— O que teria esse fugitivo feito? — falou o coronel Khatib por trás das mãos em concha para acender mais um cigarro.

Khamis Zeydan observou o chefe da polícia secreta com reserva neutra e respondeu lentamente.

— Ele estava nos ajudando a localizar alguém.

— Alá é o único em cuja ajuda se pode confiar. — O coronel Khatib tirou um lenço de papel de uma caixa e assoou o nariz. Depois jogou a bola de papel úmido numa lata de lixo de couro bordô ao lado de Khamis Zeydan.

O lenço de papel, porém, caiu aos pés de Khamis Zeydan, que o chutou, lançando um olhar furioso para Khatib.

— Não podemos nos permitir ser descuidados. — Khatib fez seus olhos fuzilarem Khamis Zeydan. — Você é apenas um *consultor* de segurança. Eu sou a proteção real. Se há algum perigo para o presidente, quero saber do que se trata.

Omar Yussef apontou o dedo para Khatib.

— Se algo for feito contra o presidente por esses assassinos, será por sua causa. Você é sanguinário e corrupto.

— Que assassinos? — a voz de Khatib era grave e ressoante.

— Nos Estados Unidos, um homem como você estaria na cadeia — continuou Omar Yussef. — No mundo árabe, você recebe centenas de milhares de dólares de ajuda americana. Os árabes comuns odeiam os Estados Unidos por apoiar nossos governantes em coisas que acarretariam sentença de prisão perpétua nos EUA. O presidente é odiado por causa de seus esquadrões de tortura e seus capangas.

O coronel Khatib esmurrou a mesa e empurrou a cadeira para trás para se levantar. Khamis Zeydan segurou o ombro volumoso do homem.

— Terminou a sua ligação, Hamza?

O detetive assentiu.

— Então vamos levar Abu Ramiz para o quarto dele.

O coronel Khatib largou-se na cadeira e prosseguiu fumando sombriamente.

No corredor Omar Yussef empenhou-se para acompanhar Khamis Zeydan, fazendo uma careta a cada passo de seu tornozelo machucado.

— Acha que Nizar escapou por não confiar que Hamza lhe daria imunidade?

— Pode ser.

Chegaram diante do quarto de Omar Yussef. Ele tirou o cartão magnético do bolso.

— Talvez ele tenha escapado porque ainda pretende participar do assassinato — disse ele. — Os Assassinos medievais empregavam a doutrina da *taqiyya*, que lhes permitia renegar sua fé se isso os ajudasse a cumprir suas missões. Quando ele nos contou sobre ter perdido sua crença no islamismo e ter rejeitado a ideologia da Jihad Islâmica, talvez ele estivesse apenas seguindo a *taqiyya*.

— Uma interessante questão teórica. Você pode escrever um artigo acadêmico sobre isso para os *Anais das Coisas Lembradas Tarde Demais Para Serem Úteis*. — Khamis Zeydan empurrou a porta do quarto de Omar Yussef.

Um policial uniformizado interrompeu a leitura do *Metro Muslim* e virou-se para eles.

— O sujeito não voltou, sargento.

Hamza largou-se numa cadeira ao lado do frigobar, o rosto pálido e cansado. Khamis Zeydan pegou a mão dele.

— Estamos de saída. Você e eu temos um serviço a fazer.

O detetive e o policial uniformizado saíram para o corredor. Omar Yussef fez menção de segui-los, mas Khamis Zeydan o barrou.

— Você não. Sua pequena demonstração de ultraje moral com o coronel Khatib para mim já foi o bastante de sua parte.

— Alguém precisa dizer àquele canalha a verdade.

— O importante a lembrar é que ele é um canalha, e canalhas têm sua utilidade. Eu preciso dele hoje para garantir que o presidente esteja em segurança. Depois do discurso amanhã de manhã, teremos tempo de debater direitos humanos e justiça na Palestina com você. Até então, trata-se de serviço, e eu quero que você atravesse a avenida para a conferência da ONU como se tudo estivesse normal.

Omar Yussef deu uma palmada de irritação na coxa.

Khamis Zeydan pôs a mão no peito dele.

— Meu caro e velho amigo, você tem o número de meu celular. Se vir algo fora do normal na conferência, me ligue. Não há nada que você possa fazer para ajudar a operação de segurança agora. Sua parte terminou, e eu quero você fora do meu pé.

Ele deu três beijos no rosto de Omar Yussef e fechou a porta ao sair.

Omar Yussef sentou-se na beira da cama. Pegou sua agenda na valise, achou o número de Ala, e ligou.

— Ala, meu filho, saudações. É seu pai.

— Saudações duplas, pai. — A voz do rapaz estava baixa e sombria.

— Estou no hotel. — Ele pretendera contar para o filho o que ficara sabendo por Nizar, mas Ala soou tão oprimido, que acabou apenas o advertindo: — Nizar está solto. Estava detido, mas escapou. Tranque a porta, e não a abra para ele.

— Se eu abrir a porta, ele não achará nada aqui, afinal. Estou fazendo as malas. Já reservei uma passagem em seu voo.

— Mas ele é um assassino. Confessou ter matado Rashid e o pai de Rania.

— Como eu disse, ele nada encontrará aqui. Boa sorte com seu discurso, pai. — Ala desligou.

A ausência na voz de seu filho chocou Omar Yussef. Ele se deu conta do vazio que ficara dentro de Ala quando perdera Rania. *Não procure uma mulher que acenda o seu fogo,* ele pensou. *Ela pode muito facilmente atiçar suas chamas, e então ela apenas o terá consumido.*

Do lado de fora da janela, o vidro azul do prédio da ONU rebrilhava na luz fosca da manhã. Omar Yussef arrastou-se para o banheiro, tomou um banho, fez a barba, e demorou-se com as mechas de cabelo branco que penteava sobre sua calvície. O espelho estava embaçado e assim continuou apesar de ele esfregar água fria em sua superfície. Sentiu-se como se tivesse sido golpeado na cabeça com tanta força quanto Hamza: não importava para onde olhasse, sua visão estava sempre turva.

CAPÍTULO 29

A sessão matutina da conferência foi um cortejo emocional de apelos pelo financiamento de escolas e clínicas nos campos de refugiados da Palestina, que convenceu poucos na equipe da ONU de que o dinheiro iria algum dia aparecer. De seu lugar ao lado de Magnus Wallander na área dos observadores, Omar Yussef observava a delegação libanesa do outro lado do salão do Conselho Econômico e Social. O lugar de Ismail ficou vazio até pouco antes do encerramento para o almoço, quando o rapaz entrou pelas portas duplas, juntou-se a seus colegas na mesa comprida, sussurrou algumas palavras para o homem atrás dele, que cobriu um sorriso debochado com as mãos, e então ficou tomando notas dos discursos.

Omar Yussef tocou o braço de Magnus Wallander.

— Volto logo — sussurrou.

Atravessou o ralo carpete verde na galeria ao fundo do salão de conferência e esperou numa cadeira vazia algumas fileiras atrás dos delegados libaneses. Quando o presidente dos trabalhos informou, fatigado, que a sessão recomeçaria depois de um intervalo de duas horas para o almoço e bateu seu martelo, Omar Yussef foi em direção a seu ex-aluno.

Encontrou Ismail conversando com o alto representante iraniano de cujo colarinho redondo e barba aparada ele lembrava da recepção de abertura. Falavam numa língua que Omar Yussef não compreendia, e ele se deu conta de que Ismail teria aprendido persa. *Não é o tipo de coisa que se aprende no Líbano,* pensou. *Ele tem estado com iranianos, talvez os Guardas Revolucionários que Rania disse que estavam posicionados no vale de Bekaa.* O companheiro de Ismail tocou de forma afetuosa o rosto dele e se foi.

— Saudações, ó Ismail — Omar Yussef aproximou-se.

Com suas bolsas e olheiras, os olhos castanhos de Ismail estavam abatidos e derrotados. Tinha a aparência do funcionário público burocrata que supostamente era. Quando sorriu, foi com o débil desamparo de alguém admitindo um erro tolo.

— Saudações duplas, caro *ustaz* Abu Ramiz.

— Precisamos conversar.

— A conferência essa manhã já não foi conversa suficiente para você?

— Essa seria minha sensação, não fosse pelo fato de que a alternativa para a conversa pode ser o desastre. — Omar Yussef segurou o braço de Ismail enquanto a sala esvaziava; sentiu um bíceps forte sob o tecido bem cortado do terno de risca azul-escuro do rapaz.

— Nizar confessou tudo.

Ismail virou a cabeça, confuso.

Omar Yussef lembrou-se do acordo a que os israelenses tinham forçado o garoto: trair um xeque a fim de obter a liberdade para seus amigos. Queria que Ismail sentisse o perdão, queria tirá-lo do percurso destrutivo em que ele caíra.

— Sei que você sente que traiu os outros Assassinos na prisão israelense...

Ismail pôs um dedo sobre os lábios de seu antigo professor e ficou observando os delegados dirigindo-se às portas.

— Eles me disseram que você ficou envergonhado, e é evidente que continua — sussurrou Omar Yussef. Tirou o dedo do rapaz de sua boca e segurou sua mão. — Mas eles o perdoaram. Você não precisa viver no exílio para compensar o que aconteceu na prisão.

— Ala pode ter-me perdoado, *ustaz,* mas Nizar nunca me perdoará. — A voz de Ismail soou amarga e áspera.

— E Rashid? Ele o perdoará?

— No Paraíso, quando eu me juntar a ele como mártir.

— Então você sabe que ele está morto. Mas como será seu martírio? Através da interrupção drástica de uma comunicação numa das sessões da conferência?

— Dizem que "a espada traz notícias mais precisas do que os livros" — declarou Ismail.

— Você é um garoto inteligente. Não siga esse caminho.

Ismail recolheu sua mão:

— Quem disse que eu segui? — Ele se virou e Omar Yussef viu piedade e arrependimento em seu rosto. — Gostaria de caminhar um pouco comigo, *ustaz*? Seria bom ouvir as notícias de Belém.

— Por que não volta a sua cidade natal?

Ismail pressionou seu bloco de notas contra o peito.

— Como supõe que os israelenses irão receber um membro da delegação libanesa à ONU? Jamais poderei chegar tão perto de Belém quanto estou agora de sua mão enquanto caminhamos.

Na galeria pública, os grupos de escolares deixavam manchas cinzentas no carpete, da neve derretida de seus sapatos. Omar Yussef levou Ismail para junto das altas janelas.

— Há um assassino aqui em Nova York, Ismail. A polícia sabe que ele vai tentar matar o presidente durante seu discurso, amanhã. Para esse assassino, quem quer que seja, será uma missão suicida.

— E daí?

— Considere isso uma advertência.

— *Ustaz,* por acaso eu pareço um assassino treinado?

— Encontrei homens com sangue em suas mãos. Até apertei essas mãos em alguns casos. Mas ainda não sei reconhecê-los por seus rostos. Sempre os imagino com traços de horror e desgosto, mas eles podem perfeitamente parecer amigáveis e gentis.

Ismail observou outro grupo de escolares perambulando pela galeria.

— O que vê no rosto desses estudantes americanos visitando a ONU hoje? Eles são tão culpados de assassinato quanto os soldados americanos que disparam canhões de tanques em multidões de civis iraquianos.

Omar Yussef sentiu-se gelar.

— Quando eu era jovem, também culpava os Estados Unidos por todos os problemas do povo árabe. Ao amadurecer, porém, compreendi que nosso maior problema é nossa determinação em acusar os outros; em assumir o papel de vítima.

— Este é um lugar ímpio. — Ismail brandiu o braço na direção dos táxis amarelos congestionando a avenida e dos prédios que iam sendo cobertos pela neve. — Quem entre os fiéis iria lamentar se ele fosse destruído hoje?

— Talvez os fiéis que moram na Pequena Palestina.

— O que é isso?

— Bay Ridge, Brooklin. Você esteve lá. Eu o vi quando saí da mesquita no porão.

— Pequena Palestina? — Ismail sorriu. — Como se a Palestina já não fosse suficientemente pequena.

Omar Yussef sentiu-se apartado de Ismail com seu irado cinismo de fanático. Empenhou-se em encontrar uma linguagem que o rapaz pudesse compreender.

— Imagine que Alá só seja conhecido nos lugares em que todo mundo já se submete à vontade dele? Alá está aqui. Alá vive em Nova York.

— Isso é blasfêmia. Alá vive em Meca.

Omar Yussef riu.

— Você me espanta! Pensa como um camponês. Alá existe onde ele é necessário.

— Mas você nem mesmo é um fiel, *ustaz*.

— Eu creio que Alá é um mistério. Você de fato acredita que ele está sentado no topo da Kaba em Meca? Que não tem compaixão pelo povo de Nova York, mesmo estando fisicamente longe dele?

Alcançaram a Assembleia Geral vazia e passaram para a área dos visitantes, no fundo. Um mapa do mundo, espalhando-se desde o Polo Norte, reluzia em folha de ouro acima do palco.

Ao contemplar os longos corredores até o pódio futurista, aos olhos de Omar Yussef Ismail pareceu transformado. O delicado e magoado funcionário desaparecera, e em seu lugar estava um assassino, pronto a colocar sua fé em verdades tão simples, que nada poderia ser mais fácil do que morrer por elas, posto que faziam da morte algo irrelevante também. Deixara de ser um dos membros do pequeno grupo de Assassinos de Omar Yussef. E se tornara simplesmente um assassino.

— Se seguirem em frente com seu plano, aqui morrerá Alá. Independentemente de onde tenha vivido, Meca ou Nova York, morrerá aqui.

Ismail deu um relance para a fileira de mesas identificadas com o nome das diversas delegações nacionais.

— Meu plano?

— É suicida.

— Como algo assim poderia ser feito num local tão estreitamente vigiado?

— Não sou um assassino. Não tenho detalhes. Quem sabe que componentes poderiam ser contrabandeados aqui para dentro? Talvez você tenha usado o dinheiro da venda de drogas de Nizar para subornar um faxineiro, que contrabandeou um rifle, peça por peça. Pode estar escondido precisamente neste salão.

— Você não é tão puramente acadêmico quanto finge ser. — Ismail cofiou a barba com um sorriso fingido. — Talvez eu o recrute para os Guardas Revolucionários Iranianos, *ustaz*.

— Não gosto do plano de aposentadoria. Não estou interessado no Paraíso.

— Se não tomar cuidado, alguém pode tentar aposentá-lo bem cedo. — Ismail caminhava atrás das mesas vazias das delegações.

— Como você mesmo já tentou. Atirou em mim em Coney Island. Ou estava tentando acertar Nizar, porque ele deu para trás na operação de vocês?

— *Ustaz*, sou um diplomata.

— Digamos que você *de fato* tentou me matar e que eu o perdoo. Como você se sentiria quanto a isso? Porque eu realmente o perdoo, meu menino.

Os cantos da boca de Ismail se repuxaram num frágil deboche. Omar Yussef segurou-o pelos ombros.

— Eu o perdoo, está me ouvindo? — Ismail piscou e desviou os olhos.

— Nos dias dos Assassinos, *ustaz*, seus ataques suicidas eram condenados. Parecia contra a natureza morrer daquela maneira. — Ismail passou os olhos pelos nomes dos países pequenos, sem importância, arranjados em ordem alfabética rotativa nas mesas dos delegados. — Hoje, os ataques suicidas são aceitos por todos no mundo árabe. Não temos outra arma contra o poder do Ocidente. Você está fora de sintonia. Seu modo de pensar pertence a outra época, outro mundo.

— Ismail, eu não acredito que o meu mundo e o seu sejam tão distintos quanto você sugere.

Eles chegaram à última mesa na fileira de trás. Ismail ergueu o queixo e apontou a palavra PALESTINA, suas letras brancas presas num retângulo preto de plástico de 30 centímetros de comprimento.

— Está vendo nosso lugar no mundo? Bem no fundo e na beirada. — Ismail deu um giro com os braços bem abertos. — Todo mundo é mais importante do que nós. Há 192 estados-membros com mesas mais perto da frente do que nós. Quem podemos ver daqui? Oh, veja, lá está o Kiribati. E o Quirguistão. Logo ali, Vanuatu e Zâmbia. Superpoderes na cena mundial, de fato. E aqui no fundo, encontramos a Palestina, com o status de mero observador, nem mesmo um membro de verdade. Pobre Pequena Palestina.

— E, então, quando nos *dão* o direito de falar, você acha que devemos recusar? Devemos matar o presidente no pódio da ONU quando ele está tentando lembrar o mundo de que esta mesa nos fundos do salão existe?

— Eles sabem que existimos. Só não imaginam o poder que estamos preparados para exercer.

— O poder de morrer? — Omar Yussef balançou a cabeça e se deixou cair num dos assentos para visitantes. — Esta mesa no fundo é o lugar no mundo que a Palestina conseguiu para ela. Talvez seja tudo o que mereçamos. E quanto ao *seu* mundo? Houve uma época em que eu o conhecia melhor do que você conhecia a si mesmo. Ouvindo-o agora, acredito que ainda conheço.

Ismail baixou a cabeça e juntou os dedos com firmeza.

— Ó Ismail, sinto pena de ver o que aconteceu com você. Não o culpo, meu menino. Sofreu tanto na prisão durante a intifada e depois ficando longe de sua família e sozinho no Líbano.

— Não sinta pena de mim. Eu encontrei minha fé no islamismo, *ustaz*, meu amor por Alá.

— Você só ama Alá dessa maneira porque não amou ninguém aqui na terra. — Omar Yussef estendeu a mão para Ismail. O jovem sentou-se atrás de seu antigo professor, os olhos contraídos e amargos.

— O que aconteceu na prisão me fez ter medo e raiva de todos e de tudo. Exceto de você, *ustaz*. — Ismail acariciou o dorso da mão magra de Omar Yussef.

— Com raiva suficiente para ouvir um imã sedento de sangue? Para ser persuadido de que o assassinato é parte da política?

— Eu não matei Rashid.

— Não foi isso que eu quis dizer. O presidente?

— Você é o único de quem não tenho raiva, *ustaz*. — Pressionou os dedos de Omar Yussef e se levantou. — Preciso voltar para meus colegas agora.

— Eu o verei mais tarde?

Ismail balançou a cabeça e piscou com força para conter as lágrimas.

— Mande meu amor para Umm Ramiz quando voltar a Belém. E para meu amigo Ala.

— Ismail, espere.

— Que Alá lhe conceda a graça, *ustaz*.

Ismail saiu apressado em meio a um grupo de turistas que se acomodava no desgastado veludo cotelê dos assentos para o público a fim de ouvir o que sua guia teria a dizer sobre o Salão da Assembleia Geral.

Omar Yussef contraiu os olhos na direção do pódio em que o presidente iria falar na manhã seguinte. Tentou visualizar os olhos cansados de Ismail e o grisalho prematuro de sua barba, mas tudo o que lhe veio à cabeça foi o menino feliz que tinha sido o menos dotado e o mais exuberante dos Assassinos.

O P de PALESTINA estava ligeiramente torto na mesa diante dele. Estalando a língua, inclinou-se sobre a barreira de pinho, e estendeu a mão para a placa de plástico a fim de ajeitá-la. A guia que falava com o grupo o chamou e advertiu para não tocar. Ele acenou com a mão para acalmá-la. Não conseguiria alcançar a placa, de qualquer forma.

CAPÍTULO 30

O coronel Khatib avançou pesadamente pela entrada da Assembleia Geral. Cruzou o olhar com Khamis Zeydan, que estava parado junto à porta, e sorriu com sarcástica malícia. De seu lugar, algumas fileiras atrás na galeria do público, Omar Yussef detectou uma espécie de entendimento entre os dois policiais no assentimento discreto e sombrio com que Khamis Zeydan respondeu. Khatib galgou os degraus e se acomodou na cadeira exatamente atrás do presidente na fila de trás da Assembleia. Ajeitou a jaqueta de couro sobre a pança, coçou a cabeça calva e quadrada, e esquadrinhou o salão com carrancudo distanciamento.

Khamis Zeydan seguiu Khatib nos degraus, seus olhos de intenso azul-claro vasculhando a Assembleia em volta. Foi até a barreira entre a galeria do público e a área dos delegados em frente a Omar Yussef, inclinou-se e sussurrou:

— O seu menino Ismail está aqui, certo?

Os olhos de Omar Yussef percorreram as fileiras de mesas, enquanto recitava em voz baixa o alfabeto inglês para ter certeza de não perder a delegação libanesa. Ismail estava em seu lugar, falando algo para seu chefe.

— Eu o estou vendo. — confirmou Omar Yussef.

Khamis Zeydan seguiu o olhar de Omar Yussef.

— O presidente deve falar daqui a alguns minutos, e aquele rapaz está sentado ali rindo como um bebê brincando com um chocalho. Talvez você se tenha equivocado quanto a ele.

Nunca eu quis tanto estar equivocado, Omar Yussef pensou, mordendo o nó do dedo indicador.

Khamis Zeydan colocou-se num ponto estratégico ao lado do coronel Khatib e se inclinou para a frente, sussurrando algo para o presidente. Apesar de a garganta de Omar Yussef estar seca, suas mãos suavam dentro do bolso segurando o cartão de identificação da ONU. Esticou o pescoço para ver se Ismail ainda estava no lugar dele.

A porta da galeria do público se abriu com uma súbita explosão de gritos. Ultrapassando um segurança de camisa branca, quatro americanos jovens correram pelo curto corredor. Um deles, usando um moletom azul com a bandeira de Israel no peito, desfraldou uma faixa: *Presidente dos Assassinos,* estava escrito nela. Os outros gritavam insultos e investiam contra a delegação palestina. O presidente se encolheu em sua poltrona, as ombreiras de seu terno encostando-se em suas orelhas.

— Terrorista matador de judeus — um dos manifestantes gritou. — Pior do que Hitler.

Khamis Zeydan e o coronel Khatib se puseram de pé, enfrentando os manifestantes. Khatib pegou uma garota magra de vinte e poucos anos e a jogou no chão. Seus desaforos tornaram-se um uivo de choque e dor. Khamis Zeydan esbofeteou o jovem que estava segurando um dos lados da faixa e o empurrou de modo a cair sobre a garota. O guarda-costas do presidente lutava com os outros dois manifestantes enquanto dois seguranças da ONU desciam os degraus correndo para ajudar.

Omar Yussef desviou o olhar da confusão para a delegação libanesa. Bem nesse momento, Ismail se levantou e, com um sorriso, sussurrou algo para seu chefe. Em seguida desceu o corredor e se dirigiu para uma saída perto da frente do salão.

Atrás do mármore turquesa de sua mesa no pódio, o presidente da sessão acompanhava, com olhares nervosos, o tumulto enquanto recitava a agenda do dia. O presidente palestino seria o segundo a falar, depois das observações introdutórias do ministro das Relações Exteriores da Jordânia. Omar Yussef olhou para a saída que Ismail usara. Acima dela, pálidas luzes verdes piscavam nas cabines dos tradutores. Ele se voltou para Khamis Zeydan, mas o chefe de polícia estava no chão, segurando um dos manifestantes.

Omar Yussef olhou seu relógio. O presidente estava agendado para falar em menos de dez minutos. Apressado, ele saiu do salão. À sua esquerda, um segurança barrava a entrada para a área dos delegados. Omar Yussef enxugou o suor de sua identificação da ONU, apresentou-a ao guarda, e entrou num comprido corredor que descia ao longo da lateral da Assembleia Geral. Na outra extremidade da passagem, ele viu Ismail virar a esquina.

O corredor estava silencioso e Omar Yussef mancava sobre o carpete ralo. A dor do tornozelo se projetava na barriga da perna. O que diria a Ismail quando o alcançasse? Que o discurso do presidente não ia passar de retórica vazia? Que seria tolice se sacrificar para impedir esse homem de fazer promessas que jamais iria cumprir? Tentara em vão dissuadir Ismail no dia anterior. Não conseguia pensar em nenhum argumento novo para usar contra um garoto determinado a matar por seu deus — e tinha certeza de que Ismail se levantara de sua mesa para cometer assassinato.

O fim do corredor se abria numa escadaria e numa galeria que fazia uma curva por trás do palco da Assembleia Geral. Omar Yussef presumiu que, se Ismail queria atirar no presidente, se posicionaria o mais próximo possível do palco. Seguiu então pela galeria. Seus mocassins ressoaram no piso de cimento sem carpete, ecoando no vazio silencioso. Do outro lado da parede, o mundo estava reunido, mas Omar Yussef sentiu-se profundamente sozinho.

Quando a galeria completou a volta em torno do salão, Omar Yussef percebeu que não havia saída para o palco; apenas algumas janelas pequenas com vista para a praça atrás do prédio da ONU. O vento varria as árvores sem folhas, e a chuva respingava de uma maciça escultura de aço tubular como sangue espirrando de um corpo sendo metralhado.

Omar Yussef deu a volta. Ouviu aplausos e compreendeu que o presidente palestino se dirigia ao palco. Estalou a língua: o desvio pela galeria o fizera perder tempo. Tomando fôlego ruidosamente e fazendo uma careta com a dor excruciante de seu tornozelo, subiu a escada.

Dois andares acima, estava encharcado de suor, em decorrência da dor e do esforço. Ao lado de uma pesada porta com a indicação TRADUÇÃO, uma luz vermelha piscava sobre uma ranhura preta embutida na parede. Omar Yussef passou seu cartão de identificação da ONU na ranhura e tentou abrir a maçaneta. Ela não se moveu. Estava afogueado com a adrenalina. Tinha certeza de que Ismail estaria atrás dessa porta.

Precisava achar outra maneira de entrar. Ia continuar para o andar de cima quando a porta se abriu, e uma mulher asiática de meia-idade saiu, sorriu para Omar Yussef e segurou a porta aberta para ele. *O envelhecimento prematuro tem suas vantagens,* ele pensou.

Entrou em outra galeria em curva, mas dessa vez havia portas do lado esquerdo. Abriu a primeira e viu uma cabina com iluminação reduzida e dois assentos. A janela dava para o salão da Assembleia Geral. Em frente a cada assento, um microfone numa comprida haste preta se projetava da mesa. Uma mulher com a pele cor de oliva, falando um francês alto e claro, virou-se brevemente para Omar Yussef e voltou a olhar para a frente. Pela janela, ele viu o presidente no pódio, organizando seus papéis. Omar Yussef não falava francês, mas ouviu a mulher dizer "Mesdames et Messieurs". *O discurso está começando,* pensou.

Seguiu pelo corredor, abrindo as portas. Atrás delas, intérpretes com traços árabes transformavam as palavras do presidente em russo, espanhol, chinês.

A última porta emperrou quando Omar Yussef virou a maçaneta. Ele a empurrou com o ombro, gemendo ao se apoiar no tornozelo machucado para o impulso. Ele tomou fôlego. Dentro da cabine, ouviu uma voz familiar. Com outro esforço, conseguiu empurrar a porta mais alguns centímetros para trás e passou por ela.

Pisou algo macio que resistiu a seu peso. Olhando para baixo, viu um jovem árabe de camisa branca e gravata azul, os pulsos atados a seus tornozelos nas costas. Ele mudou de posição, e o homem rolou atrás dele. Omar Yussef caiu com os cotovelos no chão enquanto a porta se batia.

Ismail estava sentado no lugar do tradutor. Empunhava uma pistola na mão esquerda, apontando-a para Omar Yussef.

— Não se mova — murmurou, a mão cobrindo a cabeça do comprido microfone preto.

— Ismail, não seja tolo.

O homem no chão ao lado de Omar Yussef cutucou-o com um movimento do pescoço e implorou em voz frenética:

— Por Alá, não diga uma palavra. Não está vendo que ele está armado?

Ismail leu no microfone um texto em inglês pousado na mesa a sua frente.

— Nós, a liderança palestina, abusamos sem a menor vergonha de nosso povo. Permitimos que a corrupção reinasse na Palestina ocupada. Assassinamos nossos heroicos combatentes islâmicos, mesmo quando eles eram levados ao martírio contra as Forças Sionistas de Ocupação.

O rapaz deu um relance a Omar Yussef e sorriu enquanto continuava a ler. Dos fones de ouvidos abandonados na mesa, Omar Yussef ouvia a familiar e nada inspiradora monotonia da voz do presidente.

Ismail está fazendo uma tradução alterada do discurso do presidente, Omar Yussef pensou. *Esse cara amarrado no chão deve ser o verdadeiro tradutor para o inglês.*

— E, o pior de tudo, nós nos envolvemos numa escandalosa contrafação intitulada "processo de paz" — Ismail continuou —, que entrega a terra islâmica da Palestina e de nosso povo por direito de nascimento para a Ocupação Sionista, em troca da vaga promessa de um estado escravo.

Omar Yussef segurou a borda da mesa e se levantou lentamente. Observou a Assembleia Geral lá embaixo. O presidente parecia pequeno no pódio. Khamis Zeydan estava do lado do palco, esquadrinhando o salão. A maioria dos delegados estava refestelada em seus assentos, mas havia mais movimento lá embaixo do que Omar Yussef teria esperado. *Esses são os que estão ouvindo em inglês,* pensou. *O discurso não é nem de longe o que esperavam.*

O delegado israelense se pôs de pé, protestando. Os americanos se levantaram e hesitaram, antes de se dirigir à saída.

O presidente fez uma pausa, ajeitando seus óculos e espiando os americanos. Ismail parou sua tradução distorcida, cobrindo de novo o microfone.

— Isso vai dar algumas manchetes, não acha?

— Abaixe a arma, Ismail. Pare com isso.

— O discurso ainda não acabou, *ustaz*.

O presidente avançou, trôpego, por mais um parágrafo. Ismail usou a oportunidade para fazer propaganda de partidários da Jihad Islâmica em Beirute e Teerã. A essa altura o salão estava caótico. Confusos e com raiva, delegados olhavam fixamente para a galeria dos tradutores. Khamis Zeydan se aproximou do presidente e o fez sair por uma porta atrás do palco. Ao sair, o presidente deixou cair seu discurso. As páginas se espalharam pelo chão. Seu jovem assessor, suando, catou as que pôde antes de seguir seu chefe.

Ismail virou sua pistola para o teto e assobiou no cano, como se soprando a fumaça após um excelente disparo.

Omar Yussef ficou olhando o presidente desaparecer, protegido pelo corpo de seu amigo, o chefe de polícia.

— Você não vai atirar nele?

— Você parece desapontado, *ustaz*. — Ismail ergueu o tradutor para o assento livre e fez um afago no cabelo dele. — Obrigado por se comportar, companheiro.

O tradutor manteve seus olhos suplicantes na arma na mão de Ismail. Sua boca estava aberta, e ele gemeu baixinho.

— Nizar nos advertiu quanto a um assassino da Jihad Islâmica — disse Omar Yussef. — Onde está ele? Quando ele vai atirar no presidente?

— Nizar estava certo. Sou eu o assassino.

— Então, o que foi tudo isso?

Ismail observou os delegados se juntando em grupos exaltados lá embaixo.

— Eu nunca fui o melhor aluno de sua classe, *ustaz*. Ainda assim, eu sempre o escutava. Nizar era o seu favorito, mas você pode dizer o mesmo dele?

Omar Yussef flexionou o tornozelo machucado, equilibrando-se com a mão apoiada no vidro.

— Você optou por não matar?

Ismail acionou a trava de segurança em seu revólver e mordeu o lábio inferior.

— Eu queria fazer algo que o deixasse orgulhoso de mim.

Omar Yussef sentiu suas lágrimas. *Talvez meus ensinamentos não tenham sido tão inúteis quanto eu temia*, pensou. Mas ele ainda era um professor, e suprimiu suas emoções pigarreando asperamente.

— Você acha que me deixa orgulhoso com o que disse no microfone?

Os olhos de Ismail rebrilharam.

— Orgulhoso com o fato de eu ter decidido não assassinar o presidente. Orgulhoso por eu ter feito o meu protesto pacificamente, em vez disso.

— Você não estava tão pacífico quando tentou me atropelar com aquele Jeep.

Ismail passou a língua pelos lábios.

— *Ustaz*, eu coloquei a minha fé em pessoas que se aproveitaram de minhas fraquezas. Fizeram de mim uma máquina. Mesmo assim, eu me senti horrível quando o estava seguindo, ameaçando-o. Assim que você falou comigo, foi como se eu tivesse me tornado humano de novo.

Omar Yussef acariciou o pescoço de Ismail e pôs a mão no peito do rapaz.

— Eu o vi no apartamento de Ala; só um vislumbre — disse Ismail. — Sua aparência estava terrível. Havia sangue por toda a sua volta. Quis consolá-lo, mas eu sabia que precisava sair dali. Você deve ter-me ouvido, porque veio até a porta. Eu julguei que você poderia me identificar para a polícia, de modo que sinto muito dizer que, em meu medo, tentei tirá-lo do caminho.

— Entendo.

— Quando você disse que iria me perdoar, senti todo o meu ódio desabar. Só conseguia lembrar dos meus tempos de escola e da fé que você pôs em mim então. Eu falhei perante você e tentei destruí-lo, como se isso fosse apagar minha falha. Mas quando você falou comigo, achei que talvez eu pudesse me dar outra chance.

— Mas que risco você correu.

— Estou preparado para pagar por isso tudo. — Ismail examinou o rosto de Omar Yussef como se estivesse vendo um amigo querido pela última vez. — Do mesmo modo que estava pronto para pagar com minha vida se tivesse assassinado o presidente.

— Fico muito contente com sua escolha, mas receio que será preso aqui nos Estados Unidos pelo que fez.

— Posso lidar com isso.

— Quando for libertado, a Jihad Islâmica tentará encontrá-lo. Eu o perdoei, mas duvido que eles façam o mesmo. Esperavam que você matasse o presidente, não que lhe pregasse uma peça.

— É verdade. Eles virão atrás de mim.

— Você não poderia desaparecer como Nizar fez?

— A Jihad sempre acaba pegando quem procura. Eles vão encontrar Nizar uma hora; como localizei Marwan Hammiya para eles.

— Foi você que forçou Marwan de volta ao tráfico de drogas?

— Eu o chantageei até que montasse uma operação de tráfico de drogas para nós. Eu o conectei com Nizar e Rashid. Eu comandei a coisa toda. Infelizmente, não prestei atenção nas... distrações de Nizar.

Omar Yussef ouviu gente martelando numa das portas do corredor.

— A garota?

— Eu só fiquei sabendo dela depois que Nizar cometeu o assassinato.

— Qual assassinato? Ele matou Rashid *e* o pai de Rania.

Ismail balançou a cabeça.

— Eu fiquei esperando Nizar em frente ao café na noite em que o pai de Rania morreu. Achei que talvez ele precisasse de dinheiro e fosse tentar obter algum de Marwan. Mas ele não foi ao café.

— Então, quem matou Marwan? Foi você, Ismail? Ele tinha traído a Jihad Islâmica de alguma maneira?

O rapaz deixou sua cabeça ir de um lado para outro numa bem-humorada súplica.

— Inocente, *ustaz*.

Botas pesadas se ouviram ao longo da galeria. A porta se abriu, e o coronel Khatib entrou. Ergueu um Colt Python, enorme até em sua mão grande, e o apontou para Omar Yussef.

— Eu sabia que você era um canalha idiota, professorzinho, mas não tão idiota assim.

Omar Yussef encarou o cano largo do revólver. Parecia se dilatar como as narinas furiosas do homem que o segurava. Sua boca estava seca. Sentiu súbita cólica nos intestinos.

— É de mim que você está atrás. — Ismail depôs a pistola na mesa e ergueu as mãos.

— Você é a porra do tradutor? — A voz do coronel Khatib estava rouca, como se ele tivesse passado a noite anterior gritando num bar lotado.

— Não, *eu* sou o tradutor — Khatib virou seu revólver enorme para o jovem amarrado na cadeira. O homem ficou histérico.

— Não, por favor, eu sou só o tradutor.

— Ele não estava fazendo a tradução do discurso do presidente — Omar Yussef explicou.

Khatib falou arreganhando os dentes.

— Quem foi que fez?

— Fui eu. — Ismail se empertigou. — Estou pensando em fazer da tradução minha nova carreira.

— Tradução? Seu canalha! — Khatib espumava.

Omar Yussef foi até Ismail.

— Quando Nizar me mostrou o anúncio no jornal, eu me lembrei da frase dos Assassinos sobre "aquele que traz nas mãos a morte de reis". Não podia suportar a ideia de que o menino feliz que conheci se tornara aquele homem. Fico contente que você tenha mudado de ideia.

Ismail pegou a mão de Omar Yussef e esfregou afetuosamente os ossos ao longo do pulso. Omar Yussef sorriu e retribuiu o aperto, mas o jovem ficou pálido ao olhar para cima dos ombros de seu velho professor. Sussurrou a declaração de fé:

— Só há um Deus, que é Alá, e Maomé é o mensageiro de Alá.

Omar Yussef seguiu os olhos de Ismail e viu o coronel Khatib avançando com seu Colt erguido. O disparo foi tremendo. A mão de Ismail soltou-se da de Omar Yussef quando seu corpo foi jogado para trás sobre a mesa, com um tiro no peito, batendo contra a janela da cabine. Alguns delegados ergueram seus olhos para a mancha de sangue no vidro. Ismail caiu no chão, espalhando seus papéis.

— *Allahu akbar.* — O coronel Khatib deu um olhar desdenhoso para o cadáver. — Traduza isso, seu filho da mãe.

— Alá é grande — murmurou Omar Yussef. Ajoelhou-se e pegou a mão sem vida de Ismail. Tremendo, desviou os olhos do corpo ferido do rapaz. Sua respiração ficou presa na garganta. *Algum discurso, alguma declaração política vale esta morte, ó Ismail?*, ele pensou. Depois virou-se para Khatib:

— Ele se rendera — disse a Khatib. — Por que atirou nele?

Khatib enfiou o enorme Colt no coldre sob o ombro.

— Diferentemente de seu amigo, o chefe de polícia de Belém, eu não corro riscos.

O sangue embebera as páginas que Ismail lera, espalhadas pelo carpete. Omar Yussef olhou para elas. O papel estava encharcado, e as palavras, ilegíveis.

CAPÍTULO 31

Khamis Zeydan inclinou-se para tocar a mão de Omar Yussef e falou com desacostumada delicadeza.

— Você não tem de fazer esse discurso se não se sente em condições. Não é mesmo, Magnus?

O chefe de Omar Yussef assentiu com tanto fervor, que sua cadeira estalou.

— Fique aqui no hotel descansando. Você passou por um choque terrível. Faz só umas poucas horas que aquele pobre sujeito foi morto com um tiro bem na sua frente.

O professor estava deitado em sua cama, apoiado em travesseiros, sua camisa aberta até o umbigo. Os suores tinham parado desde que ele tomara aspirina, mas ele não conseguia tomar água em quantidade suficiente para atenuar a secura em sua boca. Tentou falar, mas apenas crocitou e se engasgou. Tomou outro gole do copo de água no criado-mudo.

— Estou decidido — murmurou, tossindo.

Khamis Zeydan sentou na beira da cama.

— Nosso presidente já está a caminho de casa. Seu voo partiu do JFK há uma hora. Não tenho mais responsabilidades aqui. Posso ficar e cuidar de você.

— Prefiro uma enfermeira mais bonita.

— Tenho um dever com sua esposa, que é também minha amiga, de protegê-lo de tais tentações. E não estou me oferecendo para lhe dar banho com esponja.

A menção a sua mulher fez Omar Yussef pensar em sua família e seu filho, que estava sozinho no Brooklin.

— Vá encontrar Ala — pediu a Khamis Zeydan. — Ele irá comigo amanhã. Ajude-o a se organizar. Ele gosta de você; tente melhorar o ânimo dele.

Khamis Zeydan deu um tapinha no pulso de Omar Yussef.

— Se for a vontade de Alá, seu filho estará no avião com você.

— Vá agora. Magnus pode me acompanhar até a ONU depois que eu me arrumar.

Khamis Zeydan foi até a porta.

— Vá para o apartamento de Ala depois de fazer seu discurso. Eu o espero lá.

Quando o chefe de polícia se foi, Omar Yussef se vestiu e permitiu que Magnus o ajudasse com seu casaco. No saguão do hotel, ele puxou o capuz sobre sua cabeça febril e curvou-se para enfrentar o vento.

Cruzaram a praça ao lado do prédio da ONU. O East River estava agitado e cor de carvão até a outra margem. Uma barcaça passou deslizando em frente a uma chaminé em ruínas e um anúncio antiquado de Pepsi no telhado de uma fábrica de tijolos vermelhos na margem em Queens. O ar estava frio no rosto pegajoso de Omar Yussef, e ele sorriu. Pela primeira vez desde que chegara a Nova York, ele se sentiu reconfortado pelo tempo gélido. Ele segurou a mão de Magnus enquanto iam em direção à porta baixa na fachada de mármore verde.

No Conselho Econômico e Social, um delegado marroquino completava seu discurso com alguns clichês esperançosos. O presidente dos trabalhos, um egípcio, deixou seu olhar entediado chegar a Magnus Wallander, que lhe fez o sinal de positivo com o polegar. O egípcio chamou Omar Yussef para o pódio.

— Você está com seu discurso pronto? — perguntou o sueco.

Omar Yussef sorriu e tossiu forte.

Subiu os degraus para o palco e contraiu os olhos por cima das cabeças da equipe da ONU no fosso abaixo dele. Abdel Hadi o observava com deboche da fileira de delegados palestinos, seus dentes amarelados brilhando à lua baixa da luminária de sua mesa. O enviado da Líbia cutucava o nariz, e o líder da delegação da Mauritânia dormia em seus trajes coloridos. Omar Yussef já se havia dirigido a grupos mais atentos de crianças de 12 anos em sua sala de aula no último dia do semestre.

— Ouvimos durante esta semana os pronunciamentos políticos de todos os países árabes tratando do assunto dos palestinos. Como residente do Campo de Refugiados de Dehaisha, pediram-me para falar a vocês sobre a realidade da vida palestina. — A voz de Omar Yussef soava fraca em sua cabeça, mas quando ele a ouvia através dos amplificadores após um momento de retardo ela parecia mais forte. Ele apoiou as mãos abertas sobre o pódio para que não se pudesse ver que elas tremiam. — Permitam-me começar dizendo que o que quer que vocês já saibam, como as bombas suicidas, as batalhas com os soldados israelenses, os nomes das facções, Hamas, OLP,

PFLP, DFLP, tudo isso não passa de pano de fundo. A história real é o cheiro de cardamomo nos sacos em frente a uma loja de especiarias na casbah. É a risada de menininhas em suas batas listradas em azul e branco indo para casa depois de um dia em sua escola superlotada. É o som do torno numa sala única em Belém na qual há homens fazendo contas de oliveira para os rosários que serão vendidos aos turistas. É a vida que fica quando a política é lavada com um jato de água, como a sujeira que um vira-lata deixa na rua. Permitam-me despejar a retórica dos últimos três dias e mostrar-lhes a Palestina que eu conheço.

Abdel Hadi balançou a cabeça com desdém. O delegado sírio levantou-se e, tirando um cigarro de seu bolso, fez um sinal para a sua contraparte libanesa acompanhá-lo até o fundo da sala. Magnus Wallander sorriu seu encorajamento.

Omar Yussef percorreu com os olhos o salão. Deu-se conta de que queria muito seriamente cutucar a complacência dos diplomatas refestelados a sua frente.

— Vocês se perguntam como essas pessoas, cujas vidas vocês acham que estão tão cheias de vitimização e desespero, saem da cama pela manhã. Talvez haja pessoas sendo mortas ao lado delas, ou lares destruídos, ou parentes presos sem acusação há meses. Mas elas *de fato* levantam pela manhã, e trabalham, e comem, e riem, e então dormem. Vocês não sabem como vão em frente, porque não sabem o que está na cabeça delas. Vocês sabem apenas dos clichês políticos, dos estereótipos. Essas pessoas não passam seus dias ansiando por um estado independente; sabem que seus políticos são muito corruptos e divididos para que isso seja alcançado. Tampouco estão todas determinadas a sacrificar seus filhos nessa luta. Pode ser difícil para vocês compreender, mas o que os palestinos comuns querem e pelo que batalham todos os dias é precisamente o que é negado à maioria dos cidadãos em seus países árabes: liberdade e prosperidade econômica.

O delegado líbio retirou o dedo do nariz e gesticulou irado com ele. O sírio voltou do fundo do salão, jogando o cigarro. O libanês pisou a guimba ao segui-lo. Os americanos deram um relance para a galeria dos tradutores, receando que se tratasse de outro embuste.

— Como podem vocês, os países árabes, ditar uma solução para os palestinos, quando sofrem de muitos dos mesmos problemas? De fato, vocês, a classe governante, prosperam com a falta de democracia, a desigualdade de renda. Tirem a ocupação israelense, e os palestinos estarão mais próximos da liberdade e de uma economia ativa que a maioria de seus povos.

— Que vergonha! Que absurdo! — gritou o sírio.

Um dos egípcios se ergueu e berrou:

— Colaboracionista! — Seu colega o puxou de volta para o assento com um olhar sorridente aos americanos.

Omar Yussef martelou o pódio.

— Não são só os israelenses; são *vocês* que levam os palestinos à violência e à pobreza. Vocês, que não assumem responsabilidade pela vida de seus irmãos árabes. — Ele ergueu a mão para apontar a delegação americana e falou em inglês. — E vocês, cavalheiros dos Estados Unidos, quando mandam seu dinheiro para esses governos árabes corruptos; parem para se perguntar: estaria eu disposto a morar lá como cidadão? Viveria eu num casebre de barro plantando beterrabas no vale do Jordão sem ganhar nada? Ou sentar no calor para vender alguns refrigerantes de laranja por dez centavos numa estrada no deserto na Síria? Esta semana eu vi como as pessoas batalham contra as dificuldades da vida em Nova York. Lutam para atingir objetivos que podem ser de valor duvidoso: a prosperidade que traz uma casa maior, um carro mais reluzente ou mais luxos em casa. Mas ao menos eles têm metas e a possibilidade de alcançá-las. Nós, árabes, vivemos sem rumo. Perambulamos como nossos ancestrais, procurando água, esperando algum fanático que venha nos escravizar.

Omar Yussef fez uma pausa. Cores dançavam na frente de seus olhos. Ele ouvia o estrondo do revólver do coronel Khatib repetidamente. Então se deu conta de que era sua pulsação ressoando em sua cabeça. Segurou-se no pódio. Quando estendeu a mão para o copo de água, o presidente egípcio bateu seu martelo e, com alívio, declarou encerrado os trabalhos do dia. O egípcio cutucou seu assessor, que imediatamente foi até Omar Yussef com um aperto de mãos de congratulações e o levou para longe do microfone e em direção aos degraus.

— Fabuloso, Abu Ramiz. — Magnus Wallander segurou com as suas duas mãos as de Omar Yussef quando ele desceu do palco.

— Você é o único que parece achar isso. Não me sinto muito bem. Estou um pouco tonto.

— Vou pegar água para você. — Magnus precipitou-se para os fundos do salão.

Abdel Hadi aproximou-se com um sorriso zombeteiro.

— Pensei que você fosse se explodir *ustaz*. Foi um discurso suicida.

— Hoje não houve necessidade de suicídio. — Omar Yussef ouviu a arma de Khatib em sua cabeça de novo. — Foi um dia de execuções.

— Você se refere àquele animal que tentou atirar no presidente?

— Ele não ia atirar no presidente.

— Era um agressor suicida. Sabia que ia morrer, mas queria levar o presidente com ele.

A raiva fez Omar Yussef empertigar-se.

— Ele foi morto a sangue frio.

— Bobagem. Khatib atirou nele quando ele estava mirando o presidente. Um ataque suicida por um animal, não um ser humano.

— Nenhum animal procuraria a própria morte. Um animal não espera se elevar morrendo. É a nossa civilização que abre o lamentável caminho para o assassino suicida. Nossa busca de significados maiores do que a mera existência, pela vida após a morte. É a realização suprema de nossa horrenda civilização.

Magnus voltou com um copo de água.

Abdel Hadi brandiu o indicador para Omar Yussef.

— Para um professor, *ustaz*, você parece achar difícil aprender uma lição.

— Sou um palestino. Se eu aprendesse com meus equívocos, poderia ficar sem erros para cometer, e então eu teria de mudar de nacionalidade. — Omar Yussef bebeu um pouco de água. — Qual é a lição?

— O suicídio é toda a base da nossa política.

— Você está esquecendo do assassinato.

— De ambos os modos, nós sempre encontramos novas maneiras de destruirmos uns aos outros.

— Nem tão novas assim. — Omar Yussef lembrou-se das aulas de história medieval que inspiraram Nizar a decapitar seu grande amigo.

— O assassinato do presidente por outro palestino aqui teria sido inédito, não? — questionou Abdel Hadi. — Muitos palestinos foram mortos por facções rivais durante as décadas de 1970 e 1980 na Europa e no mundo árabe, mas nunca, creio eu, em Nova York.

Omar Yussef pensou no pai de Nizar.

— Houve um. Um escritor chamado Fayez Jado.

— Quem lhe contou isso? Seu velho amigo, o chefe da polícia de Belém? — A cabeça de Omar Yussef clareou, e seus olhos fixaram o rosto de Abdel Hadi. — Vejo que o antigo assassino da OLP tem-se entregado a reminiscências — Abdel Hadi continuou. — Se ao menos ele tivesse sido competente em seu serviço hoje.

Os pensamentos de Omar Yussef vieram num ímpeto. *O pai de Nizar foi o único político palestino assassinado em Nova York na década de 1980. O que Khamis Zeydan disse, mesmo? Era difícil organizar uma operação dessas em Nova York, mas ele conseguiu mesmo assim. Foi ele. Quando ele era um assassino da OLP, ele matou o pai de Nizar, e Nizar sabe. Foi por isso que ele concordou em vir comigo depois que eu o encontrei na Grand Central: para ver o homem que atirou em seu pai. Agora ele vai tentar matá-lo. E se Nizar voltar para o apartamento de Ala como Hamza achou que iria? Vai encontrar meu amigo e vai matá-lo.*

Omar Yussef correu para sua poltrona, onde deixara o casaco. A água derramou em seu pulso. Ele bebeu o resto rapidamente, pôs o copo na poltrona e pegou o casaco, precipitando-se para a saída.

Atabalhoou-se pela First Avenue, procurando no trânsito pesado um táxi. Precisava chegar até Khamis Zeydan para preveni-lo. Não havia tempo para pegar o metrô. Um táxi parou, e Omar Yussef mergulhou dentro dele. O motorista, um sikh com um turbante preto, inclinou-se para a divisória a fim de ouvir o endereço.

— Brooklin, Bay Ridge — murmurou Omar Yussef.

O táxi avançou a toda pela FDR Drive para a ponte Manhattan. Omar Yussef piscou espantado no escuro enquanto o motorista costurava entre luzes traseiras de uma via para outra.

Desceram da ponte no Brooklin e entraram na rodovia que seguia a linha da costa. Do outro lado da baía, a Estátua da Liberdade inclinava sua cabeça sob as nuvens escuras vindo de Nova Jersey. *Logo mais vai chover,* Omar Yussef pensou. *Tudo bem. Finalmente comecei a gostar deste tempo frio. Relembra-me que meu corpo é quente e vivo.*

Quando chegou em Bay Ridge, a chuva estava caindo forte e grossa, como sangue de um carneiro imolado para o *'Eid.* Eram 18 horas. O dia, que não fora muito claro, estava escuro e encerrado.

CAPÍTULO 32

Omar Yussef correu para a porta do prédio de seu filho. Pingos de chuva castigavam a calçada deserta e tamborilavam no toldo do Café al-Quds. Os arranha-céus, as avenidas parecendo cânions e as grandes pontes de Nova York reduziam-se em sua mente àquela única rua em que os árabes viviam. Esquadrinhou a escuridão, procurando Nizar. Era como se toda a metrópole transbordasse, como a chuva, para aquele quarteirão, um caos pululante, perturbador, de ruídos e aromas, luzes piscando e telas de vídeo. Tentou tirar a cidade de sua cabeça e imaginar que ele a estava deixando para trás, olhando-a afastar-se pela janela de um avião. Entrou de costas pela porta, como se garantisse que nem Nizar nem Nova York o seguiriam escada acima.

Ala abriu a porta assim que ele bateu e o beijou três vezes nas bochechas. O rapaz estivera chorando, e seu bigode estava escorregadio. Rania estava parada na porta da cozinha, com os braços cruzados e os lábios num bico em forma de lua crescente.

Omar Yussef a encarou com surpresa e desaprovação. Ela baixou os olhos para o chão.

Ala pegou a mão de seu pai.

— Pedi a Rania para vir para que pudéssemos nos despedir. Abu Adel está no quarto. — Com um gesto indicou o quarto em que Omar Yussef descobrira o corpo.

— Como a polícia local não pareceu ser muito brilhante, estou procurando indícios que eles possam não ter percebido. Talvez algo sobre a célula da Jihad Islâmica — gritou Khamis Zeydan. Ele grunhiu, e Omar Yussef ouviu um som de algo deslizando, como se o chefe de polícia tivesse se enfiado debaixo da cama.

Omar Yussef soltou um longo, trêmulo suspiro. Deu-se conta de que estivera temendo encontrar Khamis Zeydan assassinado. Ao olhar pela janela percebeu o claro azul de um relógio de pulso iluminar por um instante o interior de um carro em frente à Associação Comunitária. *Hamza, de tocaia*, ele pensou.

Um homem veio andando rápido pela calçada do outro lado da rua, a cabeça coberta pelo capuz do casaco, os ombros encolhidos. Atravessou a rua e entrou sob o toldo do café.

A maquete do Domo da Rocha estava na mesa baixa junto à porta. Omar Yussef tocou com a ponta do dedo a mancha de sangue marrom no domo amarelo.

— Não vai levar isso, Ala?

— Acho que não vale a pena. Para onde eu vou, sabe, temos algo muito parecido. — Ala sorriu, e Omar Yussef brandiu o indicador para ele, assentindo.

A porta se abriu de repente atrás de Omar Yussef. Quando ele se virou, Nizar entrou na sala, a água da chuva pingando de seu casaco nas tábuas do chão Puxou para trás o capuz. Em volta de seu rosto seu cabelo preto comprido estava molhado, aderindo à pele. Balançou a cabeça e espirrou água em Omar Yussef.

— Você está aqui, Rania, minha querida. Procurei você por todo lado. Este lugar era minha última esperança de encontrá-la.

— Ala chamou-me — Rania ajeitou o cabelo atrás da orelha e a bainha bordada de seu lenço preto.

Nizar olhou furioso para Ala.

— O que você queria com ela?

— Dizer adeus e ter certeza de que não estaria sozinha. Tenho estado preocupado com ela desde que seu pai...

— Ela nunca ficará sozinha. Ela vai ficar comigo. — Os dentes de Nizar estavam cerrados, seus lábios entreabertos.

Omar Yussef olhou, nervoso, na direção do quarto.

— Pegue Rania e vá embora, Nizar. Aproveite para partir agora.

Khamis Zeydan emergiu do quarto.

— Nizar, por que você fugiu? — disse ele.

O rosto de Nizar foi tomado pela surpresa, instantaneamente substituída, entretanto, por uma sombria satisfação. Ele pôs a mão no bolso do casaco.

— Espere — Omar Yussef advertiu.

Nizar tirou uma pistola. Os olhos de Khamis Zeydan se arregalaram, enquanto ele tirava sua arma do coldre. Apontaram suas armas um para o outro, com braços tensos e respiração ofegante. A língua de Nizar passou sobre a abertura em seus dentes da frente.

— Isso é o que os americanos chamam de um empate mexicano.

— Será um empate palestino se vocês dois se matarem. — Omar Yussef balbuciou. Sentiu com os dedos a adaga Omani em seu bolso. *Tire a mão dela,* ele pensou. *Você nunca irá usá-la.* — Nizar, você não tem chance. Deixe-nos ajudá-lo. Abu Adel ainda pode conseguir imunidade para você.

— Ajuda do homem que matou meu pai? Não, obrigado, *ustaz* — Nizar fez uma expressão de desprezo. — Eu teria matado o canalha no hotel se tivesse podido fazê-lo e escaparia depois.

Khamis Zeydan deu um passo na direção de Nizar.

— Largue a arma.

— Isso é perto o bastante. — O rosto bonito de Nizar afogueou-se com o pânico, e seu dedo pressionou mais o gatilho. Gotas de suor brilhavam em seu rosto.

Pare de ficar sentado em seu carro olhando o relógio, Hamza, Omar Yussef pensou. *Venha aqui.*

Rania estendeu a mão para o braço do jovem.

— Querido, esqueça isso tudo. Leve-me embora daqui, por favor.

Dentro de seu bolso, Omar Yussef enxugou a transpiração na palma da mão. Segurou a adaga. Se distraísse Nizar, Khamis Zeydan poderia dominá-lo, e o perigo acabaria.

Jogou a adaga. As pedras na bainha brilharam vermelho-granada e verde, enquanto ela girava no ar. Ele gritou:

— Nizar!

A adaga acertou a mão de Nizar que segurava a arma. Seu braço foi deslocado para a esquerda. A pistola disparou, e Rania caiu contra a parede.

As reverberações do disparo se dissiparam. O quarto estava em silêncio a não ser pelo gemido horrorizado de Nizar e a respiração desesperada de Rania. Ele caiu de joelhos, erguendo-a com a mão livre e acariciando a cabeça dela com a outra, ainda com a arma. Puxou para trás o lenço dela e beijou seus cabelos pretos.

A porta do apartamento bateu contra a parede ao ser escancarada. Hamza entrou e assumiu posição para atirar.

— Largue a arma — gritou. — Solte-a.

Agitando as mãos para o detetive, Omar Yussef avançou na direção do jovem casal no chão.

— Hamza, foi minha culpa — gritou. Sua voz tremeu e falhou.

Nizar acariciou os longos cabelos da garota com o pulso da mão com a arma.

Hamza disparou e Nizar recuou. Segurou Rania, mas seu corpo sem vida escorregou dos braços dele. Nizar largou a mão com a arma no chão e soluçou.

— Hamza — Omar Yussef chegou até Nizar. — O tiro que você ouviu foi um equívoco.

— Pensei que ela fosse uma refém. — O detetive baixou as mãos.

— Chame uma ambulância.

Hamza foi até o telefone e discou.

Omar Yussef empurrou a pistola de Nizar para longe e apoiou a cabeça do jovem em seu ombro.

— Rania se foi, meu menino. Sinto muito, muito mesmo. Quando atirei a faca, não pretendia...

Ala ficou olhando a garota morta.

— Tão perto do pai... — ele murmurou.

Omar Yussef lembrou que Ismail lhe contara ter ficado vigiando o café na noite do assassinato de Marwan e ter certeza de que Nizar não o matara.

— Rania matou o pai, não foi? — perguntou ele a Nizar. — Não foi você. Ela o matou porque ele a espancava.

Nizar balançou debilmente a cabeça.

— Não por bater nela. O corpo no quarto... ela pensou que seu pai me matara para evitar que nós nos casássemos. Ela o assassinou para vingar a minha morte.

Quando esteve com Rania em seu escritório no dia do assassinato de seu pai, Omar Yussef considerara sua raiva incongruente numa filha de luto. Agora, porém, compreendia que se tratara de raiva pelo homem que matara, fervilhando mesmo depois de sua morte.

— Foi por isso que você assumiu a culpa? *Nizar já era um assassino; afinal, ele matara Rashid,* pensou. *Se Rania permanecesse livre, ele ainda poderia sonhar com sua recompensa aqui na terra.*

— Meu Paraíso, minha *houri* de olhos negros. — A respiração de Nizar era ofegante, e seus olhos fundos estavam esbugalhados.

Khamis Zeydan deixou-se cair no sofá.

— Eu não matei seu pai, Nizar.

O jovem empenhou-se em voltar os olhos para o chefe de polícia. Estavam derrotados e prontos para acreditar em qualquer coisa.

— Um de seus artigos retratava o presidente sírio como covarde e traidor. Então um agente sírio o matou. — Khamis Zeydan pôs sua pistola no coldre. — O Velho me mandou para os Estados Unidos a fim de vingar a morte de seu pai. Eu matei o assassino sírio. Essa foi a minha operação em Nova York.

Os olhos de Nizar viraram-se para o teto. Omar Yussef sentiu o jovem tremendo, e o abraçou com mais força.

— Como era o meu pai? — sussurrou Nizar.

Omar Yussef cruzou os olhos com os de Khamis Zeydan, encarando-o com raiva.

— Era um homem corajoso — o chefe de polícia respondeu. Ele desviou os olhos.

Nizar estremeceu.

— Você pode ir para sua recompensa agora, meu menino. — Suave como uma canção de ninar, Omar Yussef cantou o refrão da música libanesa que Rania estava ouvindo no café: *Leve-me, leve-me, leve-me para casa.* Ele pensou nos dois apaixonados cuja alegria tinha sido sufocada e esmagada pela presença sinistra do Oriente Médio na história de suas famílias. Era a matéria que ele ensinava na escola; deveria saber que ela com certeza os mataria. Nisso, ele percebeu, eles eram trágicos.

Ala ajoelhou-se diante de seu amigo e da mulher que amara. Ajeitou uma mecha de cabelo atrás da orelha de Rania e pegou a mão de Nizar. Beijou-a e chorou, enquanto ela esfriava.

CAPÍTULO 33

Um caminhão pesado passou sobre um obstáculo, fazendo tremular as duas bandeiras no centro da rua Dehaisha em seu rastro. A tricolor iraquiana, com suas estrelas e invocação da grandeza de Alá, tremulou no poste de iluminação na direção do vermelho, branco, preto e verde da bandeira palestina. Omar Yussef fez uma careta pelo barulho das pedras chacoalhando na caçamba do caminhão quando virou para subir a colina na direção das pedreiras de calcário. Acenou para a última das meninas saindo pelo portão azul na frente do pátio da escola e se perguntou quando o seu orçamento iria permitir que cobrisse os buracos de balas no muro que a cercava. Era seu primeiro dia de trabalho desde que voltara de Nova York. Ele se sentia em casa atrás de sua arranhada mesa velha.

Usava uma camisa azul-clara de manga curta própria para o calor do fim de fevereiro. Adorava as semanas finais do inverno, quando os límpidos dias do deserto eram frescos porque as noites ainda eram frias, mas o sol era forte o bastante para ele detectar no ar o cheiro de lavanderia de sua camisa, como se tivesse saído da secadora.

Quando chegou do outro lado do campo e entrou na varanda de sua casa turca de pedra-cinza, suas axilas estavam úmidas, e ele ficou contente de poder largar sua valise de couro malva. Sua neta favorita, Nadia, atravessou a sala de jantar e colocou no centro da mesa uma tigela funda de caldo. O ar frio se encheu com o aroma de lentilhas e cebolas fritas.

— Uma esposa só cozinha esse *rishtaye* quando está fazendo um pedido de alguma coisa — Omar Yussef observou, apontando para o prato. — O que sua avó deseja hoje?

— Talvez ela esteja querendo que tio Ala fique mesmo aqui e que você não vá a mais nenhuma conferência da ONU.

Então fico contente que ela tenha cozinhado esse prato, Omar Yussef pensou.

Seu filho mais novo veio da sala de estar com Dahoud sobre o ombro e Miral socando-lhe a barriga de brincadeira. Ala fingiu lutar com o menino de 10 anos que Omar Yussef adotara depois da morte dos pais, e então deixou a criança magra escorregar por seu corpo para o chão e o encaminhou para o lugar dele.

Ala sorriu, e a exuberância em seu rosto foi um profundo alívio para Omar Yussef, que tinha estado tão preocupado com ele.

— Mamãe fez *musakhan,* pai.

Maryam trouxe uma travessa de frango, frito e empanado, servido sobre pão chato com cebolas refogadas e sumagre púrpura, reluzente de azeite de oliva.

— Sente-se, Omar, meu querido. Quero servir primeiro Ala, em homenagem a seu retorno. Fiz o prato favorito dele.

— A sua dupla saúde, ó Ala. — Omar Yussef sentou-se em seu lugar na cabeceira da mesa. Seu filho mais velho, Ramiz, trouxe seu menino, o pequeno Omar, do apartamento no porão, e a esposa de Ramiz serviu pratos de azeitonas verdes, salada de salsa, e um *mutabbal* frio de berinjela e pasta de gergelim. Omar Yussef moveu a língua dentro da boca, antecipando o delicado defumado da berinjela e o sabor leitoso do gergelim.

Ala fechou os olhos e gemeu de prazer enquanto comia, fazendo as crianças rirem. Maryam empilhou mais frango no prato dele.

— Americanos supostamente são gordos. Por que você veio de Nova York tão magrelo, Ala?

— Ele estava desesperado pela comida da mãe dele. E eu também. Quase morri de fome.

Maryam deu um tapinha na barriga de Omar Yussef.

— A ONU deveria pagar para você passar mais um mês lá, então.

Quando a refeição terminou, Ala fez cócegas em Nadia enquanto ela levava os pratos para a cozinha, e o pequeno Omar adormeceu no colo do pai. *Eu talvez jamais veja uma* houri, Omar Yussef pensou enquanto os observava, *mas esta família é a parte do Paraíso pela qual eu me sacrificaria.*

Na sala de estar, ele se acomodou no sofá de brocado dourado, esperando seu chá, e ligou a televisão num canal de notícias árabe via satélite. Durante uma reportagem sobre as demoradas negociações de paz com os israelenses, a atenção de Omar Yussef se dispersou. Depois do chá, ele decidiu, faria visitas de condolências às famílias de Rashid, Nizar, e Ismail. Só falaria da época em que fora professor deles. Seus parentes não precisavam saber que eles tinham planejado o assassinato do presidente ou que um deles matara seu amigo mais velho. Ele traria reminiscências sobre a época em que eles tinham sido uma gangue de Assassinos inocentes.

O telefone tocou na mesa de canto síria entalhada com madrepérola. Omar Yussef atrapalhou-se com o controle remoto até encontrar o botão de tirar o som e silenciar a televisão.

— Saudações, *ustaz* Abu Ramiz. — A voz calorosa soou distante na ruidosa ligação telefônica.

— Hamza? Saudações em dobro. Como vai?

— Bem, graças a Alá. Que Alá o abençoe, caro *ustaz* Abu Ramiz.

— Que suas bênçãos lhe sejam concedidas. Que horas são aí onde você está?

— São 6 horas da manhã em Nova York, mas fiquei acordado a noite inteira. Desbaratamos a quadrilha de tráfico de drogas da Jihad Islâmica.

— Parabéns.

— Mil congratulações para você, meu caro amigo.

— Por que para mim?

— Foi a sua descoberta do horário de orações da Mesquita Alamut que nos levou a esses homens. Você percebeu que em todas as semanas havia um horário de oração que parecia estar errado e suspeitou que isso era algum tipo de código. — A voz de Hamza estava rouca de empolgação e fadiga. — Você encontrou o horário da mesquita nos apartamentos de Nizar e Marwan. Ambos estavam envolvidos no tráfico de drogas, de modo que eu supus que as orações com a hora errada marcavam os horários em que as drogas seriam entregues no café de Marwan. Ontem à noite, três libaneses foram ao café com uma valise cheia de haxixe, bem no horário, e eu estava esperando por eles.

— Minhas congratulações para você. — Omar Yussef teve a impressão de que havia algo mais sobre o que Hamza queria falar. Ele aguardou.

— Eu ainda sinto muito, de verdade, por ter atirado naquele rapaz, *ustaz*. Ouvi o disparo e...

Omar Yussef detectou profunda contrição na voz do detetive. Ele tinha desejado muitas vezes que Hamza não tivesse atirado em Nizar, embora também imaginasse que o jovem não teria querido sobreviver depois que Rania morrera. Sua parte na morte da garota o perturbava, também. *O remorso é um fardo pesado para um homem carregar*, pensou, *mas dar um pouco de conforto tornará o meu fardo mais leve.*

— Eu insisto que não sinta remorsos quanto a isso, Hamza. Você estava fazendo o seu serviço.

A voz de Hamza ficou nostálgica.

— Por Alá, que tal é estar em casa, *ustaz*?

— Graças sejam dadas a Alá, é maravilhoso.

— Como está Belém agora? Como está a minha cidade natal?

A mesma que sempre foi, Omar Yussef pensou, *embora eu tenha mudado. Vi pessoas que eu amava fazerem coisas terríveis, e ainda assim acabei amando uma delas ainda mais. Eu vi Nova York, uma cidade que nunca imaginara visitar, e a vivenciei em seu pior. Mas também encontrei nela pessoas em quem confiar.*

— Belém não tem nenhum policial tão devotado quanto você, Hamza.

— Obrigado, tio. Deixe-me rememorar a velha cidade com você um pouco. Você já deve ter almoçado, suponho. Aonde irá durante a tarde?

Omar Yussef fixou os olhos na televisão sem som. O canal via satélite estava transmitindo imagens do discurso fracassado do presidente na ONU. Sobre o ombro do político, Omar Yussef notou as janelas verdes da galeria dos tradutores. E vislumbrou uma cabeça escura por trás do vidro da última cabine.

— Esta tarde — respondeu — vou visitar os pais de um amigo.

Este livro foi composto na tipologia Chaparral Pro Light,
em corpo 11,3/15,4, impresso em papel off-white,
no Sistema Cameron da Divisão Gráfica
da Distribuidora Record.